어디까지 왔나

어디까지 왔나

이청해 소설집

차례

검은 나비

1

엘리베이터 문이 열렸다. 윗집 사내가 타고 있었다. 나는 고개를 까딱해 목례를 보내며 엘리베이터에 올랐다. 사내는 휠체어를 접어서 배 앞에 방패처럼 세우고 있었다. '웬 휠체어를?' 하는 눈으로 나는 그를 쳐다보았다. "아, 예, 아내가 요양병원으로 갔어요." 사내가 복화술사처럼 말했다. 그의 입은 전혀 벌어지지 않았고 소리도 괴이했다. 이제 필요 없어진 휠체어를 동사무소에 반납하러 간다는 말이 뒤이어 웅웅웅 들려왔다. 사내가 내는 소리라고 믿을 수 없었지만 엘리베이터 안에 사내 말고는 소리를 낼 사람이 없었다. 단아했던 그의 아내가 떠올랐다. 이사 오자마자 욕실에 물 새는 일이 생겼고, 윗집에 올라가 보지 않을 수 없었다. 그의 아내는 오랜 병중이었는데, 암녹색 안색 속에 해맑갛고 아리따운 지난날이 남아 있었다. 그 뒤로 사내와 나는 안부를 주고받는 사이가 되었다. "아, 그렇군요……." 나는 더 이상 말을 만들어 내지 못했다. 드디어 요양병원으로 갔구나! 그렇게만 생각했다. 오랜 병구완으로 사내의 얼굴은 저승사자가 물어 가다 짜증나 뱉어 버린 꼴을 하고 있었다. 나와 비슷한 40대 후반일 테지만 100년은 늙어 보였다. 엘리베이터가 1층에 멎었다. 사내가 휠체어를 세로로 돌리며 지체하는 바람에 내가 먼저 내렸다. 발 하나를 복도에 내놓는 순간 화다닥 무엇인가가 등짝에 달라붙는 느낌이었다. 검은 나비 떼였다. 나는 진저리를 치며 그것들을 몸에서 떼어 냈다. 걸음을 빨리해 아파트 마당으로 내려섰다. 햇빛이 환하게 내리쪼이고 있었다.

2

오전 내내 배달을 했다. 주문량은 작년보다 늘었다. 엘 캐피탄 사료 상회로서는 그나마 다행이었다. 축산 농가들과 함께 자폭하지 않아도 되니까. 올해에는 조류인플루엔자와 구제역이 아직까지 발생하지 않았다. 작년처럼 넋 놓고 하늘만 바라보는 사태는 면한 것이다. 매일 매일 조마조마하긴 했다. 사룟값은 올해 들어 30퍼센트나 올랐고, 앞으로도 계속 오를 전망이었다. 솟값은 폭락을 거듭하고 있었다. 키우던 소들을 생짜로 굶겨 죽이고 문 닫는 축사가 하나둘이 아니었다. 발 빠른 행보인지도 몰랐다. 모두들 작년에 불행을 당한 집들을 부러워했다. 구제역으로 벼락을 맞은 집들은 보상을 받았으니까. 키우던 동물들을 떼로 생매장시키고 정신이 홱 돌아 축산을 떠난 이들이야말로 행운아라고 할 수 있었다.

트럭을 가게 앞에 붙여 댔다. 문을 열고 들어가서 자동응답기를 점검했다. 주문서와 계산서 들을 정리해 서랍에 넣었다.

배에서 꼬르륵 소리가 났다.

송이네 식당으로 갔다.

된장국 냄새가 풍신하게 코를 적셔 왔다. 내장이 위산을 분비하며 맹렬하게 요동쳤다. 우거지갈비탕을 특으로 시켰다.

뚝배기가 나오자마자 급하게 퍼먹었다. 언제나 이 순간만 되면 내가 완전히 노동자가 되었구나 하고 느끼곤 한다. 부두 노동자들처럼 하루 종일 사료 포대들을 가대기 치는 일이 내 일이니까. 25킬로그램짜리 포대를 두세 개씩 어깨에 메어다 트럭에 싣고, 또 트럭에서 내려 축사의 창고에 쌓아 주고…… 오른손 손가락들이 젓가락 사이로 눈에 들어왔다. 검지와 중지, 약지 손톱이 이리 배틀 저리 배틀 쭉정이 말라붙듯 아물어 있었다. 그래도 이제 손 비슷하게 되었고, 기능도 거의 살아났다. 재작년에 다른 손가락들에서 손톱을 부분적으로 파내다 뿌리째 이식한 것이 잘 심어진 것이다. 이제 살아가는 데 기능적으로 장애 요소는 없었다.

노동은 신성한가.

나는 나 자신에게 묻곤 한다.

대답할 수가 없다.

내가 선택한 일이기는 하지만 스포츠와는 달랐고, 아직 한 움큼의 비애가 느껴진다. 순전히 몸만을 움직여 오직 그것만큼만 보상받는 단순 정직한 직업일 수 없기 때문이다. 나는 노동을 하면서도 항상 엘 캐피탄 상회의 영업을, 수지 타산을 헤아려야 하는 상인이었다. 순수한 노동자와는 다를 수밖에 없었다.

송이가 커피를 뽑아 가지고 왔다.

"엄마는?"

"배달 가셨어요."

모녀 둘이서 하는 식당이었다. 나는 크림과 설탕이 듬뿍 든 자판기 커피를 홀홀 마셨다. 걸쭉한 액체가 목구멍으로 넘어갔다. 달고, 텁텁했다. 찬물을 한 모금 삼키는 것으로 텁텁함을 가셔 넘겼다. 블랙커피나 에스프레소를 즐기던 시절이 떠올랐다. 해외 원정에서 비롯된 버릇이었다. 매킨리에서, 요세미티에서, 알프스에서…… 극한 도전의 시간들은 끓어오르던 열망과 함께 한꺼번에 스러졌다. 영광이 아니라 깊은 상처를 남기고. 그건 날아간 다섯 개의 손마디보다 더한 불구가 되어 오래오래 나를 옭죄었다. 나는 그 세계에 남아 있을 수 없었다. 부끄러워 구경꾼으로 있는 것조차 힘들었다. 나는 아무도 없는 곳으로 잠적하고 싶었다. 연기처럼 아예 사라지고 싶었다. 그래서 아는 이 하나 없는 이곳으로 왔고, 빈둥거리며 시간을 보내다가 이 사료 가게를 인수하게 되었다. 어머니가 남기신 작은 집 하나가 밑천이 되었다. 인수금조차 부족했던 내가 '횡성 사료'라는 멀쩡한 간판을 떼어 내고 '엘 캐피탄 상회'라는 새 간판을 해 단 이유를 나는 지금도 설명할 수가 없다. 그것도 일금 100만 원이나 들여서. 이 세상에서 사라지고 싶었던 사람이, 아는 사람 모두를 피해 이곳으로 도망 온 사람이 왜 과거를 상기시키는 상호를 가져다 마빡에 붙였는지 나 자신도 알 수가 없다. 어언 8년 전의 일이긴 하지만.

"커피 마시는 게 꼭 원숭이 같아."

송이가 맞은편에 와서 앉았다.

"원숭이? 내가 그렇게 요망스러워?"

"아니, 귀엽다고."

"욕이냐, 칭찬이냐?"

"오물쪼물 손 놀리는 게 너무 웃겨서……."

송이가 윗잇몸을 내보이며 환하게 웃는다. 딴에는 호의의 표시인 모양이다. 요즘 아이들의 대화는 이런 식이다. 나는 송이를 건너다본다. 스물세 살의 젊음이 꽃처럼 피어 있다. 남들에게는 내 손놀림이 오물쪼물 이상해 보인단 말이지……. 일부러 내 손을 내려다보지 않고 송이를 계속 바라본다. 노란 스웨터 때문인지 송이가 앉아 있는 부근은 개나리 울 같고 유채꽃밭 같다. 어질어질하다. 나보다 20년 이상 어린 젊음. 나는 시선을 비낀다. 나는 저 시절에 무얼 했던가? 바람이 분다. 찬바람이 가슴으로 솨솨 지나간다. 20년 후의 삶이 이런 모습으로 기다리고 있는지도 모르고 오직 한곳으로 향하던, 암벽에만 미쳐 지내던, 하루하루 더욱 난이도 높은 바위벽에 도전하던, 점점 더 고산 거벽으로 향하던……. 다른 건 아무것도 생각하지 않았다. 남들이 미래를 위해 모든 걸 바칠 때 나는 비현실적인 허공의 길을 걸었다. 그만큼 그 세계가 나를 사로잡았고, 나는 그 매혹에서 벗어날 수 없었다.

식당을 나와 우리 가게로 갔다.

오후에는 추동리의 한 씨네 축사에만 다녀오면 되었다.

트럭 짐칸에 사료 포대들을 실었다. 150포대를 세어 줄줄이 쌓은 뒤 개수를 다시 확인하고 로프로 고정했다.

시동을 걸었다.

뷰웅 하며 차가 정다운 대답을 해 왔다. 중고를 사서 예상 밖으로 오래 타 왔고, 이제 수명이 다 돼 가고 있었다. 그래도 주인의 명령에 복종하려고 덜덜덜 움직일 채비를 하는 것이 기특했다.

아무 생각 없이 운전만 했다.

겨울이 가고 있었고, 멀리서 봄이 오는 소리가 들렸다. 우우우 전선줄 흔들리는 소리가 가속페달을 밟을 때마다 귀에 먹먹하게 울었다. 뼛속을 콕콕 찌르는 초봄의 바람에 사람들이 웅크리며 지나갔다. 들판에서는 아낙들이 머리를 보자기로 싸매고 나물을 캐고 있었다.

축사에 한 씨는 없었다. 여윈 소들만 뚜릿뚜릿 나를 바라보았다. 나는 한참 동안 녀석들 앞에 서 있었다.

소의 눈망울처럼 순수한 것이 있을까.

커다랗게 쌍꺼풀 진 눈이 촘촘한 속눈썹 아래서 사심 하나 없이 물기를 머금고 나를 쳐다보았다. 순하고 겁 많은 눈동자들.

포대들을 가대기 쳐 창고에 쌓았다.

오며 가며 녀석들을 바라보지 않았다.

어차피 인간의 먹을거리를 위해 태어난 놈들이었다. 언제 죽으나 마찬가지라고 생각해 보았다. 인도적이라는 말을 어디까지 사용해야 할까? 인간에게 잡아먹히기 위해 태어났지만 살아 있는 동안 쾌적하게 살게 하는 게 우리의 도리일까? 굶기지 않으면 인도적일까?

조곡리 쪽으로 나왔다. 산비탈 아래, 하천부지 옆에 둥그스름한 둔덕들이 보였다. 작년에 생긴 둔덕들이었다. 짐승들의 혼이 달려들까 봐 둔덕 부근을 지날 때 액셀러레이터를 세게 밟았다.

송림을 지나 다리를 건너 가게로 돌아왔다.

3

윗집 사내를 두 번 더 보았다.

한번은 아파트 마당에서였다. 검은 양복에 검은 넥타이를 매고 있었다. 인사를 하려고 했는데, 사내가 나를 보지 못했다. 검은 양복이라니 '혹시?' 하는 생각이 들었다. 나는 그냥 지나쳤다.

말끔한 양복 차림이어서인지 약간 젊어 보였다.

또 한번은 상가 앞에서였다. 그는 두툼한 성경책을 손에 들고 있었다. '상가 3층에 있는 교회에 가나?' 그런 생각을 했고, 그가 교회에 다니던가 떠올려 보았다. 내가 기억하기로 사내는 교회에 다니지 않았다. 아니 한 번도 성경책을 끼고 다니는 것을 보지 못했다. 뭐 보지 못할 수도 있긴 하지만.

4

눈을 떴다.

고즈넉한 어둠이 방 안에 균등하게 퍼져 있었다. 안온함에 잠겨 나는 어둠을 들이마셨다. 친근하고, 부드러웠다. 평생 입던 옷 같았다. 암막 커튼 롤러 위로 노란 햇살이 금색 띠를 이루며 들어와 있었다. 커튼을 치고 잤던가? 기억이 나지 않았다. 내가 쳤다고 하기에는 커튼이 너무 얌전하고 차분하게 내려져 있었다. 묘선이 왔다 간 모양이군. 자리를 살펴봤지만 이부자리에 들어온 것 같지는 않았다. 아침에 깨어났을 때, 아무리 늦게 일어나도, 해가 중천에 떴더라도 눈이 정말 편하다고 암막커튼을 권한 것은 묘선이었다. 어두운 시절을 견뎌 온그녀의 경험에서 나온 것이었다. 그녀는 폭력적인 남편에게서 심야에 벌거벗겨진 채 쫓겨나 숨어 살면서 지독한 불면증과 신경과민에 시달린 것 같았고, 밤새 잠을못 이루다 새벽녘에 겨우 잠이 들어 환한 대낮에 깨어났을 때를 가장 고통스러워했다. 갑자기 눈을 찌르는 햇살, 아직 준비되지 않은 채 맞는 그 빛이 그녀는 유리 파편 같다고 했다. 그녀처럼 햇빛을 두려워한 것은 아니지만 나 또한 암막 커튼을 치고 나자 아침에 깨어났을 때마음이 안온했다. 이 정도면 한 인생 견딜 수 있다고 너그러워지기까지 했다.

9시가 넘었겠어.

나는 이불을 걷어 내며 일어났다.

세수를 한 뒤 식탁으로 가서 앉았다. 묘선이 차려 놓고 간 아침상이 상보에 덮여 있었다. 보자기를 벗기자 된장국과 갈치조림, 김치, 나물들이 서로를 아우르며 정답게 나를 쳐다보았다. 아무리 말해도 데워 먹지 않는 것을 알기에 국까지 퍼 놓고 갔을 것이다. 그녀에 대한 미안함이 울컥 밀려들었다. 3년이 지났건만 나는 아무런 확언도 주지 못하고 있다.

출근하자마자 가게 안을 청소했다. 종업원 없는 가게이니 모든 걸 혼자 하는 수밖에 없었다.

담배를 피워 물고 달력을 쳐다보았다. 벌써 23일이었다. 이달에는 수지 타산을 간신히 맞출 수 있을 것 같았다. 다행이었다.

의자 등받이를 뒤로 젖혔다.

달력 그림이 눈에 들어왔다. 벌써 23일인데, 그림은 의식에 처음 들어온 것이다. 나는 조금 미안해서 그림을 주시했다. 짙은 강 안개 속에 배가 한 척 떠 있다. 뗏목 같기도 하고 작은 바지선 같기도 하다. 중국인가? 동남아 오지인가? 우리나라 배는 아닌 것 같다. 그러고 보니 그림이 아니라 사진인 듯하다. 뿌연 안개 때문에 얼른 식별이 되지 않지만 배에는 세 남자가 타고 있다. 앞에 한 사람, 뒤에 두 사람이 있는데, 뒤편 사람들은 밧줄을 끌어당기고 있고 앞사람은 짙은 강 안개 속을 바라보고 있다. 이 사람에게서 뭔가 느낌이 묻어난다. 일상의 여느 느낌이 아니라 좀 사색적이다. 그가 바라보고 있는 것은 강 안개가 아니라 검은 심연, 즉 그 자신의 심상인 것 같다. 어쩐지 그렇게 느껴진다. 저녁은 아니고 새벽인 듯. 사진 상단으로 여명이 비쳐 들고 있다. 그 빛에 드러난 강 건너편은 온통 하얀 상고대 숲. 하얗고 동글동글한 나무들의 두상을 새벽 햇살이 연분홍색으로 아름답게 비추고 있다. 한 그루 한 그루 솜사탕 같다…….

담배를 재떨이에 비벼 껐다.

앞쪽의 남자가 나인 것만 같다. 나는 피식 웃었다. 사색적인 남자가? 자기 자신을 들여다보고 있어서? 아니지. 줄을 잡아당기고 있는 남자들이 나겠지. 혹시 둘 다인가? 나 자신에 침잠해 사막 속에서 사는 나와, 노동을 하는 나.

짙은 강 안개와 강 건너의 아름다운 상고대 숲.

분홍색 햇살이 눈 덮인 나무들을 솜사탕처럼 부드럽게 비추는 곳.

안개를 헤치고 강을 건너 저 피안으로 가고 싶다.

5

멜로디언 소리가 들렸다.

나는 귀를 세웠다. 분명 윗집에서 나는 소리였다. 우리 오빠 말 타고 서울 가아시면, 비단 구두 사 가지고 오오신다더니…….

아내가 가 버리자 적적해서 멜로디언을 샀나? 아니면 친척 아이들이 놀러 왔나?

엄마가 섬 그늘에 굴 따러 가면, 아기가 혼자 남아 집을 보오다가……. 서투르긴 했지만 멜로디가 곧잘 이어졌다.

다음 날도, 또 그다음 날도 윗집에서는 계속 멜로디언 소리가 났다. 올해도 과아꽃이 피이었습니다……. 얼어붙은 달그림자 물결 위에 차고……. 가을이라 가을바람 솔솔 불어오니……. 모두가 단조의 조금 슬픈 느낌이 묻어나는 동요들이었다.

윗집 사내에게는 아이들이 없었다. 어디에 위탁해 놓았는지는 모르지만. 그렇다고 해도 그토록 오랫동안 단한 번도 집에 데려오지 않았을 리가 없다. 내가 아는 한 사내는 아내와 둘이 살았고, 아이를 갖기 전부터 아마 아내가 병마에 시달렸을 것이다. 아니 병 때문에 아이를 갖지 못했는지도 모른다. 그러니 아이들이 부는 거라면 친척 아이들일 수밖에 없다. 그런데 도무지 아이들 기척이 나지 않았다. 그리고 연주되는 동요들도 너무 예전 것들이었다. 아이들이라면 뛰든지 쿵쾅대든지 까르르 웃든지 무슨 티가 날 터였다. 그럼에도 나는 사내가 멜로디언 부는 모습을 상상할 수 없었다. 앉아서 불까? 서서 부나? 그림이 그려지지 않았다. 안방에서 부는 모습도 웃겼고, 베란다에서 부는 모습도 코미디영화 같았다. 복화술사처럼 괴상한 소리를 내는 입으로 저런 노래들을 연주한다? 100살 노인 같은 사내가 초등학교 앞에 가서 멜로디언을 사는 장면도 연상되지 않았다. 나는 내기를 거는 마음이었다. 얌전한 아이들일 거야. 그런 아이들도 얼마든지 많잖아. 수줍은 여자아이인지도 모르지. 그리고 오래된 악보책을 어디선가 얻었는지도 몰라. 연습을 하는 건지 멜로디언 소리는 군데군데 멈추어 서서 잘 안 되는 소절들을 반복하기도 하고, 사이음이 매끄럽게 넘어가도록 곱게 다듬기도 했다. 눈을 지그시 감고 멜로디에 열중한 아이의 모습을 떠올렸다. 아이는 섬세하면서도 감성적인 취향인 것 같았다.

6

　사내와 나는 안개 속에 서 있었다. 장사는 잘됩니까? 사내가 물었다. 그는 여전히 복화술을 쓰고 있었다. 입술이 전혀 움직이지 않았고, 괴상한 저음이 땅을 울리며 퍼져 나갔다. 울림이 워낙 커서 땅에 쩌억 금이 갔다. 그저 그렇지요 뭐. 나는 뒷말을 삼켰다. 금 간 땅이 벌어지기 시작했다. 내가 서 있는 발밑까지 균열이 왔다. 나는 온전한 땅으로 골라 짚었다. 그곳도 갈라져서 다시 온전한 곳으로 폴짝 뛰어 건넜다. 불안하기 짝이 없었다. 사내가 서 있는 카펫만 한 땅은 갈라지지 않고 온전했다. 나는 사내를 쳐다보았다. 그는 검은 양복에 검은 넥타이를 매고 있었는데, 아내가 죽은 뒤 점차 제 나이를 찾아가는 중이었다. 얼굴이 좋아지셨습니다. 그렇게 말하고 나는 사내 옆으로 건너뛰려고 했다. 그가 마술사처럼 엄지와 검지를 퉁기며 내 행동을 제지했다. 그러자 그의 양복 깃 안에서 검은 나비가 기어 나왔다. 가슴이 철렁했다. 검은 나비는 검은 넥타이 위로 올라가 더듬이를 사방으로 움직거렸다. 그러는 사이 또 한 마리의 검은 나비가 검은 양복 안에서 기어 나와 검은 넥타이 위로 올라갔다. 먼젓번 나비가 하늘로 날아올랐고, 두 번째 나비가, 세 번째 나비가 연이어 날아올랐다. 검은 나비들이 팔랑팔랑 하늘로 날아갔다. 분홍빛 하늘을 배경으로 검은 나비들이 날아가는 모습은 불안하면서도 아름답고 환상적이었다. 사내가 나비들이 날아간 하늘을 향하여 입김을 후우 불었다. 호응이라도 하듯 하늘에서 낙뢰가 떨어졌다. 무서웠다. 땅들이 번개 형상으로 갈라지고 둔덕들이 여기저기서 열리며 아비규환의 사체들이, 숨넘어가는 절규가, 낭자한 피가 세상을 뒤덮었다. 그건 지옥도였다! 입에 흙을 문 짐승들의 단말마는 구덩이를 빠져나와 검은 나비로 변했다. 검은 나비 떼가 무더기 지어 하늘로 날아올랐다. 엄청난 숫자였다. 천수만의 새 떼들보다 많고, 중국의 메뚜기 떼보다 많았다. 끔찍했다. 「요한계시록」에 나오는 지구 최후의 날이었다. 검은 나비 떼가 까무룩 하늘 저쪽으로 사라지는 듯하더니 다시 까아맣게 날아와 설원 위에 내려앉았다. 흑백의 대조가 너무나 선명했고 그래서 더욱 섬뜩했다. 검은 나비들이 움찔움찔 크레바스* 안으로 들어갔다. 아, 아아…… 나는 신음을 토해 냈다. 나는 크레바스 안에 쿵 떨어져 새우처럼 웅크리고 있었다. 검은 나비 떼가 폭풍처럼 날아와 나를 덮쳤다. 숨을 쉴 수가 없었다. 눈에도, 코에도, 귀에도 온통 검은 나비 떼였다. 검은 나비 떼가 내 몸을 사정없이 뜯어 먹었다. 나는 검은 나비 떼를 떼어 내려 몸부림쳤다. 그러면 그럴수록 검은 나비 떼는 더욱더 그악스럽게 내 몸을 파고들었다. 뻘건 내장이 보였다. 허연 정강이뼈가 보였다. 악, 아악! 나는 비명을 질렀다. 소리가 제대로 나오지 않았다. 으으윽, 으으윽…… 나는 반벙어리 소리를 내며 깨어났다.

---

* 빙하의 균열로 생긴 틈이나 구멍.

온몸이 흥건히 젖어 있었다.

천장을 쳐다본다.

언제나 분홍은 빨강이 되고, 빨강은 자주가 되고, 자주는 검정이 된다.

분홍은 내 불안 같고, 빨강은 선혈 같고, 검정은 죽음에 대한 내 죄책감 같다.

내 꿈은 언제나 분홍과 빨강과 검정 언저리에서 색깔로 맴돈다.

7

멜로디언 소리가 계속되었다.

바아람이 머물다 간 들판에 모락모락 피어나는 저녁연기……. 끊일 듯 끊일 듯 어설픈 연주였지만 듣는 사람의 마음을 끌어당겼다. 사안에 사안에 진달래꽃 피이었습니다……. 보오리이밭 사아잇길로 거얼어가면……. 아이는 언제나 음계로 불었지만 나는 가사로 새겨들었다. 나는 밤마다 멜로디언 소리에 잠이 들었다.

그리고 어느 날 이상하다는 생각에 젖었다.

숨차지도 않나? 어떻게 저렇게 오래 부나?

친척 아이라고 하기에는 너무 자주 놀러 오는 것 아

닌가?

사내가 외로운 처지가 되어 가까운 친척이 아이들을 위로차 보냈을 수도 있다. 그러나 주말은 물론 매일 저녁마다 보낼 수는 없지 않은가?

멜로디는 멈추었다가 다시 시작되곤 했다. 울 밑에 선 봉선화야 네 모습이 처량하다……. 날 저무는 하늘에 별이 삼형제……. 따옥 따옥 따옥 소리 처량한 소리……. 어릴 적에 어머니는 저런 노래들을 부르시곤 했었다. 구슬픈 가락에 내 마음도 가라앉았다. 문득 나는 깨달았다. 어린아이라면 저런 노래들을 계속 연주하지는 않을 것이다. 아무리 오래된 교본이 옆에 있다 해도. 몇 곡 해 보다가 제가 아는 상큼한 노래들로 옮겨 가리라. 그렇다면 저 소리는 사내의 것이었다. 사내가 멜로디언으로 연주를 한다고밖에 볼 수 없었다. 초등학교 적에 저런 악기를 불었을까? 그것이 그리워 무료한 날 동네 학교 앞에 가서 단순한 막대 피리를 샀을까? 사내의 곡들이라고 하기에도 너무 오래된 것들이었지만 윗세대 누군가가 보던 음악책일 수도 있었다. 하여간 사내가 케케묵은 책을 보는 모습은 지구의 자전만큼이나 자연스러웠다. 그래도 그렇지 '날 저무는 하늘에 따옥 소리'라니, 너무하잖아? 나는 뇌까렸다. 「동네 한 바퀴」나 「가을 비 우산 속」, 「이매진」 따위가 유행하던 무렵에 자랐을 텐데 외모만 삭은 게 아니라 마음도 완전히 삭아 버렸군. 훗훗 웃음이 났다. 그러나 엊그제 보았을 때는 외모가 많이 살아나 있었다. 100살은 더 먹은 듯 추레하던 모습에서 거의 40대 후반의 제 나이로 돌아와 있지 않았던가. 그동안의 병구완이 엄청 힘들었다는 것을 알 수 있었다. 그러다 중병의 아내가 저세상으로 가 버리자 몸은 편해졌지만 마음은 어디에 부릴 데가 없어 멜로디에 자기 존재를 싣는 것 같았다.

사내의 연주 솜씨는 나날이 늘어 갔다.

어느 날 플루트 소리가 들렸다. 웬 플루트? 나는 깜짝 놀랐다. 플루트는 진짜 악기가 아닌가. 누가 놀러 왔나? 아니 클라리넷 소리잖아? 그러는 사이 색소폰 소리가 되고, 오보에 소리가 되었다. 나는 뒤늦게 깨달았다. 그건 건반악기였다. 버튼만 누르면 모든 악기의 소리가 다 나는……. 아, 그거였구나! 그러면 그렇지 멜로디언을 저렇게 오래 불 수는 없었다.

음악 소리는 건반악기에서 나는 것이었고, 확실히 사내의 솜씨였다. 유물 같은 악보가 바이러스의 지질 막 외피처럼 사내의 몸을 감싸고 있어서 그는 40대 후반에서 100살 사이의 중간 지점에 와 있는 것 같았다.

8

그날에 대해 어떻게 얘기할 수 있을까?

내 인생을 송두리째 날려 버린 그 순간.

떠올리기조차 두렵다.

나는 지난 14년간 그 일을 떠올리지 않기 위해, 오직 그걸 잊기 위해 살아왔다고 해도 과언이 아니다. 그러나 결국 잊어지지 않았다. 끔찍한 꿈들로 형태를 바꾸어 지금도 나를 얽어매고 있다.

14년은 정말 긴 시간이다.

나는 서른세 살에서 마흔일곱이 되었고, 겉으로는 평범하게 살고 있다. 이 작은 고장에서 사료 상회를 운영하는 중년이 된 것이다. 아는 사람 아무도 없는 이곳에서.

이제 내 얘기를 객관적으로 해 볼 수 있는 시점이 된 것 같다.

나는 2006년 초에 중기 형과 함께 남아메리카 파타고니아로 원정을 떠났다. 피츠로이 산군의 세로토레봉에 오르기 위해서였다. 벽 등반가들에게 세로토레봉은 '가장'이라고 할 만큼 의미 있는, 언젠가는 꼭 올라야 할 마지막 도전지 같은 곳이었다. 세로토레봉은 높이가 3133미터밖에 되지 않는다. 그 옆의 피츠로이봉보다도 300미터 가까이나 낮았고, 다른 고봉들에 비하면 높이로는 전혀 견줄 만하지 않았다. 그러나 세로토레가 클라이머들에게 그토록 인기 있는 까닭은 산 윗부분의 수직 벽이 동면 루트로는 2000미터가량, 서면 루트로는 800미터가량 우뚝 솟아 있기 때문이었다. 또 정상에 이르는 마지막 부분은 독수리 부리처럼 휘어져 있어 부리 아래의 눈 처마에 매달려 등반해 가야 했다. 깎아지른 듯이 서 있는 하얀 수직 벽과 맨 위의 독수리 부리는 실력을 연마한 벽 등반가들에게 군침을 삼키게 했다. 그것은 히말라야 등반에서 촐라체가 가지는 위상과 비슷했다. 최고봉인 에베레스트는 해발 8848미터지만 촐라체는 6440미터에 불과하다. 그러나 촐라체 북벽의 경우 등반이 본격적으로 시작되는 4900미터 지점부터 정상에 이르기까지 무려 1500미터에 이르는 수직 벽이 도도한 모습으로 클라이머들을 유혹했다. 이 세상에서 가장 아름다운 여인이 하얀 이브닝드레스를 입고 매혹적인 자태로 손짓하고 있는 것만 같아 잠을 이룰 수 없었다. 사람의 욕심은 끝이 없어서 등반을 하면 할수록, 그것에 빠져들면 빠져들수록, 더, 더, 더 깊이 들어가고자 하는 욕구, 더, 더 가기 어려운 곳, 더, 더 난이도 높은 곳을 오르고 싶은 욕구로 상승되었다. 나중에는 내 온몸을 던져, 불태워, 전 피톨들을 쥐어짜 내 아무도 가 보지 않은 초유의 곳에 내 발자국을 찍고 싶은 욕망으로 들끓었다.

벽 등반가들에게는 이렇게 촐라체나 세로토레가 가장 가 보고 싶은 곳이었지만 그 꿈이 쉽게 이루어지지는 않았다. 등반 실력도 문제지만 요는 후원자를 구하기 힘들어서였다. 스폰서들은 대중적으로 잘 알려진 높은 봉우리를 선호했다. 에베레스트에 간다고 하면 후원자들이 줄을 섰다. 세계에서 제일 높은 봉우리라는 것만으로도 광고 효과가 크니까 일반인든은 산이 높을수록 오르기 어려운 줄 안다. 그 말도 아주 틀리지는 않지만 중기 형과 나 같은 벽 등반가들에게는 트레킹 피크인 에베레스트에 다시 오르는 건 큰 의미가 없었다. 스폰서들이 꺼리는 또 하나의 이유는 등반의 성공도 때문이었다. 난이도 높은 봉우리들은 등정 성공률이 매우 낮았다. 40일, 50일, 60일에 이르는 기간 동안 드는 경비가 상당한데, 등정에 실패하면 후원 자체가 실패하는 것이라 여겼고, 후원금이 날아가 버린다고 생각했다. 도전하다 실패한 경험은 등반들에게는 소중했지만 후원자들에게는 마이너스 영수증일 뿐이었다. 그런데, 2006년에 중기 형과 나는 진정한 등반이 무엇인지 아는 스폰서를 만났다. 아웃도어 신생업체에서 우리 두 사람을 눈여겨보고 지원하기로 결정했고, 세로토레에 가고 싶다는 우리의 열망을 존중해 주었다. 놀라운 것은 장애가 있는 그 회사의 오너가 우리를 이해해 준 것이다. 그는 대학 시절

암벽등반을 했었다고 했다. 중기 형과 내가 자일 파트너가 된 지 13년째였고, 우리 두 사람 다 남들 못지않은 경력을 쌓아 가는 중이었다. 형과 나는 히말라야 8000미터급 7개 좌와 6000~7000미터급 다섯 개 봉우리에 올랐고, 몽블랑의 동벽과 남벽에 올랐으며, 타쿨 동벽과 프앙트 라시날에 올랐고, 동계에 에귀 드 플랑 북벽에 올랐다. 알래스카의 데닐리 남벽과 매킨리봉, 파키스탄의 트랑고 타워에도 올랐다. 바로 전해인 2005년에는 요세미티의 엘 캐피탄과 하프돔을 각각 열두 시간대에 돌파했고, 미들 캐시드럴을 두 시간 반 만에 해치웠다. 요세미티에서의 한 달은 내 인생에서 꿈같은 나날이었다. 이제는 세로토레만 남았다고 생각했다. 지구상의 모든 봉우리들을 다 오른 건 아니지만 형과 나의 기분은 최후의 도전지를 향해 날아가고 있었다. 우리는 걸핏하면 세로토레에 먼저 가느냐 촐라체에 먼저 가느냐를 놓고 설전을 벌였다. 말다툼을 하는 내내 온몸이 근질근질했다. 우리는 젊었고, 젊음이 우리의 피를 끓게 했다.

만반의 준비를 마치고 원정길에 올랐다.

2월 초였고, 서울은 북태평양 고기압이 세력을 펼치고 있어서 꽁꽁 언 한겨울이었다. 빙하기가 닥친 거냐고, 삼한사온이 없어졌다고들 야단이었다. 인천공항에서 LA로, LA에서 파타고니아로 날아갔다. 비행기 안에서 형과 나는 처음 자일 파트너가 된 날처럼 흥분해서 떠

들었다. LA까지 가는 동안 우리는 거의 시간을 잊었다.

내가 형을 만난 것은 스무 살 때였다. 대학에 들어가서 산악부에 가자마자 3학년이던 형과 서로 꽂힌 것이다. 형은 키가 크고 걸대도 좋고 목소리도 바리톤급이어서 어디서나 남자다웠다. 선인봉 하늘길에서 로프를 같이 묶고 크럭스를 통과하는 순간 나는 '아, 이 사람이라면' 하고 마음을 열었다. 그만큼 형의 동작은 정확했고 바위에 거미처럼 착착 달라붙었다. 형은 초등학교 5학년 때부터 삼촌 따라 암벽등반을 했다고 했다. 그러니까 대학 3학년이던 그때 벌써 암벽 경험이 11년이 넘어 있었다. 나는 중학교 3학년이던 어느 여름날 동네 아저씨에게 급보를 전하러 갔다가 우연히 병풍암에 올랐고, 그것을 본 암벽꾼들의 박수 세례에 떠밀려 암벽등반에 입문했다. 그해 봄에 나는 나를 데리고 재혼하셨던 어머니를 췌장암으로 잃은 터였다. 나는 암벽을 만나자마자 밥 먹는 것도 잊고 빠져들었다. 나의 한 달은 어른들의 2년, 3년에 버금간다고 칭찬이 자자했고, 나는 그런 말들에 올라타 내 삶을 바위에 걸었다. 그렇게 암벽에서 시간을 보내다가 5년째에 형을 만난 것이다. 그때 형은 이미 거인이었다. 하늘길에서 내려온 이래 나는 형의 집에서 기거하다시피 하며 밥 먹듯이 선인, 인수에 올랐다. 형은 내가 군말이 없고 정직해서 좋다며 정겹게 대해 주었다. 우리는 다른 파트너와 암벽에 오르는 걸 상상해 보지 않았다. 대학생이었지만 암벽 이외의 것에는 관심이 없었다. 군대에 갔다 와서도 우리는 계속 산에 다녔다. 꿈같은 사시사철이 흘러갔다. 대학을 졸업한 게 신기할 정도였다. 형과 나의 파트너십은 산악인들과 연맹 사람들에게 소문이 났고, 그때부터 해외 원정이 시작되었다.

2월 11일에 브리드웰 캠프에 도착했다. 세로토레를 공략하기 위해 모여든 산악인들이 베이스캠프를 치는 곳이었다. 텐트를 치며 형과 나는 짐 브리드웰에 대해 주고받았다. 그는 미국의 거벽 등반가였는데 이 캠프지를 개설하고 세로토레를 완등한 사람이었다. 요세미티와 알래스카 고봉의 수많은 루트를 개척했으며, "사람에게 명성은 양날의 칼 같아서 찬탄과 비방의 족쇄"라고 말하며 평생 인터뷰를 거절한 천재적인 괴짜 클라이머였다. 형과 나는 그가 올라간 루트로 올라갈 작정이었다. 2000미터가량 수직으로 절벽처럼 솟아 있는 세로토레의 동남면 벽으로서 '마에스트리 루트'라고 불렸고, 속칭 '컴프레서 루트'라고도 불렸다. 파타고니아에서뿐 아니라 전 세계에서 가장 길고 험난하다고 소문 난 코스였다. 초등은 1959년에 마에스트리와 에거가 했다고 알려져 있다. 그러나 하산 도중 에거가 카메라와 함께 굴러떨어져 사망하는 바람에 완등을 증명할 길이 없어서 마에스트리는 그 뒤 숱한 등정 시비에 휘말렸다. 10여

년간 시시비비에 시달리던 그는 1970년에 신경질적으로 컴프레서를 짊어지고 볼트들을 마구 박으며 재등정을 해서 구설수를 끝냈지만, 맨 위의 독수리 부리 부분은 진정한 세로토레가 아니라며 오르지 않았다. 그곳은 눈으로만 뭉쳐 있는 눈 버섯이어서 안에 바위가 없으므로 진정한 세로토레라고 보기 어렵다는 주장이었다. 그는 내려오며 후진들에게 보복하듯이 자기가 박았던 상단의 볼트들을 뽑아 버림으로써 다른 클라이머들이 세로토레 정상에 접근하는 것을 봉쇄했다. 그렇게 세로토레는 외로이 혼자 서 있었다. 그러나 영원한 승자는 없는 법, 1979년에 짐 브리드웰이 사흘 만에 고난도 인공등반 기술을 구사하며 마에스트리 루트를 등정, 세로토레 정상에 올랐다. 브리드웰은 훗날 이 등반이 "네 개의 탄알이 장전된 러시안룰렛 게임을 하는 것처럼 대담했다."라고 회상했다. 이후 수십 년 동안 세계적으로 겨우 네댓 팀 정도가 세로토레 정상에 올랐을 뿐이었다. 중기 형과 내 생각으로는 우리의 등반 실력으로 충분히 가능했다. 기상을 주관하는 주피터 신만 우리 편이라면.

짐을 푼 뒤 다른 텐트 주변을 기웃거렸다. 스위스 팀과 오스트리아 팀, 미국 팀이 우리보다 먼저 도착해 텐트들을 쳐 놓고 있었다. 스위스 팀의 공격조는 오늘 새벽에 출발했다고 했다. 우리 팀에는 서포트조가 따로 없었다. 우리나라에서 아르헨티나는 너무 멀어 경비가 많이 들기 때문에 여러 사람이 원정 올 수 없었다. 그러므로 형과 내가 모든 걸 조달하고 해결해야 했다.

형이 버너를 켜고 밥을 지었다. 단언컨대 형은 밥 짓는 솜씨가 세계 최고였다. 고도가 높아서 물이 끓지도 않는 7000미터 고봉의 바위틈에서도 촉촉한 밥을 지어냈다. 형은 밥을 지으면서 몇 가지 원칙을 고수했는데, 그 첫 번째가 다 지어진 밥이 코펠의 반을 넘어서는 안 된다는 것이다. 두 번째는 불의 조절에 관한 것으로 처음에는 센 불로, 끓은 다음에는 아주 약한 불로 줄여 뜸을 들여야 하고, 이때 절대로 뚜껑을 열어 봐서는 안 된다는 등이었다. 그렇게 공들여 30~40분 이상의 절대 시간을 투자해야만 제대로 밥이 된다고 했다. 산에 같이 다니는 파트너로서 정말 필요한 요건은 이 밥 짓는 솜씨였다. 그것은 희한하게도 등반 실력과 비례했다. 그래서 일단 등반가들 사이에서는 상대의 밥을 먹어 보고 따라다닐지 말지 결정하면 된다는 말까지 있었다.

포장 사골탕을 뜯어 데웠다. 김치도 꺼내서 마지막으로 식사다운 식사를 즐겼다. 이제 산으로 올라가면 올라갈수록 간단한 인스턴트 식이 되고, 마지막에는 목축임이나 입맛 다심 정도로 견뎌야 할 터였다.

해가 지고 있었다.

우리는 피츠로이강으로 나갔다. 빙하가 녹은 물이 에메랄드빛으로 흐르고 있었다. 형과 나는 세로토레봉을 올려다보았다. 중단에 구름이 끼어 있을 뿐, 아무 문제가 없어 보였다. 멀리서 바라보기에는 고요하기까지 했다. 웃음이 났다. 저 멋진 벽을 오르기 위해 얼마나 오래 기다려 왔던가? 마음속으로 두 손을 모아 신에게 기도했다. 클라이머들에게는 운이 중요했다. 아무리 실력과 체력이 뛰어나도 산이 스스로 품을 내주지 않는 한 그 안에 들어갈 수가 없었다.

이번 원정은 처음부터 조짐이 좋았다. 후원도 그렇고 계절도 마땅하고 더구나 이렇게 기상이 좋다니 행운을 믿을 수 없었다. 군침이 돌았고, 가슴에서 북소리가 나기 시작했다. 형과 처음 만난 날부터 우리는 저 봉우리를 꿈꿔 왔었다. 어느덧 13년이 흘러 형은 서른다섯, 나는 서른셋이 되었다. 나는 매혹적인 여인을 빨리 안아 보고 싶어 마음이 조급해졌고, 그 기분이 경박스러운 말투로 튀어나왔다.

"저까짓 거 잘하면 하루에도 가겠다! 그치? 저길 왜 그렇게들 못 올랐을까?"

"1박 2일이면 충분해!"

형도 자신 있게 말했다. 형이 말하는 1박 2일은 거의 먹지도 자지도 않고 계속 오르는 것을 의미했다.

"빨리 해치우고 칠레에 꽃게 먹으러 가자!"

"아이고, 웬수야!"

형이 내 어깨를 떠밀었다. 나도 형의 어깨를 떠밀었

다. 형은 내가 한심하게 굴 때 '웬수'라는 애칭을 쓰곤 했다. 우리는 킥킥 계속 웃었다. 온몸에 두드러기가 돋고 있었다. 이건 일종의 병이었다. 너무 흥분하면 나 자신을 제어하지 못하는 병. 막상 암벽에 붙으면 지나치게 침착하다는 말을 듣곤 하지만 나는 평지에서의 기분을 잘 조절하지 못했다. 여러 달 배에 탔다가 육지에 내리면 육지 멀미를 하는 것처럼. 나는 땅에서의 감정 조절을 배울 기회를 갖지 못한 것 같았다.

우리는 1박 2일이면 모든 걸 끝낼 줄 알았다.

이튿날 새벽에 노르웨이안 비바크지로 향했다. 노르웨이 클라이머들이 좁은 산간에 조성한 비바크지인데 우리는 그곳을 ABC(Advanced Base Camp) 기지, 즉 전진기지로 사용할 생각이었다. 1차 공격에 실패하면 내려와서 2차 공격의 거점으로 삼고, 2차 공격에 실패하면 또다시 내려와 3차 공격을 시도할 근거지로 삼는 것. 위치상 그런 지점이었고, 때문에 지고 가는 짐이 엄청났다. 형과 나는 밭은 숨을 토해 내며 설원을 걸어갔다. 현지 사람들이 토래강이라고 부르는 피츠로이강에 다다랐다. 강폭에 로프가 매여 있었다. 우리는 그 로프를 이용해 티롤리안 브리지*로 형과 짐, 짐과 나의 순서로 건넜다.

---

* 침봉 사이의 협곡이나 급류가 흐르는 계곡, 빙하의 크레바스를 건널 때 로프를 이용해 공중으로 횡단하는 기술.

다시 설원이 시작되었다. 이상하게도 앞서간 발자국이 보이지 않았다. 분명히 어제 새벽 스위스 팀이 출발했다고 했는데, 하루밖에 지나지 않았는데, 발자국이 없었다. 말이 루트지 이런 거산에는 길이란 게 없었다. 대개 시즌 첫 등반 팀의 발자국을 따라가기 마련이었다. 자기 팀이 가는 노선에 대해 어느 누구도 책임질 수 없으므로 모든 것을 스스로 확인하며 가야 했다.

어제 눈보라가 심했던 탓일까?

형과 나는 좀 당황했다.

세로토레에는 알프스나 히말라야처럼 등반 팀이 많지 않았다. 문제는 GPS 수신기였다. 기온이 급강하해 먹통이 되어 버린 것이다. 미 국방성이 쏘아 올린 24개의 인공위성에서 신호를 받아 현재 우리가 있는 위치를 15미터 오차범위로 알려 주는 놀라운 기기였지만 기온이 영하 수십 도로 떨어지면 무용지물이었다. 나침반으로 방향을 잡고 지도의 등고선 모양을 지형과 비교하며 걸었다. 능선과 협곡을 하나하나 확인하고, 완경사인지 급경사인지를 가늠했다. 고도계를 보며 절벽이 나오면 아, 저거구나 하고 위치를 짐작했다. 그렇게 노르웨지안 비바크지를 찾아가는 데 꼬박 하루가 걸렸다.

의외의 결과였다.

허탈했다.

계획대로라면 여섯 시간이면 올라올 거리였다.

시간이 너무 많이 걸렸고, 체력도 지나치게 소모되었다.

더구나 노르웨지안 비바크지는 상상 이상으로 척박했다. 돌벽을 쌓아 놓긴 했는데 텐트를 칠 만한 곳도 없었고, 칠 수도 없었다. 무서운 돌풍이 비바크지를 뿌리째 뽑을 듯 불어 대고 있어서 이름 그대로 비바크를 할 수밖에 없었다.

형과 내 몸으로 바람을 막고 황급히 컵라면을 끓여 먹었다.

촘촘한 돌벽에 의지해 침낭을 펴고 안으로 들어갔다. 바람이 돌벽 틈새로 파고들어 침낭에 구멍을 내고 말겠다는 듯 그악을 떨어 댔고, 돌가루 때문에 눈도 뜰 수 없었다.

해는 세로토레 쪽으로 기울고 있었다.

빙하 건너편의 피츠로이 서벽이 석양에 아름답게 이글거렸다.

풍광조차 감상할 수 없어서 지퍼를 머리 꼭대기까지 올려 버리고 잠을 청했다.

불안이 넘실거렸다.

설마 이 미친 바람이 내일까지 불진 않겠지……. 토레봉 밑은 괜찮을 거야…….

스스로를 위안했다.

새벽 일찍 일어나 짐을 꾸렸다. 오전 4시였다. 2차 공격, 3차 공격에 대비한 식량을 두고 가야 했다. 바람이 너무 심해서 짐 위에 텐트를 덮고 커다란 돌들로 단단히 눌러 놓았다.

등반 장비와 이틀분의 식량만 지고 랜턴을 이마에 두른 채 출발했다.

먼동이 트고 있었다. 태양은 어디에서나 따사로운 주황빛을 선사했다. 마음이 밝아져 왔다. 다행히도 바람은 잔잔해지고 있었다.

장비를 차고 엘모초 연봉 아래 가파른 설릉을 올랐다. 기온이 떨어져 눈 사면이 알맞게 빙결되어 있었고, 그래서 크램폰* 앞날로 킥스텝하며 오르기 좋았다.

설릉을 지나자 광활한 설원 지대가 나타났다.

형과 나는 허리에 로프를 서로 연결해 묶고 걸어갔다. 안자일렌 방식이었다. 두 사람 중 한 사람이 미끄러져 위기에 처하더라도 다른 한 사람이 버티어 구할 수 있었다.

드디어 세로토레 하단 벽이 모습을 드러냈다.

베르크슈룬트**가 우리 앞에 커다랗게 입을 벌리고 있었다. 설산에 오를 때는 언제나 산 밑에 이런 균열이 있기 마련이었다. 올라가는 중간중간에도 이런 균열들

---

* 경사가 심한 얼음이나 단단한 설사면, 빙하 지대를 오르내릴 때 빙벽화 밑창에 부착하여 미끄러짐을 방지하는 금속제 장비.

** 빙하의 상부 한계선에서 산 쪽의 빙설과 빙하의 빙설이 갈라지면서 생긴 거대한 틈.

이 나 있는데, 더러는 거기 들어가 쉴 수도 있었다.

형과 나는 하단 벽으로 진입하기 위해 베르크슈룬트 안으로 들어섰다. 빙탑들이 심하게 붕괴되어 있어서 조마조마하게 스노브리지들을 건넜다.

드디어 세로토레 하단부를 오르기 시작했다.

나는 감개무량해서 눈물이 났다.

첫 피치는 설벽이었다.

형이 먼저 올라가고, 내가 따라 올라갔다.

나는 울먹울먹함을 참지 못했다. 형도 눈가가 발개져 있었다.

설벽 윗부분은 암벽과 암벽·설벽의 믹스 지대였다. 암벽 지대에서는 암벽화로 바꾸어 신고 설벽에서는 다시 빙벽화와 크램폰을 착용했다. 로프에 매달려 꽁꽁언 손으로 신발을 바꾸어 신는 일이 쉽지 않았다. 두 신발 중 어느 한 짝이라도 떨어뜨리는 날이면 그야말로 끝장이었다. 형과 나는 온통 정신을 집중하고 모든 것에 만전을 기했다. 선등을 교대로 바꾸어 가며 다섯 피치를 올랐다.

날씨가 나빠지기 시작했다.

바람이 심상찮게 불었다.

우리는 바람 소리를 무시했다.

어떻게 온 세로토레인가?

형이 먼저 오르고 다시 내가 따라 올랐다.

60미터 빙벽을 반쯤 올라가 산의 첫 능선 부분에 다다랐을 때 픽 소리가 나면서 내 몸이 공중으로 날았다. 바람이 나를 번쩍 들어 올려 오른쪽으로 집어 던진 것이다. 나는 본능적으로 아이스피켈을 재빨리 설벽에 찍어 넣었다. 착, 하고 피켈 박히는 소리가 났다. 눈으로 확인하니 아이스피켈이 얼음에 단단히 박혀 있었다. 간신히 추락은 면한 것이다. 믿어지지 않는 바람이었다. 히말라야에서도, 알프스에서도 이런 바람은 만나지 못했었다.

"괜찮아?"

형의 목소리가 위에서 들렸다.

"응."

나는 제자리로 복귀하며 태연한 척 대답했다. 속으로는 토레강 가에서 이곳을 올려다보며 촐랑대던 것이 기억나 뒷골이 서늘했다. 세로토레봉이 얼마나 비웃고 있었을 것인가. 너, 요놈, 어서 와 봐라, 하고. 혼내 주려고 내내 기다리고 있었다는 생각이 들었다.

형이 다시 올랐고, 우리의 등반은 계속되었다.

날씨가 더욱 나빠지면서 바람이 거칠게 불었다. 봉우리 가운데에 평온하게 엉겨 있던 구름이 얼마나 무서운 것인지 나는 이제야 깨닫고 있었다. 마에스트리는 산에서의 희망은 부질없는 것이라고 했었다. 오르고자 하는 알피니스트의 열망과 결코 품을 내주지 않는 산 사이에서 선배 클라이머들은 숱하게 좌절했으리라. 더구나 세로토레는 자연조건이 최악이라고 하지 않던가. 새삼 공포가 몰려왔다. 사방을 둘러보았다. 차가운 눈과 얼음, 젖은 암벽, 가파른 설사면, 변덕스러운 날씨, 휘몰아치는 돌풍과 광풍…… 어느 것 하나 만만한 게 없었다.

우리는 10피치까지 올라가서 하단부의 끝부분인 숄더에 올라섰다.

저녁 무렵이었다.

고도가 높아지자 바람은 거대한 공룡이 울부짖는 소리를 냈다. 어디에도 서 있을 수가 없었다.

더 이상 등반이 불가능하다는 판단이 섰다.

우리는 기다시피 해서 숄더 구석에 도사리고 있는 설동으로 들어갔다.

어떻게 할 것인가?

몇 년 전에는 이 설동이 무너져 등반 팀 전원이 목숨을 잃었다.

이제 바람은 바위틈으로 흘러내리는 물을 거꾸로 쳐올려 얼어붙게 하고 있었다. 중력도 작용하지 못하는 곳이었다.

우리는 서로의 얼굴을 쳐다보았다.

내려가려면 하강을 해야 하는데, 하강이야말로 지금은 너무 위험했다.

"일단은 여기서 시간을 끌자. 운명을 하늘에 맡기고."

형이 말했다.

형과 나는 배낭을 벗어 내용물을 꺼내고 그 안에 다리를 집어넣었다. 조금도 따듯해지지 않았다. 초코바를 한 개씩 씹어 먹고, 웅크리고 앉아 잠을 청했다. 바람과 추위에 얼어 죽을 것 같았다. 그 와중에도 깜박 잠이 들었던가 보았다.

눈을 뜨니 바람이 그치고 하늘에 별이 반짝이고 있었다. 새벽 2시였다. 다시 가슴이 뛰었다.

"형! 정상 가려면 지금 일어나야 해!"

나는 흥분해서 소리쳤다. 형과 나는 급히 일어나서 설동을 나섰다.

랜턴을 켜고 등반을 시작했다.

이제 세로토레 중단부였다. 형이 암벽을 두 피치 선등하고 그 위부터 시작되는 믹스 지대는 내가 맡기로 했다. 상단 끝까지는 아직도 28피치나 남아 있었다. 그 위의 헤드 월이 5피치쯤 된다고 생각되었다. 헤드 월 위는 눈 버섯, 즉 독수리 부리였다. 세로토레는 정복한 팀이 몇 되지 않아서 정보가 충분치 않았다. 실제로 올라가 보지 않고 떠도는 말들을 믿으면 안 되었다.

형과 나는 하루면 갈 수 있다는 희망에 다시 젖었다.

잠을 자지 않고 밤까지 이용해 오른다면, 짐을 대폭 줄여 먹을 것 입을 것을 빼놓은 채 오른다면 가능할 것 같았다.

때문에 이미 설동에 여분의 짐을 두고 나온 터였다. 짐이 가벼워야 속도가 나고 체력 소모도 적은 것이다.

멋진 등반이 지속되었다.

설벽을 오르는 형의 한 동작 한 동작이 그림 같았다.

차디찬 눈에 반사되는 새벽 햇살이 너무 착하고 순수해 가슴이 시렸다.

요세미티에서의 시간들이 꿈처럼 떠올랐다.

순서를 바꾸어 가며 아홉 피치를 더 올랐을 때, 다시 날씨가 나빠지며 눈이 내리기 시작했다.

눈은 삽시에 얼굴을 때리며 승냥이로 변했다.

은빛 볼트*들이 바로 눈앞에서 반짝거렸다. 볼트 트래버스**가 시작되는 구간에 왔다는 것을 깨달았다. 올려다보니 서너 피치는 되어 보였고, 볼트를 따라 100미터 이상 오른쪽으로 이동해야 했다. 61년 전에 마에스트리와 에거가 박았을 캐신(cassin) 사의 은빛 볼트들이 조금도 녹슬지 않고 수평으로 반짝반짝 빛나고 있었다. 감개무량했다. 그러나 내려올 때가 걱정되었다. 하강은 수직으로밖에 할 수 없으므로 이 수평 지대를 통과하려면 한 걸음 한 걸음 게처럼 옆으로 이동하며 클라이밍 다운***해야만 했다. 시간이 엄청 걸릴 것이고, 설벽에서

---

* 크랙과 홀드가 없는 반들반들한 바위 면에 박아 놓은 인공 확보물.

** 볼트를 이용해 가로지르며 오르는 횡단 등반.

*** 암벽에서 로프나 용구를 쓰지 않고 맨몸으로 다리부터 기어 내려오는 기술.

매우 위험했다.

상단까지는 아직도 19피치나 남아 있었다.

"내려가야 할 것 같아."

형이 자신 없이 작은 소리로 말했다.

나는 승복할 수 없었다.

13년간, 아니 17년간 고대하던 꿈이 이루어지려는 찰나가 아닌가?

그러나 사정없이 후려치는 눈보라 앞에서 나도 입을 다물 수밖에 없었다.

"능력이 닿는 한 최대한 높이 올라가고! 위험이 닥치면 주저 없이 돌아선다!"

형이 위에서 선창했다.

"능력이 닿는 한 최대한 높이 올라가고! 위험이 닥치면 주저 없이 돌아선다!"

나도 따라 외쳤다.

우리 사이의 불문율이었다.

우리는 열심히 충실하게 올라왔고, 이제 내려갈 수 있을 때 신속히 후퇴해야 했다.

하강을 시작했다. 하강 중 로프가 엉키면 고역이었다. 시간이 몇 배로 들고 잘못하면 바로 조난으로 이어졌다. 로프가 잘 풀려 내려갈 것 같은 지점에서 로프 두 동을 이용해 60미터 하강을 시도했다. 그러나 바람 때문에 번번이 엉켜서 곤욕을 치렀다. 차라리 로프 한 동을 30미터로 접어 하강하기로 하고, 다른 한 동은 사려서 배낭에 넣었다. 짧게, 짧게 셀 수도 없이 하강했다. 드디어 설동 입구가 나타났다.

우리는 다시 설동으로 돌아왔다.

베이스캠프를 친 지 사흘 만에 세로토레의 중단까지 올라온 팀이 우리밖에 없었다는 사실을 우리는 그때 몰랐다. 악천후 때문에 그해에는 단 한 팀만 등반을 했고, 그들도 숄더 위로는 4피치까지밖에 올라오지 못했다고 한다. 19피치까지 올라온 우리가 그해의 최고 기록이었다.

설동에서 목을 축이고 계속 하강을 하려고 숄더로 나갔다. 바람이 미친 듯이 불어서 몸을 세울 수가 없었다. 형이 하강 포인트로 기어가고 있었다.

"너무 위험해!!"

내가 소리쳤다.

"너무 추워서 비바크도 할 수 없는데 뭘. 죽으나 사나 내려가야지."

형은 반쯤 체념에 젖어 있었다.

"지금 당장 죽고 싶어? 휙 날아가다 동태가 될 텐데!"

나는 급하게 형에게로 가서 로프를 빼앗았다.

"조금 더 설동에 있어 보자고! 죽어도 나중에 죽는 게 낫지. 우리 체력으로 이삼 일은 버틸 수 있을 거야."

나는 형을 끌고 비틀비틀 설동으로 돌아왔다.

형도 차츰 이성을 되찾았다.

눈보라가 얼마나 시끄럽게 울어 대는지 이 세상 악마들이 전부 모여들어 날뛰는 것 같았다. 나는 손가락으로 귓구멍을 틀어막았다.

이 상태가 얼마나 계속될까?

침묵 속에 밤을 새웠다. 덜덜 떨며 손과 발을 계속 문질렀다. 운명의 신에게 우리의 내일을 묻고 또 물었다.

새벽녘에 거짓말처럼 눈보라가 그쳤다. 잠시 뒤 해가 떠올랐다. 바람마저 고요했다. 우리는 이때를 놓치지 않았다. 형과 나는 재빨리 하강했다. 10피치였으므로 오래 걸리지도 않았다. 고산 거벽에서는 늘 생사가 그렇게 서로 붙어 있었다.

전진기지로 돌아가 작전 회의를 하고 2차 공격에 대비한 계획을 세우기로 했다.

그러나 우리는 전진기지인 노르웨지안 비바크지를 찾지 못했다.

귀신에 홀린 것 같았다.

비극은 거기서부터 시작되었을 것이다.

올라올 때는 베이스캠프에서 노르웨지안 비바크지를 찾기 어려웠는데, 노르웨지안 비바크지에서 세로토레봉까지는 설릉을 거쳐 곧바로 올라왔는데, 세로토레봉에서 하강해서는 웬일인지 노르웨지안 비바크지를 찾아갈 수 없었다. 심한 안개 때문이었는지도 모른다. 로프 하강을 마쳤을 때 바람 대신 안개구름이 짙게 우리를 휩쌌고, 몇 걸음 걸어 내려가자 1미터 앞도 구분할 수 없었다. 그러자 지도도 소용없었다. 오직 나침반과 고도계만으로 비바크지를 찾아가야 했다. 체감상 아주 빗나가지는 않았다고 생각한다. 그러나 우리는 크레바스가 벌집처럼 도사린 빙하 지대를 만났고, 거기에서 비극을 연출했다.

그리고 모든 게 끝이 났다.

히든 크레바스.

그게 문제였다.

빙하는 항상 보이지 않게 흐른다. 산악 지방에서는 압축된 거대한 눈덩어리가 산 아래로 천천히 흘러 내려가면서 수많은 틈과 구멍, 즉 크레바스를 만드는데, 그 위에 눈이 덮이면 히든 크레바스가 된다.

어느 순간 형의 한 발이 히든 크레바스에 빠진 것이다.

우리는 안자일렌으로 서로의 몸을 묶고 한 걸음 한 걸음 내려오고 있었다. 한 사람이 크레바스에 빠지거나 다른 사고를 당하더라도 다른 한 사람이 버텨 주어야 했다. 알프스나 매킨리에서는 산악 스키를 타고 내려왔기 때문에 휘이익 이동도 빠르고 크레바스에 빠질 염려가 없었다. 그러나 세로토레는 돌무더기 천지라 스키를 사용할 수 없었다. 우리는 조심조심 발을 떼 놓았다.

"조심해라! 큰 놈들 많다!"

그런 소리가 들리는 찰나 우두둑 소리가 귀 안 가득 울리며 내 몸이 앞으로 고꾸라졌다. 피켈은 이미 내 손에서 날아가 저만치 떨어져 있었다. 나는 무엇이 어떻게 되었는지 정확히 몰랐지만 남은 하나의 피켈로 눈 사면을 내려찍었다. 그러나 내 몸은 사정없이 끌려 내려갔다. 3미터, 2미터, 1미터…… 불과 1~2초가 지난 것 같은데 악마의 블랙홀이 내 앞에 입을 떡 벌리고 있었다. 악! 아악…… 나는 정신 줄을 놓았다. 나는 내가 크레바스에 빠진 줄 알았다. 아니 죽은 줄 알았다. 그러나 눈을 떴을 때 로프는 끊어져 있었고, 형은 보이지 않았다.

"형! 혀엉!"

나는 소리쳤다. 대답이 없었다. 온몸이 부서져 버린 듯 손가락 하나, 발가락 하나 까딱할 수 없었다.

"형, 혀엉, 형……."

나는 눈 속에 엎어진 채로 형을 불렀다. 제대로 소리가 되어 나오지 않았다. 너무나도 힘이 없었다. 혀엉, 형, 혀엉…… 형, 혀엉, 혀엉……. 나는 고개를 들려고 애를 썼다. 그때 자주색 작은 물건이 눈에 들어왔다. 가로 1센티미터 세로 5센티미터쯤의 앙증한 물체가 이마 바로 앞에서 눈 속에 반쯤 파묻혀 나를 올려다보고 있었다. 이게 뭐지? 나는 한참 그것을 바라보았다. 낯설지 않았고, 어딘가 친밀감이 돌았다. 그건…… 내 비상용

칼 같았다. 아니 내 칼이었다. 이게 왜 여기 떨어져 있는 거야? 나는 칼이 걸려 있을 목걸이를 더듬었다. 목걸이 줄이 끊어져 있었다. 의식을 더듬었지만 아무것도 생각 나지 않았다. 악마의 구멍으로 빨려들기 직전 빨려들지 않기 위해 사력을 다하던 순간만이 온몸에 감각으로 남 아 있었다. 무시무시한 그 공포가 되살아났다. 나는 자 주색 물건을 쏘아봤다. 저쪽 끝으로 칼날이 펴져 있었 다. 눈부신 햇살이 반짝이는 스테인리스 칼날에 부딪쳤 다가 예각으로 꺾여 내 눈을 날카롭게 쏘았다. 나는 눈 을 좁히며 칼날을 노려보았다. 혹시? 나는 대뇌를 최대 한으로 활성화시켜 상황을 해석해 보려고 애썼다. 어떻 게 이런 일이? 설마 내가? 아니야. 아닐 거야. 그럴 리가 없어. 그게 말이 돼? 그러나 이곳엔 나 외에 아무도 없 었다. 절대 그럴 리 없어. 절대 아냐. 절대 아니라니까! 그렇다면…… 그렇다면…… 눈 속에 사는 설신이 와서 칼로 나를 구해 주었나? 아님 요정이나 천사가? 눈표범 이 왔다 갔을까? 나를 살려 먹이로 삼으려고? 그런 게 아니라면 어떻게 이런 일이 가능하단 말인가? 어떻게 번개처럼 칼을 떼 내 로프를 자를 수 있을까? 아무리 생 각해도 그건 현실적으로 불가능했다. 불과 2초나 3초 사이가 아니던가? 그러나 로프는 끊어져 있었고, 그 절 단면은 아무리 봐도 칼의 짓이었다. 잡아당겨지다가 힘 에 의해 낱 가닥으로 끊어진 게 아니라 생파 토막처럼 뎅강 잘려 있었다. 나는 로프를 잡아당겨 보았다. 맥없이 주르르 딸려 왔다. 내 몸은 지금 형과 연결되어 있지 않았고, 자유로울 것이다. 내가 움직이지 못하는 것은 온몸이 골절되어서이지 로프에 매여 있어서가 아니었다. 내 이성은 차갑게 작동했다. 내가…… 정말…… 무슨 짓을 한 건가……. 혀엉, 형……. 형은 도대체 어디 있는 거지? 나는 크레바스를 내려다보았다. 50센티미터쯤 아래에 크레바스의 아가리가 흉측하게 입을 벌리고 있었다. 나는 그곳까지 기어가려고 몸을 움직였다. 순간 내 몸이 세로로 뒤집어져 크레바스를 지나 산 아래쪽으로 굴러떨어졌다. 나는 40~50미터나 떨어져 내렸고, 움직일 수 없는 몸이 되었다. 나는 영하 20도의 추위에 노출되어 그대로 누워 있었다. 하늘이 파아랬고, 새털구름이 펼쳐져 있었다. 한국의 하늘과 다름없었다. 나는 까무룩 날아가 허공에, 허무에 부딪쳤다. 이렇게 죽는구나…… 이렇게 허망하게 죽는구나……. 희뿌연 상념들 가운데로 손끝 발끝이 저릿저릿해 왔다. 의식이 가물가물한 가운데서도 나는 동상에 걸리고 있다는 것을 알았다. 나는 눈 위에서 죽어 가고 있었다. 나는 의식적으로, 아니 본능적으로 몸을 뒤틀었다. 경사에 몸이 굴렀다. 한 바퀴, 두 바퀴…… 돌무더기 사이로 마구 휩쓸려 내려갔다. 팔에서, 얼굴에서 피가 흘렀다. 나는 피투성이가 된 채 평평한 눈 지대에 처박혔다. 거기에 얼마나 누워 있었는지 모른다. 누군가 나를 가까이에서 내려다보고 있는 것 같았다. 머리가 긴 여자였고, 흰옷을 입었고, 아름다웠다. 신비한 그 환영이 내게 손을 내밀었던 것 같기도 하다. 내가 어떻게 일어나 베이스캠프까지 갈 수 있었는지는 하느님만이 아는 일이다. 초인적인 힘이라는 말로는 어떻게 설명해도 모자랐다.

또 하나의 기적이 일어나 있었다. 히든 크레바스에 빠진 형은 그 안에서 대롱거리다 내가 줄을 끊는 순간 툭 떨어져 크레바스 안의 좁다란 얼음 테라스에 얹혔다. 바깥에서 본 입구는 작았지만 굉장히 큰 크레바스였던 모양이다. 순간 형은 정신을 잃었으므로 내가 밖에서 끙끙대는 동안 아무 소리도 듣지 못했다. 그러나 얼마 뒤에 정신을 차렸고, "헬프 미!"라고 미친 듯이 소리쳤고, 마침 세로토레로 오르던 스페인 팀에게 발견되어 구조되었다. 형은 얼음 구멍에 갇혀 있었기 때문에 외부 바람이 없어서 동상에 걸리지도 않았다. 시간이 좀 더 경과했더라면 아마 냉동되었겠지만.

형은 멀쩡한 몸으로 귀국했다.

나는 비겁한 배신자가 되어 만신창이 몸으로 돌아왔다.

9

내가 못내 서운했던 것은 형의 다문 입이었다. 물론 내게 쏟아지는 비난을 피할 생각은 없었다. 온 세상이 다 나를 비난해도, 온 우주가 나를 몰아붙여도 나는 싸게 당해야 했다. 그러나 그 끝에 무언가가 있을 거라는 기대가 털끝만큼 있었다. 형의 우정, 혹은 온정, 아니면 인간애 같은 것.

그러나 형은 굳게 침묵했다. 물론 엄청난 배신감에 몸을 떨었으리라. 내가 단박에 줄을 끊을 줄은 상상도 못 했을 테니까. 그건 나도 이해할 수 없는 일이었다. 그러나 모든 것에는 양면이 있기 마련. 내 입장에서 설명해 보자면 상황이 워낙 급박했고, 이성이 끼어들 여지가 없었다. 인류가 더불어 사는 삶을 위해 발전시켜 온 양심이나 도리 같은 고급 가치는 생존보다 한 켜 위의 것이었다. 전쟁 때 폭격을 당한 어느 아주머니의 일화를 읽은 적이 있다. 그녀는 갓난아기의 어머니였는데 아기를 안고 길을 가다가 위잉 폭격기가 날아오는 소리를 들었다. 인근 모든 사람들이 삽시에 흩어지며 땅 구석에 머리를 처박았고, 아주머니도 아기를 품에 안은 채 조심스럽게 땅에 엎드렸다. 비행기가 고도를 낮추며 폭탄을 떨어뜨렸다. 아비규환의 시간이 지나가는 동안 아주머니는 정신을 잃었다. 깨어나서 보니 사람들이 여기저기 죽어 있었고, 파편에 신음하는 사람들 소리가 들렸고, 자신의 두 손은 폭탄 떨어진 곳을 향하여 방어 자세로 내밀어져 있었는데, 그 손에 아기가 들려져 피투성이로 죽어 있었다. 아, 아아! 아주머니는 절규했다. 그러나 상황은 끝나 있었다. 정신을 잃는 와중에 자기도 모르게 손을 뻗어 폭력을 방어한, 그 순간 애지중지하던 아기마저 망각하고 자기 신체를 방어한 개체의 본능. 아주머니는 충격에서 헤어나지 못하고 실어증에 걸려 평생 어둠 속에서 살았다고 한다. 근데 내가 왜 지금 이런 이야기를 하는가. 생명체가 벗어날 수 없는, 벗어나기 힘든 상황이나 본능이 존재한다는 걸 말하고 싶은 건가. 모르겠다. 내가 잘했다는 건 절대 아니다. 하지만 나의 최측근인 한두 사람은 아기 엄마와 같은 종류의 일이었다고 한 번쯤 보아줄 수도 있지 않느냐 하는 것이다. 사고가 난 지 14년이나 흘렀는데도 내가 나를 변명하는 꼴이라니. 형과 자일 파트너로 산을 누빈 게 13년이었으니 이제 그보다도 한 해가 더 많은 14년이 흘렀고, 웬만한 건 다 상쇄되고도 남을 만한 시간이 지나갔다. 그럼에도 나는 울울한 감정의 늪에서 헤어나지 못하고 있다. 형의 입장을 모르는 바가 아니다. 형은 나라는 인간 자체에 혐오를 느꼈으리라. 내 얼굴을 보는 것조차 끔찍했으리라. 이 세상에서 누구보다도 믿었던 놈이, 자일 파트너로 한 몸처럼 지내온 놈이 저 살자고 번개처럼 줄을 끊을 줄 누가 알았겠는가. 형은 크레바스 안으로 떨어지면서 살려 달라고 외쳤다고 했다. 나는 잡지에서 나중에 그 얘기를 읽었다. 다른 얘기들도 많았다. 나는 형이 평소에 내게 그토록 부정적인 생각을 품고 있는 줄 몰랐다. 요는 내가 고아처럼 친친했다는 것이고, 그래서 확고부동한 형과는 애초 맞지 않았다고 했다. 그랬는가. 나는 더듬어 봤다. 나는 고아여서 사람들에게 축축하고 끈끈하고 불쾌감을 주었던가. 돌아가신 어머니가 생각났고, 서글펐다. 세상에 부모를 일찍 여의고 싶어 여읜 사람이 어디 있겠는가. 여차하여 부모를 일찍 여읜 사람들은 어떻게 살아가야 할까. 그런 걸 가르치는 곳도 없지 않은가. 친친한 것이 내 특질이 되었다 해도 나는 내 운명을 지고 갈 수밖에 없다. 어쨌든, 살려 달라고 외쳤다는 형의 말이 사실이라면 내가 넘어질 때 형의 외침 소리가 났고, 나는 큰 부상을 당하면서 넘어졌으므로 우두둑 내 뼈다귀 부러지는 소리만 귀 안 가득 들었을 뿐, 맹세하거니와 형의 살려 달라는 소리를 듣지 못했다. 들었다 해도 상황이 어떻게 달라졌을지 상상이 되지 않는다. 나는 당시 갈비뼈가 다섯 대나 부러져 있었고, 다리뼈까지 부러져 있었다. 형은 몸무게가 75킬로그램이었다. 장비 포함 90킬로가 넘는 무게가 60킬로그램밖에 되지 않는 나를 급경사 아래서, 구멍 안으로 떨어지면서 갑자기 낚아채는 바람에 내 몸의 골대가 부서져 버린 것이다. 그런 줄도 모르고 크레바스 가까이로 다가가려다 2차로 굴러떨어졌을 때는 엉치뼈가 바스러졌고, 3차로 굴러떨어졌을 때엔 팔꿈치와 귀와 코가 으스러졌다. 엄밀하게 정확히 말하면 형은 나 때문에 살았다고도 할 수 있다. 내가 줄을 끊었기에 얼음 테라스 위에 떨어졌고, 결국 운을 만나 살아난 것이다. 산 게 중요한 게 아니라고 말할지 모른다. 그렇지만 살았기 때문에 형은 지금 승승장구하고 있지 않은가. 그래서 나는 감히 형에게 야속함을 품는다. 우리는 살았고, 그 상황 안에 같이 있었고, 내 부상을 모르지 않는 형이 종국엔 한마디쯤 해 주었어야 한다고. 인간의 도리를 말해야 한다면 그것 또한 도리가 아니냐고.

나는 11개월 동안 병원에 입원해 있었다. 형은 한 번도 찾아오지 않았다. 이 세상에서 오직 한 사람 형만이 나를 인간으로 되돌아오게 할 수 있었는데 형은 끝내 외면했다.

사고의 성격은 형의 침묵으로 정해져 버렸다. 나는 은혜를 저버리고 배신한 야차 같은 놈이었다. 아니, 인간 이하의 동물이었다. 산악계에서는 아무도 내 이름을 입에 올리려고조차 하지 않았다. 그리고 바로 다음 해인 2007년에 후배 김상헌 조규식 조가 촐라체를 정복하고 국민을 감동시키며 귀환했다. 그들은 하산하던 중 우리와 비슷한 사고를 당했지만 부상당한 조규식이 필사의 힘으로 김상헌을 구조해 살려 냈다고 한다. 그들은 믿음과 우정, 아름다운 동지애를 증명하며 빛나는 인간으로 돌아왔다. 조규식의 달아난 손가락조차 인간애의 아름다움으로 오래오래 회자되었다.

형과 나의 이야기는 추잡한 전설로 사라졌다. 우리는 세로토레를 정복하지도 못했고, 나는 사고를 당하자마자 동지를 배신한, 살기 위해 의리를 저버린 파렴치한 인간으로 낙인찍혀 나락으로 처박혔다.

형은 지금도 새 파트너와 세계 유수의 산을 누비고 있다.

나는 재활하는 데 2년 이상 걸렸다. 동상에 걸린 손가락 발가락의 살을 발라내고 새살을 돋게 하고 다른 손톱에서 손톱의 일부를 잘라다 심어 자라게 하는 데는 그 뒤 여러 해가 걸렸다. 다행히도 나는 손가락 발가락을 자르지는 않았다. 현대 의학의 힘으로 불구는 면한 것이다.

10

웬 아이가 보았네, 들에 피인 장미화…… 사내의 선율은 이젠 제법 들을 만해졌다. 달빛 밝은 고요한 바다로 오시오…… 머나먼 스와니강 그리워라…… 사내

가 요즘 보는 악보책은 서양 노래들이 실려 있는 것인 듯
했다. 가끔은 찬송가가 연주되기도 했다. "올라가! 올라
가! 독수리같이!" 하고 격앙된 가락이 들려올 때도 있
고, "가지마다 잎마다 은구슬이 달려서" 하고 조용해지
는가 하면, "우리 어머님이 들려주시던" 하고 어린 시절
을 그리워했다. 사내의 기분에 따라 바이올린 선율이 되
기도 하고 오보에 소리가 나기도 하고 색소폰 연주로 변
하기도 했다. 사내는 참 열심히도 건반을 사랑했다. 오
직 낙이라곤 그것밖에 없는 것 같았다. 나는 사내의 곡
을 감상하는 유일한 청중이었다. 사내의 선율을 듣는
사이 나는 어느덧 들소들이 뛰노는 언덕에 가 있었고,
그리운 고향으로 감미롭게 돌아갔다. 묘선에게도 결코
허락한 적 없는 마음의 빗장이 스르르 열리는 느낌이었
다. 미솔솔 미레도 레미솔미레…… 나는 선율을 따라
흥얼거렸다. 음악책에 저런 곡이 있었지. 저걸 계명으
로 노래 시험 치던 기억이 났다. 미솔솔 미레도 레미솔
미레……. 그래, 신세계 교향곡이라고 했던가. 2악장의
「꿈속의 고향」이었다. 드보르자크가 미국에서 보헤미
아의 고향을 그리워하며 작곡한 곡이라고 음악 선생은
말했었다. 거친 남학생들에게 음악적 서정을 일깨워 주
던 그의 열정이 새삼 그리웠다. 그렇게 재미있는 음악 시
간, 미술 시간, 국어 시간이 있었건만 참 지독히도 산에
만 다녔지. 고잉 홈 고잉 홈 앳 더 고잉 홈…… 사내의

선율은 조용하고 슬펐다. 검은 나비가 한 마리 아름다운 선율을 따라 부드럽게 날아다녔다. 섬뜩하거나 끔찍하지 않고 오히려 애틋했다. 그건 나의 것이었다. 다른 누구의 것도 아닌 나의 마음. 사내의 연주는 「오 대니 보이」로 넘어갔다. 저 목장에는 여름철이 오고 산골짝마다 눈이 쌓여도……. 부드러운 선율이 아래층인 우리 집으로 내려앉았다. 산골짝마다 눈이 쌓여도…… 산골짝마다 눈이 쌓여도……. 하얀 눈이 쌓인 설원이 떠올랐다. 울컥해졌다. 아들을 전쟁에 보낸 어머니의 슬픔이 녹아 있는 곡이라지만 나 자신의 감상이 나를 휩쌌다. 십수 년간 내게 수없이 물었던 질문들. 네가 사람이냐? 도대체 왜 그랬어? 그렇게도 살고 싶었어? 남을 죽이면서까지? 너는 본성이 애초 나쁜 놈이지? 언제부터 나빴어? 태어날 때부터? 조상 대대로? 조상이 누구, 누군데? …… 끝없는 물음들 사이로 수많은 대답이 터져 나왔다. 나는 모른다. 내가 나쁜 놈인지 아닌지. 진짜 모른다. 다만 한 가지는 생각난다. 사람 평가에 그토록 인색했던 의붓아버지도 내게 본성은 괜찮은 놈이라고 했었다. 나는 자라면서 친구들을 괴롭히지 않았고, 그들을 때리지도 않았고, 이용해 먹지도 않았다. 나는 착한 아이였다. 우리 어머니는 반듯하고 정갈한 분이셨다. 내가 아는 한 털끝만큼도 남에게 피해를 끼치지 않으셨다. 돌아가신 아버지에 대해서는…… 잘 모른다. 솜씨 좋은 목수였다는 것만 알 뿐. 하여간 나도 보통은 되는 인간이다. 양심이나 도의심, 동정심이 평균 이상이라고 자신한다. 나는 나 자신 의리가 강하다고 믿어 왔다. 그날의 일에 대해 변명하려는 게 아니다. 입 밖으로 소리 내 말해 보진 않았지만 내 안에는 항변이 사라지지 않고 있다. 만약 형이 죽었다면, 형이 살아 돌아와 저렇게 자기 입장만을 옹호하고 다니지 않았다면 내 행동은 당연한 것으로 여겨졌을지도 모른다. 똑같은 행동인데, 형이 살아 옴으로 해서, 오히려 다행스럽게 되었는데도 나는 인두겁을 쓴 짐승이 되어 버렸다. 그래서 나로서는, 내가 주절거리고 다니는 것보다 최소한 형이 한마디쯤 해 주었어야 하지 않느냐고 말해 보는 것이다. 거 웃기는 놈이네. 중기가 왜 너를 변호해? 그 앤 피해자잖아! 하늘에서 굵은 목소리가 호통을 친다. 형이 피해자라고? 지금 저토록 눈부시게 살고 있는데? 일단 살았기 때문에 모든 것이 가능한 거 아니야? 말하기로 든다면 크레바스에 빠진 건 형이잖아? 모든 일이 거기서부터 비롯되었다고! 이 먹통 같은 놈, 산에서 그런 걸 따져? 굵은 목소리가 버럭 성을 낸다. 이번에는 나도 맞받아친다. 내가 가해자라고? 내 의식이 한 일이 아닌데, 나도 몰랐는데 어떻게 잘못이라고 할 수 있어? 그건 아마 내 무의식이 한 짓일 테지. 무의식은 의식보다 몇만 배나 강하다잖아? 그런 본능이 나만의 것일까? 사람의, 동물의, 모든 생명체의 것이 아닐까? 극한상황에서 저절로 작동해 버린 생물체의 생존본능을 이기심이라고 몰아붙여 심판할 자격이 당신에게 있어? 아무리 엄격한 도덕주의자라 해도 나를 비난하기는 어렵지 않아? 새꺄, 입 다물어! 뭘 말하려는 거야? 뭐냐 하면, 내가 말하고 싶은 건…… 지난 십수 년간 나 스스로를 중벌하고 회의하고 번민한 끝에 이른 결론은 — 일이 그냥 그렇게 되었다는 것뿐이야. 어쩌다가 그렇게 되었다고! 물리적으로 상황이 그랬어. 내가 야차처럼 줄을 끊었다고 하지만 악마의 아가리로 굴러떨어지려는 찰나 내 뇌간이 작동했을 테지. 인간도 동물이잖아. 그 위대하신 이성이, 숙고 시스템이 발동할 틈이 없었다고! 사람들은 몰라. 고산 거벽에 갔다 와서 공표되는 이야기들로는 사고 당시의 진실을 알 수가 없어. 사람은 극한상황을 벗어나면 곧 자기합리화를 하고, 어떤 식으로든 자기를 미화하거든. 암벽에서의 일들은, 극한상황에서의 사건은 너무나도 직감적이고 본능적이야. 뭘 어쩌고 말고 할 수가 없어. 말이나 글 따위로 옮겨지지가 않아. 절대로. 그러니 기사 따위를 제발 너무 믿지 말라고!

　나는 숨을 몰아쉬었다.

　하고 싶은 말들을 속사포처럼 쏟아 내자 속이 후련해졌다. 오랜 기간 엉킨 거미줄이 사라진 듯 머리가 맑았다. 윗집 사내의 연주 소리가 다시 귀에 들려왔다. 사랑의 기쁨은 어느덧 사라지고 사랑의 슬픔만 영원히 남았네……. 사내의 손놀림은 그 어느 때보다 애틋했다. 낮고 깊은 첼로 선율이 절실하게 사내의 마음을 표현하고 있었다. 검은 나비가 무한대 기호를 그리며 천천히, 둥글게 방 안을 날아다녔다. 사내는 사랑을 떠나보냈지만 나는 사랑을 잃었다. 사내는 천천히 준비하며 자기 사랑을 보냈지만 나는 갑작스럽게 내 모든 것이 응결된 사랑을 잃었다. 나는 나비에게 손을 내밀었다. 내가 이토록 미련을 버리지 못하는 것은, 내가 형에게 계속 서운한 감정을 품는 것은 아마도 외로움과 그리움 때문이리라. 원망과 시샘, 복잡한 감정들은 희미해졌고 거의 사라졌다. 그 밑에 응석 같은 기대, 어떤 끈, 부드러운 분위기가 가녀리게 엎드려 있다. 서로 어깨를 비비적거리고 싶은, 옛 시절로 돌아가고 싶은…….

시간은 되돌려지지 않고, 인생은 그대로 흘러간다.

"이리 와 앉으렴."

나는 나비에게 말했다. 검은 나비는 그동안 나에게 푸대접당하고 외면당해 쉽게 내려앉지 않았다. 첼로의 선율이 부드럽게 떨리며 허공으로 내려왔다. 사랑의 기쁨은 어느덧 사라지고 사랑의 슬픔만 영원히 남았네……. 나는 허밍으로 따라 불렀다. 드디어 나비가 내 손등에 앉았다. 검은 벨벳 같은 날개가 파들파들 떨렸다. 죽음 또는 내 죄책감의 화신인 녀석은 가엾었고, 또

한 아름다웠다. 나는 내 얼굴을 녀석 가까이로 가져갔다. 그리고 나도 모르게 입 맞추었다.

★ 소설 중 세로토레 등반 부분은 정승권의 「세로토레 등반기」(2002, 눈버섯까지 등정)와 주영의 「99 세로토레 등반기」, 기타 세로토레 등반기들을, 크레바스에 빠지는 부분은 박정헌의 『끈』(1995, 열림원)을 일부 참고했음.

남편의 시

"바다가 보이는 곳? 네가 왜 그런 데 가서 살아야 되는데?"

시든 프리지어 꽃잎을 떼어 내며 미연이 못마땅하다는 듯 말했다. 그녀는 꽃대들을 한 대씩 한 대씩 가지런히 모아 다시 화병에 꽂았다. 미연의 어투에는 '네가 고기를 잡니, 바닷가에서 태어나기를 했니, 아니면 바닷가에 무슨 연고라도 있니?' 하는 시비조의 힐난이 들어 있었다. 그녀의 지적이 옳았다. 바닷가라는 곳은 내게 필요 때문에도, 향수 때문에도 연상될 수 없는 곳이었다.

그럼에도 서울을 떠나 어딘가로 가서 살겠다고 결심했을 때 맨 처음 떠오른 것이 바다가 내려다보이는 드넓은 창이었다. 그 안에서 나는 푸른 바다를, 은회색 물비

늘들을 바라보고 있었고, 흰 이를 드러내며 달려오는
파도와 돌 더미를 싸고도는 포말, 푸른 심연, 먼 수평선
을 바라보고 있었다.

　냉장고를 열고 무를 꺼냈다. 다섯 개, 여섯 개, 일곱
개, 여덟 개…… 무를 썰기 시작했다. 양동이 하나 가득
썰어 담아 설탕과 식초를 뿌려 뒤섞었다.

　"깍둑썰기 하는 데는 아주 도사가 됐구나? 순식간에
해치우네."

　나는 다시 냉장고를 열고 냉동되어 있는 닭들을 꺼냈
다. 미연이 화병을 탁자 가운데에 놓고 꽃잎을 쓰다듬더
니 불현듯 일어나서 주방으로 왔다. 일없이 행주를 가
져다가 이미 닦아 놓은 테이블들을 거듭 닦았다. 그녀
는 불안해하고 있었다. 내가 떠날까 봐서. 이번에야말로
내가 정말로 일을 저지르지 않을까 겁을 내고 있는 것이
다. 불안이 깊어져 가는 그녀의 마음만큼 나의 결심은
굳어져 왔고, 이제 실행만이 남아 있었다.

　내가 떠난다고 해서 미연의 생활이 달라지는 것은 아
니다. 오히려 그녀는 이 닭구이집에 투자한 돈을 회수할
수도 있으리라. 내가 진흙탕에 빠져 한 발짝도 떼지 못
할 때 이 가게의 보증금을 그녀가 냈으니까. 요즘 최악
의 불경기라 새 입주자가 금방 나타나지 않는다고 해도
문을 닫아 버리고 주인에게서 보증금을 빼면 되는 것이
다. 마침 건물 주인은 여유가 있는 사람이었다. 나로서

는 계약 기간까지의 두 달 치 월세를 손해 보면 그만이
었다. 권리금 따위를 챙길 만큼 인기 있는 점포가 아니
었다.

내가 없어지면…… 내가 서울에서 사라져 버리면……
미연은 누구에게 자기의 옛집 그림을 그려 보여 줄까?
나는 미연을 곁눈질한다. 약간 쾌감이 인다. 내가 타인에
게, 이 세상 많은 사람들 중 그래도 미연에게만은 아직
도 눈곱만큼 쓸모가 있다는 사실이 간지럽고 통쾌하다.

아들 녀석이 가게에 들렀던 '그날' 이후로 나는 내가
이 세상에서 전혀 쓸모없는 인간이라는 사실에 괴로워
밤마다 뒤척였다.

— 내가 엄마 아빠 중 누구 한 사람과 살아야 된다면
난 아빠와 살겠어요. 그게 갈등이 적어요.

나는 그 애의 입이 되어 그 충격적인 말을 다시 한
번 뇌까린다. 엄마 아빠 중 누구 한 사람과 살아야 한다
면 난 아빠와 살겠어요. 그게 갈등이 적어요. 녀석의 어
투는 부드러웠지만 속에 뼈대처럼 단호한 심이 들어 있
었다. 너무 기가 막혀 나는 아무 말도 못하고 고개를 확
틀어 바깥을 내다보았다. 허공에서 새들이 시옷 자 모
양으로 날아가고 있었다. 내 사랑은 그렇게 어긋나고 있
었다. 마음속 절실함과는 상관없이. 녀석을 이해하려고
해 보았다. 녀석은 남자니까 결국 아빠와 통하는 게 있
을 거라고. 아들은 스물한 살이 되면 사정이 어떠하든

제 아비를 이해한다는 말을 떠올려 보았다. 아무리 엉망진창 아버지라 해도 같은 남자로서 아버지를 납득하게 된다는 것이다. 스물한 살이 되려면 아직도 4년이나 남은 아이였다. 그 4년간 절실히 내 손을 필요로 하고 있었다. 그런데 뭐 갈등이 적다고? 제 아비랑 둘이 살아 본 다음에도 그런 말이 나올까? 엄마인 나하고는 갈등이 더 많을 거란 얘기지? 가슴에서 쏴 썰물이 빠져나가며 발밑이 출렁거렸다. 나를 감싸고 있던 따듯한 물이 송두리째 빠져나가는 느낌이었다. 쭈르륵 ─. 물은 완전히 빠져 버렸다. 나는 맨몸으로 덩그러니 앉아 있었다. 살갗이 말라 가고 입술이 바슬거렸다. 표정을 바꾸지 않으려고 애쓰면서 나는 녀석을 집으로 들여보냈다. 언제 저렇게 컸는지 속으로 대견스럽지 않은 것은 아니었다. 뚜렷이 제 의사를 표명하는 녀석의 얼굴이 두렵도록 단아했다. 열일곱. 아름다운 나이였다. 제 아비를 닮은 콧날과 오만한 눈빛에 나는 기가 죽었다. 그러나, 그러나…… 충격은 서서히, 아주 깊게 밀려왔다. 나는 일찍 가게 문을 닫고 무슨 의식을 치르듯 매일 훌쩍였다. 내 존재의 바탕이 흔들리고 있었다. 내 삶은 이제 방향을 잃었다. 허탈함 속으로 억울함과 야속함이 몰려왔다. 황량한 일신으로 저를 낳아 보물처럼 키워 왔건만 내가 저한테 그 정도밖에 안 된다고? 아빠랑 사는 것이 갈등이 적다니. 얼마나 애틋하게 저만 사랑해 왔는데. 나한테는 오직 저밖에 없는데. 훌쩍거려도, 훌쩍거려도 시원해지지 않았다. 곰곰 생각해 보면 녀석의 말속에는 엄마 아빠의 불화에는 엄마의 책임이 크다는 원망이 들어 있었다. 생각할수록 괘씸했다. 그래, 한번 둘이 살아 보시지! 뭘 먹고 살 건데? 빨래는 누가 하고 밥은 누가 짓지? 밤마다 게임이나 해 대면 돈은 누가 던져 준대? 사느라고 잔소리하는 게 듣기 싫단 말이지? 가시에 찔린 상처가 덧나 곪고 있었다. 나는 불현듯 떠나고 싶었다. 이 서울을 떠나 아무도 찾지 못하는 곳으로 영영 사라져 버리고 싶었다. 바다가 보이는 툭 트인 언덕에 앉아 그 푸르른 뒤척임을, 은회색 비늘들을, 먼 수평선을 바라보고 싶었다. 왜 하필 바다인지는 알 수 없었다. 그러나 꼭 바다여야만 했다. 검푸른 물이 넘실대고 금빛 태양이 떠오르고 하얀 파도가 시원스럽게 밀려와야 했다.

바다.
내가 바다를 처음 본 건 초등학교 5학년 때였다. 미연과 나는 보육원에서 자랐다. 우리는 보육원 가까이에 있는 화산초등학교에 다녔는데, 한 학년이 두 반밖에 안되는 조그만 학교였다. 거의가 농사짓는 집 아이들이었고 보육원 아이들이 한 반에 두세 명씩 끼어 있었다. 농사꾼 아이들은 그저 그렇고 볼품없었다. 그래도 보육원 아이들을 업신여겼다. 그 애들의 부모 생각이 전이된

탓이었다. 그러나 무슨 일만 터지면 보육원 애들이 떼로 덤벼 그악을 떨었기 때문에 눈앞에서는 함부로 건드리지 못했다. 화산초등학교에서는 6학년이 되면 인천으로 수학여행을 갔다. 우리 학년도 6학년 가을에 수학여행을 떠났다. 인천역에 내렸던 기억, 여관방에서 열두 명씩 열다섯 명씩 잤던 일, 여관에서 싸 준 똑같은 도시락을 가방에 넣고 공원에 올랐던 일, 얇은 나무 도시락의 촉감, 진간장에 검게 조린 연뿌리의 끈적끈적한 맛, 옛날 학생모 같은 걸 쓰고 있던 코가 엄청나게 큰 맥아더 장군 동상……. 희미한 기억들 사이로 생전 처음 여느 집 아이들과 똑같이 먹고 똑같이 잤다는 야릇한 느낌이 남아 있다. 그건 누가 몸을 간지를 때처럼 비실비실 웃음이 배어져 나오는, 자꾸 몸을 꼬게 되는 이상한 느낌이었다. 아, 이런 것이겠구나! 보육원 밖의 생활은! 햇빛이 환하게 발등에 쏟아졌다. 나는 눈이 부셔서 새처럼 여러 번 깃을 털었다. 생전 처음으로 보통 아이들의 삶을 맛본 터였다. 달콤한 바람이 코를 간질였다. 아이들은 일렬로 줄을 서서 바닷가로 내려갔다. 아낙네들이 달려와 실로 짠 망에 든 조개를 팔았다. 미연과 나는 팔뚝만 한 그것을 한 개 샀다. 갯벌 흙이 묻은 시커먼 조개꾸러미를 둘이서 번갈아 들고 갔다. 마치 집에 있는 엄마에게 갖다줄 것처럼. 모퉁이를 돌자 남색 바다가 나타났다. 나는 탄성을 내질렀다. 그건 참으로 경이로운 순간이었다. 심장이 탁 터지는 것 같았고, 내 안의 것들이 어질어질 녹는 것 같았다. 일렁이는 물결이 나를 완전히 잠식했다. 혀와 목구멍과 내장과 다리가 저절로 물속으로 스며드는 것 같았다. 나는 자유를 느꼈다. 편안하고 부드러운…… 나중에야 이 지구상의 생명체가 바다에서 비롯되었다는 것을 알았고, 아마 그래서 그랬나 보다 짐작했다. 통통배가 다가왔다. 우리는 모두 그 배에 올랐다. 장난감 같은 굴뚝으로 시커먼 연기를 퐁퐁 내뿜으며 배가 연안을 한 바퀴 돌 때에 나는 이 바다는 임자가 없다는 생각을 했다. 여긴 누구네 밭, 누구네 논, 누구네 산…… 그런 소유주가 없었다. 그러니 우리 모두의 것이고, 미연과 나의 것이고, 어쩌면 나만의 것일 수도 있었다. 여행에서 돌아온 뒤로 남들이 고향 어쩌고 할 때마다 나는 막연히 바다를 떠올렸다.

사 가지고 온 조개에서는 석유 냄새가 심하게 나서 먹을 수 없었다. 팔아서는 안 되는 해산물을 어린 학생들에게 속여서 판 것이다.

그때 경험했듯 세상은 녹록지 않았다.

"혁이는 괜찮지?"

미연이 묻고 있다. 벌써 두어 마디 다른 말도 했던 것 같다. 나는 대답 없이 닭들을 한 마리씩 도마에 올리고 칼집을 넣었다. 제 아비를 닮은 콧날과 오만한 눈빛이 떠올랐다. 칼질이 빨라지고 어깨에 힘이 들어갔다.

"그만 좀 다져. 난도질되잖니?"

미연이 성질을 냈다. 나는 그녀의 불안을 더듬어 본다. 그녀에게는 언니들, 형부들, 작은어머니, 사촌들이 생겼다. 그러나 심정적으로는 아직도 내가 유일한 혈육이자 친구인지 모른다. 보육원에서 나온 뒤 우리는 독립 생활을 3∼4년 했고, 그녀는 건실한 공무원과 괜찮은 결혼을 했고, 아니 결혼한 뒤에 그 남자는 그렇게 되었고, 나는 가상한 시인과 결혼했지만 현실이 구차해졌고, 또 그녀는 뒤늦게 가족들을 찾았고, 나는 찾을 가족조차 애초에 없었고……. 우리들의 과거는 대충 그렇게 엇꼬여 있었다. 그럼에도 그동안 그녀와 나는 멀리 떨어져 살아 본 적이 없었다. 마치 쌍둥이 자매처럼.

가스 불을 켰다.

팬을 먼저 틀고 닭들을 석쇠 위에 올렸다. 연기가 피어올랐다. 뿌연 기체가 내 얼굴을 휘감으며 팬으로 날아들어갔다. 연기 속으로 혁이의 단아한 얼굴이 어우렁더우렁 어른거렸다. 내가 맨 처음 봤을 때의 남편의 새파란 모습도 겹쳐 어른거렸다. 그는 한겨울에 러닝셔츠 위에 바로 오버코트를 입었었다. 신춘문예 시상식장이었다. 나는 동화 부문에 당선된 친구를 축하해 주러 갔다가 시 부문에 당선된 그를 처음 보았다. 자다가 그대로 오버코트만 걸치고 나온 듯한 차림이 너무나 우스워서 눈길을 뗄 수 없었다. 러닝셔츠의 늘어진 목 부분이 코트 밖에서도 다 보였다. 그런 행색으로 그는 아무렇지도 않게 나가서 상을 받았고, 뒤풀이 장소에서 한 손을 쳐들고 노래를 불렀다. 그가 풍겨 내는 자유로움에 나는 매혹되었다. 그건 보육원에서 자란 내가 도저히 가 닿을 수 없는 해방구 같은 것이었다. 나는 그 뒤 그의 첫 시집을 사서 읽고 미연의 '옛집'에 해당하는 세계가 그 안에 들어 있는 것을 발견했다. 그때부터 그는 내 마음의 연인이었다. 미연이 여기가 감나무고 여기가 텃밭이고 여기가 뒤란이고…… 이렇게 읊어 대기 시작하면 나는 멍하니 그의 시들을 떠올렸다. 그가 내 앞에 나타났을 때, 내가 앞뒤 못 가리고 정신 줄을 놓은 건 어쩌면 당연했다.

"아이 참, 불을 줄여!"

미연이 얼굴을 찌푸리며 손사래를 친다.

"너 정말 겁나니? 내가 떠날까 봐?"

나는 짓궂게 미연을 바라본다.

"겁나긴? 네가 뭐 태평양이라도 건너갈 거니?"

"누가 알아? 비행기 타고 아주 멀리 뜰지."

"싱겁긴! 지금 농담할 때야?"

"농담 아냐. 두고 보라고!"

나는 쌓아 놓은 닭들을 확 밀쳐 버린다. 가스 불을 끄고, 익은 것 안 익은 것들을 한꺼번에 통에 담아 냉장고에 처넣는다. 그리고 앞치마를 벗었다.

"뭐 하는 거야?"

미연의 놀란 눈동자가 나를 쏘아보고 있다.

"네가 지금 사람 마음에 불 지르고 있잖아!"

나는 가게 안을 난폭하게 왔다 갔다 하며 열쇠를 찾았다. 내친김에 가게 출입문을 쾅 닫았다. 밖에 나가서 셔터까지 주르륵 내려 버렸다. 가게 안의 어둠 속에서 미연의 음성이 들렸다.

"네가 없어져 버리면…… 혁이와 혁이 아빠 당장 어떻게 사니?"

"알 게 뭐야. 남자 둘이 설마 굶어죽겠어? 나 없으면 막일이라도 하겠지."

"막일 좋아하네. 그거 아무나 하는 줄 알아?"

그녀는 아직도 내 기분에 동조하지 않고 있다.

"게임해서 먹고살겠지 뭐. 둘이 그거 도사잖아."

남편이 필경 지금도 피시방에서 게임 삼매경에 빠져 있을 거라는 생각이 그런 대꾸를 만들어 냈다. 컴퓨터 사양 때문이라면서 두 부자는 노상 피시방에 가곤 했다. 최신 게임엔 최신 컴퓨터가 필요하다는 것이다.

"아서라, 아서!"

미연의 혀 차는 소리가 들린다. 나는 홍수처럼 매일 매일 쏟아지는 게임들에 대해 생각해 본다. 매체와 기술은 눈부시게 발달하고 있고, 대한민국은 지금 세계 최고의 컴퓨터게임 중독 국가다. 나는 남편과 아들이 무슨 게임을 어떻게 하는지 모른다. 내가 들어가면 그들이 대화를 멈추니까. 확실한 건 나는 아들과 남편을 컴퓨터게임 중독으로 잃었다는 사실이다. 자기 할 일을 하고 게임을 즐긴다면 모른다. 그러나 모든 걸 미루고, 아니 아예 그만두고 게임만을 지속하는 건 중독이라고 할 수밖에 없다. 그렇다고 프로게이머가 되는 것도 아니다. 그건 넘볼 수 없는 세계인 모양이었다. 남편은 일주일에 이틀 정도는 건듯 외출을 했다가 대개는 술에 취해서 들어온다. 다음 날 그는 어김없이 다시 컴퓨터 앞에 앉아 게임을 하거나 그것도 모자라 피시방에 간다. 이제 만사를 포기한 것 같다. 왜 그렇게 되었는지 알 수가 없다. 아들 녀석의 어투로는 전부 내 탓이라는 것이다.

"나가자. 차 어딨어?"

"나가자고?"

"그럼 이 지옥에 앉아 있으랴? 공연히 와서 사람 속 뒤집어 놓고."

"어딜 가게?"

"아무 데나. 바람이라도 쐬러 가!"

미연은 마지못해 따라 나왔다. 나는 그녀의 차에 올랐다. 그녀가 천천히 차를 움직였다.

"신촌 쪽으로 가. 북악터널로 해서."

"신촌?"

미연은 더 묻지 않는다. 더 이상 나를 건드리지 않는

것이 묘수라고 판단한 모양이다. 국민대학을 지나 북악 터널을 지나 평창동을 지나면서도 우리는 둘 다 입을 다 물고 있다. 이제야 그녀가 내 기분에 동조해 오는 것 같 다. 나는 한숨을 내쉬었다. 담배라도 피웠으면!

어디서부터 잘못되었을까?

맨 처음 남편이 그 부도덕한 건설회사의 홍보용 팸플 릿 만드는 일을 그만두겠다고 했을 때, 그때만 해도 그 는 나와 무엇이든 의논을 했다. 자꾸 그렇게 현실로 기 어들어 가니 도저히 시가 써지지 않는다고, 억지로 써도 각다귀 같은 시만 된다고, 시인은 현실적으로 다른 직업 을 가져야 마땅한데 막상 직업을 가지니 심상이 개판이 된다고, 그러니 이런 딜레마를 어찌하면 좋으냐고 소주 잔을 기울이며 하소연하곤 했다. 나는 선선히 그 일을 그만두라고 했다. 그는 시만 쓰는 생활로 돌아갔다. 내 게 있어서 그의 시는 마음의 근원이었다. 그의 시가 시 단에서 인정을 받든 못 받든, 그가 훌륭한 시인이든 아 니든 그것은 내게 그다지 중요하지 않았다. 그의 시는 시 자체로 나의 고향이었다. 미연의 마음속에 옛집 그 림이 있듯이. 보육원에서 미연을 만난 이래 그녀는 하루 도 빠짐없이 짬만 나면 그 지겨운 그림을 그려 내게 보 여 주었다. 그녀가 일곱 살까지 살았던, 그녀가 기억하 는, 그녀네 거룩한 '옛집'이었다. 미연은 대개 그것을 평 면도처럼 그렸는데, 왼쪽 대문을 들어서면 감나무가 있고, 가운데에 납작한 집이 있고, 그 앞은 텃밭이고, 오른쪽 뒤편에 변소가 있었다. 그리고 대문 밖으로는 개울이 흘렀다. 개울이 아니라 도랑인지도 모르지만. 미연은 그것을 수천 번도 더 그려 내게 보여 주며 집을 떠나오던 마지막 날의 느낌과, 엄마가 들이마신 농약 병, 보육원 마당에서 외삼촌이 쥐여 준 5000원짜리 빨간 돈 얘기를 했다. 아버지가 바깥 살림을 하고 어머니는 자살을 하고 언니들은 뿔뿔이 수양딸이라는 이름의 가정부로 팔려 가는 와중에 나이 어린 미연만이 보육원에 맡겨진 것 같았다. 큰언니는 동대문 시장에서 장사하는 집으로, 둘째 언니는 술국집으로, 셋째 언니는 무당을 하는 집으로 갔더라고 그들을 찾고 나서야 미연은 언니들을 동정했다. 내겐 그런 이야기들조차 없었다. 나는 영문도 모르게 조산원에서 영아원으로 넘겨졌고, 영아원 원장의 성을 따랐다고 했다. 그 외에 아무것도 없었다. 그야말로 무(無)였다. 나는 가끔 생각했다. 진짜 나의 성은 무엇일까? 내 생일은 언제고, 대체 '나'는 누구일까? 누구와 누구의 딸일까? 발밑으로, 발등으로, 정강이로 물이 차올랐다. 허벅지로, 배로, 가슴으로 차올라 찰랑찰랑 목까지 잠기면 나는 남편의 시집 속으로 들어가곤 했다. 그의 시들을 완전히 이해한 건 아니었다. 그러나 거기에는 따스한 빛이 있었고, 포근한 이부자리가 있었고, 알 수 없는 손길이 있었다. 글씨들은 하나하나의 집이었으며, 자간과 행간은 이런저런 골목길, 또는 구부러진 마을길이었다. 거긴 말하자면 내 고향 집이었고, 내 존재의 바탕이었다. 글씨를 읽지 않아도, 내용을 헤아리지 않아도 그건 충분히 내가 나고 자란 동네였다. 그러므로 어떤 경우에도 나는 내 고향을 훼손할 수 없었다. 결국 나는 남편의 시를 위해 초등학교 앞에 조그만 분식집을 차렸다. 그러나 그는 2년도 안 되어 다시 방 밖으로 나갔다. 그는 분잡하게 잡문을 썼고, 이런저런 대필을 했고, 남들의 자서전을 썼다. 이 세상에 나와서 한 일이라곤 돈을 움켜쥔 일밖에 없는 노인들의 이야기를 대여섯 권 쓰고 나더니, 어느 날 펜을 던져 버렸다. 그는 시를 쓰려 하지만 써지지 않는다고 한탄이었다. 이때부터가 위기였을까. 그는 잠만 잤고, 술을 과하게 마셨으며, 컴퓨터 앞에서 밤을 새우기 시작했다. 나는 분식집을 내놓고 닭구이집을 차렸다. 그가 나 몰래 택시 운전을 한다는 사실을 안 것은 2년이 지난 뒤였다. 나는 지금도 그가 완전히 '그 일'을 그만두었는지 알지 못한다. 아직도 시간제로 간간이 그런 일을 하고 있는지도.

차가 문화촌, 홍은동을 지나 연희동 쪽으로 달리고 있다.

"신촌 어디야?"

미연이 감정 없이 내게 묻는다. 그녀는 오늘 내 요구대로 해 주기로 작정한 모양이다.

"김포 쪽 길로 가. 아주 강화까지 가든지."

"바다 보러?"

"응."

애초 그렇게 말하지 그랬느냐는 투로 그녀가 나를 힐 끗 돌아보았다.

"늦지 않을까?"

미연이 시간을 가늠한다.

"금방 와. 그냥 거기 가서 숨 한번 푹 내쉬고 돌아올 거야."

"그러기엔 기름값이 너무 아깝잖아."

"기름값 내가 줄게."

"계집애, 무슨 말도 못 하겠다!"

그녀가 속력을 냈다.

서울시를 벗어났다.

황량한 겨울 벌판이 이어지다가 집들이 나타나고, 또 벌판이 이어졌다. 남편의 시가 쓰인 페이지 같았다. 그 아름다운 여백과 뭉클한 글자들.

"「적과의 동침」이라는 영화 봤어? 옛날 영화. 줄리아 로버츠 나오는."

미연이 웃음기를 띠고 내게 묻는다.

"응, 그래, 같이 봤잖아."

"네가 바닷가로 간다고 하니까 어쩐지 그 영화 생각 이 나."

"폭력 남편한테 얻어맞고 도망치는 거잖아?"

"그래."

"난 그런 남편은 없다아?"

"그래, 네 남편은 젠틀하지."

"응, 젠틀."

"요새도 술 먹고 장사 방해하고 그래?"

"아니. 나오지도 않아. 한 번도."

"안 나와서 삐진 거야?"

"아냐. 그 사람한테 삐진 거 아냐. 혁이 녀석이 괘씸해 서지."

"혁이가? 왜?"

"글쎄 그 녀석이 이런 말을 하더라? 전번에 가게에 나와서. 우리가 따로 살아야 된다면 저는 제 아빠하고 살 겠대. 그게 갈등이 적다나."

"하여간 자식 놈들은!"

미연은 잠깐 생각하더니 나를 지그시 바라본다.

"아빠에 대한 동정일 거야. 안됐으니까 지켜 주려고. 기특하기도 하잖아?"

"기특하긴. 너무 속상해서 매일 가게 문 닫고 울었어. 아무리 울어도 그 서운함이 가시지가 않아. 야속해서 죽을 것 같아."

"하긴, 그렇게 애지중지 키웠는데."

"내가 그동안 뭘 잘못해 주었을까? 나는 죽기 살기로

했는데."

"잘못해 주긴? 어떻게 더 잘해 주냐? 대한민국에서 너보다 아들한테 잘하는 엄마 있으면 나와 보라고 해."

"그런 거하고 다른 모양이지. 혁이 아빠도 언젠가 나한테 그러더라. 당신은 사랑할 줄도 사랑받을 줄도 모른다고. 죽어라 사람 정을 밀어낸다는 거야. 밀어내는 데만 익숙하대. 정말 그럴까?"

"그러게."

"이젠 아주 질렸대. 그러면서 머리를 절레절레 흔들어."

"……."

"문제는 내가 뭘 잘못했는지도 모르겠다는 거야. 난 최선을 다했거든."

"……."

"확실히 나는 벌어먹고 사는 일보다 정을 주고받는 일에 서투른가 봐. 고아니까. 정을 받을 줄도 모르나 보지. 그런 걸 받아 본 적이 없으니까. 내가 그렇다는 걸 인정하기 힘들어."

"무슨 개소리야? 정에 굶주렸기 때문에 더 정을 갈구하겠지!"

미연이 화난 듯이 부르짖었다. 여태까지 잘도 참았던 모양이다. 자기도 나와 비슷할 테니까. 찔리는 구석이 있으리라.

"갈구하는 것하고 유연하게 잘 주고받는 것하고는 다른가 보지. 우린 기술이 없나 봐. 사람과 사람 사이의 그 기술. 초코파이 먹을 때 가운데에서 하얀 진 나오잖아. 한쪽을 떼어 내려 하면 실처럼 늘어나면서 끝내 양쪽을 붙어 있게 하려는 접착성. 우리한텐 그런 끈끈이가 없나 봐."

"그럼 어쩌란 말야? 생긴 대로 사는 거지!"

미연이 버럭 소리를 질렀다.

"정말 억울한 건 내가 피도 눈물도 없는 일꾼으로만 보인다는 거야. 생활력이 있으니까 어디 가도 염려 없이 잘 살 거라고 치부해 버려. 동정의 여지가 조금도 없어."

"기가 막혀."

"나도 생각을 많이 해 봤지. 억지로 우겨서 혁이 녀석을 데리고 있을 수는 있을 거야. 마구 윽박질러서 주저앉힐 수도 있고. 그렇지만 그렇게 해서 남는 게 뭐겠어? 그 눈빛하고 콧날을 봐. 애가 다 컸어."

황량한 겨울 벌판이 불현듯 사라지며 강화대교가 나타났다. 다리를 건너 강화시를 관통해 일직선으로 계속 달렸다.

"길 알아?"

"길이나 마나 강화도가 뭐 얼마 크니? 거기가 거기지."

넘실넘실 바다가 보였다. 이제 길은 양쪽 해안으로 갈라져 있었다. 강화도 서쪽 끝까지 온 것이다.

"자, 네가 원하는 바다다! 계집애, 생뚱맞기는!"

미연은 남쪽 해안도로로 핸들을 꺾었다. 푸른 바다가 내 오른쪽 어깨를 시리게 적시며 지나갔다. 해는 뉘엿뉘엿 지고 있었고, 점점이 검은 섬들이 나타났다가 사라졌다. 20분쯤 더 내려가자 망월이라는 팻말이 보였다.

"망월이라, 이쯤에서 달을 바라보라는 건가?"

미연이 차를 모래톱에 세웠다.

시동을 끄고 차에서 내렸다.

우리들은 천천히 물가로 걸어갔다. 넘실넘실 청남색 바다가 눈앞으로 다가왔다. 나는 숨을 후루룩 들이켰다. 멀리 수평선으로 시선을 던졌다. 왜 하필이면 이런 바다를 생각했을까? 서울을 떠나 어딘가로 가려고 했을 때 왜 하필 이런 바다가 떠올랐을까? 태안, 군산, 무안, 해남, 여수, 진해, 포항, 삼척, 강릉…… 그 사이사이의 이름 모를 곳들……. 나는 유난히도 무서움을 잘 타지 않나? 여름날 폭풍우라도 몰아치면 어쩌려고? 이런 데서 혼자 어떻게 견디려고?

시퍼런 물이 마음을 선듯하게 물들여 왔다.

추웠다.

나는 파카 깃을 세웠다.

물론 현실적인 조건들도 염두에 두었을 것이다. 우선 집값이 싸야 한다, 생활비가 적게 들어야 한다, 그런 전제들도 있긴 있었다. 그러나 마음 한편에서는 내키면 곧

장 빠져 죽을 수도 있다는 생각이 쾌감처럼 나를 매혹했다.

바다와 죽음.

죽음은 무섭지 않다는 글을 읽은 적이 있다. 평생 의사로 살아온 사람의 글이었다. 살아 있는 사람이 바라보는 죽음은 끔찍하지만 실제로 죽어 가는 사람은 그토록 통증을 느끼지 않는다는 것이다. 끔찍한 사고를 당했다 해도 극심한 통증은 10여 분, 그다음은 정신이 몽롱해져 바라보는 것만큼 괴로운 게 아니라고 했다. 그는 동물의 경우를 예로 들었다. 사자에게 잡아먹히는 영양의 경우, 덜미를 물리고 목숨 줄을 놓을 때까지 심한 고통은 10여 분 정도란다. 그 뒤로 찢기고 먹히는 광경은 우리가 처참하게 바라보는 것일 뿐 정작 영양은 이미 죽어 아무 고통도 못 느낀다는 것. 자연사는 말할 것도 없다고 했다. 죽음은 스르르 드는 잠과 같고, 단지 깨어나는 것과 깨어나지 않는 것만 다르다고 했다. 죽음은 무릇 모든 생명의 자연법칙이고, 거스를 수 없으며, 때가 왔을 때 조용히 받아들이는 것이 현명하다고 그는 결론지었다.

"죽는 날을 내가 선택할 수 있다면"이라는 시구가 떠올랐다. 하얀 눈 오는 날을 선택해서 그 눈이 자신의 몸 위에 하얗게 덮이도록 한다는 내용이었던가. 그 시인은 정말로 죽음을 생각해 봤을까. 혹시 감상은 아니었을까. 진짜 자기 죽음에 대해 생각해 봤다면 이렇게 추운 날 차가운 시신 위에 시린 눈마저 덮인다면 얼마나 춥겠는가. 하얗게 눈 덮인 시신이 아름다워 보이는 건 산 사람의 감상일 것 같았다. 하긴 죽은 사람은 아무것도 모르니 춥든 덥든 상관없을 것이다. 눈이 오든 비가 오든 지진이 덮치든 뭐가 다르겠는가.

"너 제발 이런 데 와서 술집 차리지는 말아라? 장사 안 된다."

미연이 웃으며 말한다.

그녀의 목소리가 바닷바람을 타고 울울울 날아와 내 귓가에서 맴돈다. 안 된다, 안 된다, 안 된다……

나는 결 좋은 모래 위에 털퍼덕 주저앉았다.

미연도 내 옆에 앉았다.

그녀는 바람을 피하기 위해 후드를 둘러쓰고 양쪽 손으로 목 부분을 감싸 바람이 들어가는 것을 막고 있다.

잔비늘들이 일렁이며 자꾸 나를 끌어당긴다.

나는 흔들흔들 울렁이는 그 운동감에 몸을 맡긴다. 배를 타고 떠내려가는 것 같다.

"여기 이렇게 앉아 있으니 우리 어려서 시제 받아먹던 생각이 나네."

미연이 나를 바라본다.

"덜덜덜 떨면서 앉아 있었잖아. 서리 내리고 으스스한 늦가을 야산에. 쭈그리고 앉아서 밤 한 톨, 대추 한 개, 곶감 반 개 얻어먹었지. 우리 보육원 애들한테는 그 게 대단한 간식이었어. 그때는 그런 걸 맛볼 기회가 전혀 없었잖아. 근데 그 쓸쓸하고도 달큰한 맛이 평생 잊히지 않아. 그건 아마 남이 주는 적선과 선심의 온도였을 거야. 달큰하고도 쓸쓸한……."

"그래, 셔츠 앞자락을 내밀고 추운 데 앉아 그걸 받아먹었지. 하루 종일 떨면서 말이야. 꼬챙이에 꿴 고기 한 점이 걸릴 때도 있었고, 두부부침이 걸린 적도 있었어. 받아먹으면서도, 결코 포기하고 가 버리지는 못하면서도 썩 기분 좋은 게 아니었어. 남들이 주는 그 식어 빠진 정. 그걸 느꼈던 거야. 타인의 선심이란 그런 거겠지."

"너도 그랬니?"

"응, 그랬지."

우리는 마주 보며 으흐흐흐 웃었다. 평생 여러 사람들한테서 찔끔찔끔 받았던 정. 거기에는 늦가을 야산의 으스스한 기운이 묻어 있었다. 자기들끼리 먹는 알짜배기 따스함이나 진국의 맛은 없었다.

나는 바다가 보이는 언덕 위의 창을 다시 떠올려 보았다. 정말로 나도 이런 곳에 와서 내 창 하나를 가질 수 있을까. 여기에서 아침 점심 저녁으로 바다를 내려다보고, 또 밤에도 그 검은 심연을 들여다볼 수 있을까. 1년 365일 매일처럼 그럴 수 있을까. 해마다 계속해서 그럴 수 있을까. 그러다가 이런 데서 파도 소리를 들으며 눈감을 수 있을까.

"왜 하필 바다냐? 뭐가 좋다고?"

미연이 시비조로 따진다. 내 마음을 읽은 모양이었다. 그녀한테는 이런 곳이 영 서글퍼 보일 것이다. 서리 내린 늦가을 야산처럼.

"모르겠어. 혁이 아빠를 만나기 전까지는 늘 바다를 생각했거든. 그의 시에 빠져들기 전까지는. 그냥. 이유도 없이. 바다는 풍경 자체로 하나의 세계인 것 같아. 한 우주라고나 할까. 난 거기에 내 자리를 만들고 싶어. 영원한 내 집을. 따스한 나만의 집을."

"이해가 안 돼."

"지상에는 내 땅이 없잖아. 집 없는 사람들은 이런 델 꿈꾸게 돼. 고향 없는 사람들은. 여긴 누구나에게 마음의 고향이잖아. 넌 모를 거야. 집이 있으니까."

미연은 막대기를 주워 모래 위에 낙서를 한다.

"나도 마음의 집 한 채쯤은 지어도 무방하잖아. 내 고향 집을. 형체 없는 고향 집 대신 영원한 내 존재의 집을. 그러면 좀 마음이 안정될 것 같아. 물은 모든 생명체의 근원이라니까."

"그 집 짓기 전에 제발 혁이 생각해라."

"4년을 참아야 되는지 계속 생각하고 있어. 4년 동안은 내가 밥이며 옷이며 학원이며 챙겨 줘야 할 것 같기도 하고. 정말 어쩌다 이렇게 됐는지 모르겠어. 혁이랑도, 그이랑도……. 전엔 미래 같은 건 생각해 보지도 않았는데…… 그저 죽어라 열심히 살아왔는데…… 이젠 내 인생이 뭔가, 어디가 끝인가, 그런 생각이 들고, 빨리 끝내고 쉬고 싶은 생각도 들어."

"4년만 기다려. 모든 건 4년 뒤에 결정해. 「낫 투데이」란 노래도 있잖아."

미연이 「낫 투데이」를 흥얼거리며 두 팔을 엑스 자로 꼬았다 폈다. BTS의 격한 안무를 흉내 내는 모양인데 어설펐다.

"하지 마. 안 똑같아."

나는 면박을 주었다.

4년…… 글쎄 기다릴 수 있을까…… 4년……. 미연은 모래 위에 자기의 옛집을 또 그린다. 대문을 그리고, 감나무를 그리고, 집과 텃밭, 그 뒤의 변소를 그린다.

"야, 너 이제 그거 좀 멋지게 그려라. 그게 오막살이지 집이냐? 지금 니네 집은 거기 비하면 저택 아냐? 게딱지 같은 집을 왜 자꾸 그려?"

미연이 빙긋 웃는다. 그 웃음에는 채워지지 않은 허전함이, 상실감이 담겨 있다. 좋은 남자 만나 아이 낳고 수십 년을 살았건만 잃어버린 유년은 찾을 수 없나 보다. 이제 언니들을, 작은어머니를, 사촌들을 찾았지만 어린 시절의 빈 마음은 채워지지 않는 것 같다.

나는 남편의 시들을 떠올린다. 정확하게는 시집의 페

이지들을. 하얀 종이와 몇 자 점점이 박혀 있는 글자들을. 어쩐지 가슴에서 무언가 올라올 것 같다. 그 무언가를 삼키기 위해 나는 불현듯 노래를 부른다.

넓고 넓은 바닷가에 오막살이 집 한 채 ─

미연이 내 노래를 따라 부른다. 어릴 적 보육원 원장 선생님이 우리를 재울 때 부르시던 노래다. 이름도 생각난다. 최인식 원장 선생님. 대머리가 벗어지고 송곳니가 휑하니 빠졌던…….

고기 잡는 아버지와 철모르는 딸 있네.
내 사랑아 내 사랑아 나의 사랑 클레멘타인
늙은 아비 혼자 두고 영영 어디 갔느냐 ─

바닷바람 속으로 우리의 이중창이 조그맣게 울려 퍼진다. 넓고 넓은 바닷가에 오막살이 집 한 채……. 나는 남편의 시와 행간이 그리워 노래 사이로 혹 느껴 운다.

너의 발걸음 소리

1 잊힌 이름

"저…… 혹시 김미정 씨세요?"

앳된 남자아이의 목소리였다. 고등학생 정도 되어 보였다. 보이스 피싱이나 텔레마케팅은 아닌 것 같았다. 느낌이 이상했다. 제 딴에는 용기를 내서 묻고 있었지만 어딘지 망설임이 느껴졌다.

"그런데요?"

말꼬리를 올리며 나를 찾는 이유를 물었다.

"저 현준이에요."

"네?"

"안. 현. 준. 이요."

"아⋯⋯!"

멀리서 진달래가 피는 듯했다. 연분홍 꽃들이 봉화처럼 이 산 저 산으로 옮겨 와 바로 앞산에서 한들거렸다. 안현준, 안현석⋯⋯. 오랜만에 들어 보는 이름이었다. 너무 오랜만이어서 오히려 낯설었다. 한때 내 인생에서 가장 아름다웠던 그 이름들! 그리움과 회한, 추억이 범벅이 되었다.

"아시지요?"

확인이 들어왔다.

너무 빨랐다. 나는 준비가 덜 된 상태였다. 울컥한 채였고, 뜨거운 피가 전신으로 퍼져 나가는 중이었다. 입을 뗄 수가 없었다. 입술을 달싹거렸지만 말이 되어 나오지 않았다. 쿵쿵대는 심장 소리만 전파 사이로 흘러갔다. 생각도, 감정도 먹통이 되었다. 검은 심연이 우리 사이에서 출렁거렸다. 엄마라는 이름, 아들이라는 이름. 서로에게 잊힌 이름이었다. 잊혔다기보다 관계가 시작되어 있지도 않았다. 아이들이 너무 어렸고, 일이 그냥 그렇게 되어 버렸다.

"가 봐도 돼요?"

"여길?"

나는 되물었다.

아이는 대답하지 않았다. 그러나 다른 곳일 리가 없지 않은가. 상상해 보지 않은 상황이었다. 그쪽 집에서 나를 흉물로 낙인찍어 쫓아냈으니까.

"괜찮을까?"

두려워 그쪽 사정을 떠보았다. 이제 친엄마에게 드나들어도 괜찮을지, 그것이 알려져도 아무 일이 없을지 물어보지 않을 수 없었다. 전화기를 든 채 거울 앞으로 갔다. 윤기 없고 부스스한 중년 여자가 서있었다. 한 손으로 머리칼을 쓸어 넘겼다. 조금도 나아지지 않았다. 바닥에 널브러진 책들과 옷들을 발부리로 치웠다.

"아빠도 아셔?"

확실하게 물었다.

"모르실 거예요."

"그럼?"

"저, 올해 대학에 들어갔어요."

'이제 어른이에요' 하는 뜻으로 들렸다. 심장이 쿵쿵쿵 더 세게 뛰었다. 물론 알고 있었다. 둘째인 그 아이가 올해 대학에 들어가는 해라는 걸. 그걸 잊을 수는 없었다. 언제나 '이제 고등학교 2학년이 됐겠네', '고3이 됐어', '여름방학 했겠구나', '학원에 다닐 거야' 등등으로 떠올리곤 했다. 학교를 파하고 왁자지껄 지나가는 학생들을 보며 '저 애 같을까?', '저 애 같을까?' 그려 보기도 했다. 너무 괴로워 아예 학교 근처로는 다니지 못한 시절도 있었다.

대학에 붙었다니 축하한다고 말해 주어야 했지만, 아

이를 위해 전혀 한 일이 없었다. 빈말하는 게 겸연쩍었다.

"형은?"

말을 돌렸다.

실은 그 아이가 더 궁금했다. 첫정이어서인지 키운 시간이 조금 더 길어서인지 아무튼 큰 녀석이 늘 먼저 떠오르곤 했었다.

"형은 배낭여행 갔어요. 잘 있어요."

"배낭여행?"

그런 것도 가겠지! 이제 녀석은 대학 3학년이 되었으니. 혹시 북유럽 같은 델 갔을까? 근거도 없이 그런 생각이 들었다. 며칠 전 스웨덴 영화를 보았기 때문인지도 모른다. 큰아이한테는 어쩐지 그런 나라들이 어울릴 것 같았다. 묵직하고 이성적이고 가라앉은……. 초롱초롱한 눈으로 오만 가지를 다 물어보던 세 살 적 모습이 떠올랐다. 제 아비를 닮아 아기 적에도 체격이 호리호리하고 또래에 비해 키가 컸다. 지금은 아마 180센티미터가 넘는 늘씬한 청년이 되어 있으리라.

"형하고도 얘기했어?"

나는 또 물었다.

"아뇨. 형은 몰라요. 형은 아마 거기 가지 않을 거예요."

"아, 아아……!"

가슴에서 와락 담벼락이 무너졌다. 아암, 그렇고말고! 내가 잊고 있었다. 그들의, 그 애의 냉담을. 허물어진 담벼락 사이로 전남편과 전 시어머니, 전 시아버지의 얼굴이 스쳐 지나갔다. 내 마음도 차갑게 얼어붙었다. 살아오면서 느꼈지만 '용서'라는 말은 사전에만 존재했다. 그건 확실했다. 그 말이 그렇게 자주 따듯하게 쓰이는 건 시간이 흘러 감정이 변했기 때문이고, 상처가 둔화됐기 때문이고, 용서해야만 이득을 보거나 마음이 편해지기 때문이었다. 그러니까 이쪽의 편의 때문이었다. 큰아이의 존재 때문에 곱게 흐르던 선율에 갑자기 불협화음이 끼어들었다. 음표들이 날카롭게 춤을 추었다. 내 마음 깊은 곳에서 잠자고 있던 분노가 으흐흥 깨어났다. 떨림이 얼굴에서 어깨로, 몸통으로, 다리로 내려갔다. 나는 사시나무 떨듯 떨며 발바닥을 방바닥에 꽉 짚었다. 경련은 서서히 지나갔다.

나는 다시 이성적이 되어 당시를 회상해 본다. 내 실수를 인정한다 해도, 결과가 똑같았을지라도, 내가 정말 견딜 수 없었던 건, 지금도 용서가 되지 않는 건 ─ 그들의 냉랭함이었다.

얼음으로 지은 집.

차디찬 심장들.

그 집안의 내력이었다. 큰아이도 아마 제 아비처럼, 제 할머니나 할아버지처럼 차디차게 응결되었을 것이다.

요행을 바라는 마음이 한편에서 가녀리게 일었다. 혹시 둘째인 이 아이는 나를 닮지 않았을까? 이 애에게는 인정머리라는 게 좀 있지 않을까? 이 아이는 내 피를 더 많이 물려받지 않았을까? 그래서 나와 통할 수도 있지 않을까?

내게 전화를 했다는 사실이 어쩐지 그럴 가능성이 높다는 느낌으로 다가왔다. 배밀이를 하다가 고개를 반짝 쳐들고 나를 쳐다보던, 탁자를 잡고 일어서던, 한 발짝 한 발짝 걸음마를 떼던, 내 옷깃을 꼭 거머쥐고 놓아주지 않던…… 고물고물 움직이는 모양새가 당시에도 형하고는 달랐었다.

"그래, 와 봐라. 이제 다 컸으니."

그렇게 말하고 말았다.

"네."

곧 전화가 끊어졌다. 너무 순간적이었다. 갑자기 들이닥친 적요함에 나는 당황했다. 딩— 하는 신호음만이 귀 안에 여운으로 남아 있었다. 허망했다. 나는 그저 멍하니 앉아 있었다. 티브이를 켤까 말까 망설였다. 갑자기 액자 생각이 났다. 그게 어디로 갔지? 품 안에 있던 따스한 무엇이 너무 간절해져서 나는 일어나 이 방 저 방으로 휘젓고 다니며 액자를 찾았다. 아이들 손바닥을 핸드 프린팅한 그 액자는 어디에도 보이지 않았다. 장롱 위, 서랍장 뒤, 침대 밑까지 뒤져 보았다. 매일매일 그걸 바라보는 게 너무 괴로워 언제던가 벽에서 떼어 내 보이지 않는 곳으로 숨겼었다. 근데 대체 어디다 두었단 말인가? 단풍나무 잎사귀만 하던 아이들의 손바닥 자국. 분명 버리지는 않았을 텐데, 절대 없어질 리는 없는데 어디에 두었을까?

한밤중임에도 베란다로 나가 창고 문을 벌컥 열었다. 온갖 물건들이 가득 쌓여 있었다.

2 겨울 왕국

하얀 나라.

얼음으로 솟은 벽.

빙하가 덮이고 그 위에 또 덮이고 덮여 얼어붙은 땅.

이것이 내 의식 속에 박혀 있는 결혼 생활이다.

그 설원에 누르스름한 백곰이 나타난다. 육중한 녀석이 설원 위에서 좌우로 입짓을 하며 물범을 뜯어 먹는다. 하얀 눈 위에 핏자국이 빨갛게 번진다. 끔찍하다. 색감의 대비가 너무 선명해 아름답기조차 하다. 백곰에겐 당위이고, 물범에겐 비극이다. 그런 걸 삶이라 부르고 자연의 법칙이라 부른다. 강자와 약자, 당당한 존재와 약점 있는 존재, 고매하고 격조 높은 핏줄과 더럽고 추잡한 핏줄……. 윤리도 진실도 사실도 선입견과 고정 관념으로 똘똘 뭉쳐 있다. 인간에게, 남자에게 성이란 무엇인지, 또 여자에게는 어떤 것인지 나는 대답할 수가 없다. 겁탈 혹은 강간, 성폭력이라는 단어가 왜 이다지도 끈질기게 인류의 역사를 통틀어 지속적으로 사람들 입에 오르내리는지 모르겠다. 성에는 지성도, 지위도, 직업도, 나이도, 형편도 관계가 없었다. 악마적인 본능과 그것에 희생당한 사람들의 똥통 인생. 내게 씌워진 오명은 내 아버지에게서 비롯되었다. 얼굴도 모르고, 아기 때 고향 마을을 떠나온 이래 만나 본 적도 없고, 기억나는 것도 없고, 아버지라고 불러 본 적도 없는 그 인간. 짐승 같은 그 인간의 한순간의 충동이 내 일생을 송두리째 지배했다. 나는 그 인간의 더럽고 추잡한 핏줄로 태어나 결국은 더럽고 추잡할 수밖에 없다는 것이 시집 식구들의 생각이었다. 엄마와 나의, 아니 내 출생의 비사를 풍문으로 전해 들은 순간 그들은 나를 '음탕한 여자'로 낙인찍어 자기들 영역에서 무참히 쫓아냈다. 내 설명이나 변명 따윈 필요 없었다. 지옥의 사자로 변한 그들을 나는 상대할 수 없었다.

시간이 많이 흘렀지만 내가 확인한 건 '용서'라는 단어는 허구일 뿐이라는 사실이다. 그 단어는 실제로는 성립되지 않는다. 내 인생을 오물통 속으로 처넣은 그 죄를 어떻게 용서하겠는가?

3 하얀 꿈

잠에서 깨어날 때면 어김없이 백색 화면이 뜬다. 온통 하얗고, 너무 깨끗하고, 숨도 쉴 수 없다. 감정은 죽어 있고, 생명의 욕구들은 눌려 있다. 너그러움과 이해, 아량, 유머, 낭만 같은 느낌들은 찾을 수가 없다. 온 세상이 100퍼센트 하얀색이다. 바늘 끝 한 점 다른 색을 찾을 수가 없다. 완벽하다. 아니 완전하다. 완전함은 정의로 등극한다. 가장 정의로운 색을 고르라면 단연 흰색이다. 흰색은 더할 나위 없는 자긍심을 갖고 있다. 하얀색 빙하는 지구상의 사물 가운데 가장 순수하고, 수만 년 되었고, 숭고하고, 순결하다. 세속에 물들지 않았기 때문에 절대적 가치를 지녔으며, 따라서 오염된 것들을 불허한다. 속성상 흰색은 다른 색에 대해 알지 못하고, 자기만의 자만심과 편견으로 가득 차 있다.

오염.

혹은 오점.

나는 오염된 존재거나 오점을 타고난 인간이다. 나는 그것을 숨겼다. 그 누구든 그런 걸 광고할 수는 없으리라. 그 결과 내 짧은 결혼 생활이, 내 일생 중 가장 긴장했던 순간들이, 꼭 잘해 내고 싶었던 간절한 염원이 무참히 깨어졌다. 나는 어머니의 비참한 인생을 딛고 평범한 삶으로 승화하고 싶었다. 그런 바람들은 지금도 하얀

빙하 밑에 죽어 깔려 있다. 수백 수천 년이 흘러도 그것
은 얼음 밑에 그대로 묻혀 있을 것이다.

탁하고 불그스름한 정액 색깔의 나.

나 자신이 어떻게도 해 볼 수 없는 나.

나와 반대편에 마주하고 있는 하얀색.

신들은 흰빛 오라 속에 나타나고, 여신들도 흰옷을
입었고, 유령이나 귀신들도 흰옷을 입는다. 의지가 작용
하지 않는 환각 상태도 흰색이라고 한다. 이 절대 가치
의 세계를 내가 어찌하겠는가. 흰색은 모든 색의 시작과
끝이며, 중심이고, 기준이라고 그들은 말한다. 그러나
나는 흰색에 대한 진실을 알고 있다.

내가 당한 횡포가 너무도 끔찍해서 나는 영화 「겨울
왕국」조차 보지 않았다.

4 찔레꽃

1969년 7월 20일 미국의 우주인 암스트롱은 아폴로
11호에서 내려 달 표면에 첫발을 내디뎠다. 그는 전 지
구촌에 생중계되는 화면 속에서 "한 인간에게는 작은
걸음이지만 인류에게는 위대한 도전이다."라고 말했다.
인간이 처음으로 달에 착륙한 날이었다. 인류는 진정 지
구를 넘어 우주로 뻗어 나가고 있었다.

그러나 그날, 장소를 밝히기 꺼려지는 대한민국의 한 농촌 마을에서 부용꽃을 닮은 여고생이 인근의 부랑배에게 겁탈당했다. 학교에서 돌아오던 중 강둑 아래로 끌려가서였다.

몇 달 후 여고생은 배가 불러 왔고, 결국 학교에 갈 수 없었다.

벙어리에 문맹이었던 여고생의 아버지와 어머니는 열여덟 살의 여고생을 그 남자에게 시집보냈다. 그들이 평생 지녀 온 상식과 윤리로는 그것이 최선의 해결책이었다. 이미 남자에게 더럽혀지고 그 남자의 아이까지 밴 이상 다른 방법이 없다고 생각했다. 여성의 순결이 목숨처럼 중요하게 여겨지던 시절이었다.

게으르고 방탕하고 폭력적인 그 남자의 집에서 열아홉 소녀는 아기를 낳았다. 홀어머니인 시어머니는 이미 아들을 포기한 상태였다.

철쭉꽃이 예쁘게 피어나던 1970년 5월에 아기가 태어났다.

그 아기가 바로 나다.

계절은 눈부셨지만 어머니의 삶은 점점 더 구렁텅이로 떨어졌다. 젖이 나오지 않아 아기의 우윳값을 벌기 위해 남의 집 밭일을 할 수밖에 없었고, 이듬해에 또 사내아이를 낳고 말았다. 영영 추락하던 어머니의 인생에 기적이 일어났다. 비극인지 희극인지 내 동생인 그 사내

아이가 핏덩이 상태로 죽은 것이다. 어머니는 나락의 밑바닥에서 희망을 보았다. 이제 아기가 하나이니 어떻게든 이 아기를 들쳐업고 도망치자! 그래서 이 지긋지긋한 지옥에서 벗어나자! 어머니의 눈이 반짝였고, 숨소리가 가빠졌다. 어머니는 그동안 여자의 인생에 대해, 어미와 자식에 대해, 인간의 삶에 대해 성찰과 통찰을 거친 터였다. 마을 사람들에게 벙어리 딸이라는 이유로 홀대받으며 살아온 세월이 그녀에게 독기를 심어 주었다. 어머니를 도와줄 사람은 이 세상에 아무도 없었다. 그녀는 그것을 너무나도 잘 알았다.

어머니는 핏덩이를 동네 야산에 묻은 뒤 그 밤에 나를 업고 야반도주해 도시로 나갔다.

처음에는 부부가 의류 장사를 하는 집에서 식모살이를 했다. 아기가 딸려 있는지라 숙식만 제공받는 조건이었다. 2년을 그 집에서 보낸 뒤 월급을 조금 주는 집으로 옮겼고, 그 집의 쪽방에서 나를 키웠다. 어머니는 점점 여건이 나은 집들로 눈길을 돌렸다. 5년이 지난 뒤 엄마와 나는 처음으로 단칸방을 가질 수 있었다.

이제 시대가 변해 어머니는 파출부라는 이름으로 집에서 출퇴근하며 나를 키울 수 있었다.

어머니는 나를 반드시 공무원으로 만들고 싶어 했다. 공무원이 되면 여자지만 어떤 경우든 살아갈 수 있다는 이유에서였다. 공무원이 되려면 공부를 잘하는 수밖에 없었다. 나는 값비싼 학원에는 다니지 못했지만 나름대로 성적을 유지했고, 대학에도 갔고, 취직도 했다. 공무원은 아니었지만 거기에 준할 만한 안정적인 직장에 들어간 것이다.

어머니는 우리가 방 두 개짜리 아파트를 분양받아 뛸 듯이 기뻐하며 짐을 옮긴 뒤 자신이 폐암에 걸렸다는 사실을 알게 되었다. 감기 끝인 줄 알았는데 기침이 계속 그치지 않아 병원에 갔고, 의사는 자세히 진찰하지도 않고 큰 병원으로 가라고 했고, 평생 처음 가 본 대학병원에서 폐암 3기라는 진단을 받았다. 여자이고 술 담배도 해 본 적 없는 어머니가 왜 폐암에 걸렸느냐고 나는 의사에게 따졌다. 의사는 어머니의 암은 비세포성 선암이며 이건 담배 등과 관련이 없다고 했다. 돌이켜 보니 의심 나는 점들이 없지는 않았다. 어머니는 목이 자주 쉬었고, 자꾸 목이 마르다며 물을 많이 마셨다. 어머니는 항암치료에 돌입했다. 그러나 8개월 만에 가스실의 유대인처럼 뼈만 남아 저세상으로 가 버렸다. 그 뒤 10년이 지날 때까지도 나는 어머니의 죽음을 받아들일 수 없었다. 무엇이 그리 급했단 말인가? 평생 동안의 자탄과 스트레스가 원인이 되었나? 하느님은 저 하늘에서 이 세상을 내려다보며 이 여자는 너무 기구한 팔자이니 차라리 빨리 데려다 고통을 끝내 주자고 결정했나? 그럼 나는 어떻게 하나?

춘하추동이, 구름이 느릿느릿 흘러갔다.

나는 꾸역꾸역 혼자서 메마른 나날을 살아갔다.

그럼에도 망각이라는 선물이 점차 평수를 넓혀 왔다. 나는 로봇처럼 감정 없이 일과를 치러 냈다.

지금까지 내 머릿속에 선명하게 남아 있는 건 꽃에 관한 어머니의 회억들이다. 어머니는 특히 찔레꽃을 좋아했다. 옛날 그 시절에, 밭일을 하다가, 둑에 눕혀 놓고 온 갓난아기인 내게로 달려가며 찔레꽃 더미에 코를 들이밀고 쌉쌀한 향을 맡곤 했다고 한다. 그땐 그것이 유일한 즐거움이었다고. 그 말을 할 때의 어머니의 생생한 표정이 떠오른다.

— 찔레꽃 향은 아주 연해. 아카시아나 등꽃과는 다르지. 장미 향도 상긋하긴 하지만 나는 찔레 향이 제일 좋아. 너무 연하고 아련해서 그런 향은 아무도 향수로 만들어 내지 못할 거야. 쌉쌀달콤한 게 아무리 맡아도 질리지가 않거든.

이 말을 할 때만큼은 어머니는 믿을 수 없을 정도로 생동적이었다. 기회를 만났다면, 운이 좋았다면 어머니는 뷰티 회사를 차렸을지도 모른다. 어머니는 '쌉쌀'을 꼭 먼저 표현했다. '달콤쌉쌀'한 것이 아니라 '쌉쌀달콤'하다는 것. 나는 봄이면 교외에 나가 찔레꽃 향을 맡아 보곤 하지만 '쌉쌀'이 '달콤' 앞에 와야 하는지 알 수 없어 웃곤 한다. 희미하다는 것은 공감이 가는데, 뭐라고 표현해야 할지 아직도 정확한 말을 찾지 못하고 있다. 형언할 수 없는 슬픔 같은 것, 열여덟 열아홉 스물의 냄새, 천형을 당한 소녀의 심상, 스물한 살에 둘째 아기를 산자락에 묻은 어린 여성의 모습이 아련하게 느껴지는 것 같기는 하다. 다섯 장의 하늘거리는 꽃잎으로 노란 꽃술을 무심히 싸고 있는 찔레꽃. 그 작은 송이와 소박하고 청결한 느낌. 찔레꽃은 약자의 슬픔을 아는 듯하다. 그렇지 않다면 왜 그렇게 많은 가시를 지니고 있겠는가. 자신을 공격해 오는 외부를 향해 오직 혼자서 방어해야 하기에 날카롭고 무성한 무기를 지녔을 터. 송이송이들이 모여 무더기를 이루어 커다란 송이로 거듭나는 덩굴꽃의 의미가 되새겨진다. 팔뚝만 한, 베개만 한 꽃들의 연대가 바람에 흩날리며 몸체를 흔들어 댈 때 나는 어지러워 눈을 감곤 한다. 어머니의 스무 살이 떠오르고 오늘날의 '미투운동'이 부럽게 다가온다. 지금의 미투운동이 과거로 뚫고 들어간다면, 어머니가 살아 지금 시점으로 날아온다면 그 인간을 다이너마이트 같은 것으로 폭파시킬 수 있을까? 노령으로 아직 어딘가에 살아 있을지도 모르는 그 인간을 무참히 깨부술 수 있을까? 그러면 내가 생성되던 순간의 추잡한 욕정이, 폭력에 찍어 눌리던 증오가, 치욕스러운 원죄가 사그라질까? 그로서 내 생애가 자유로워질까? 그 뒤의 내 존재는? 어디 가서 맥을 이어야 하나?

강간으로 태어난 아이가 청년이 되어 자신의 생물학적 아비인 상습 강간범이 몹쓸 죄를 저지른 곳마다 찾아다니며 불을 질러 죄를 정화하는 의식을 치르는 소설을 읽은 적이 있다. 어떻게든 그는 자신의 존재를 맑게 정화시켜야 했다. 그래야만 살아 나갈 수 있었다. 그러나 나는 아직까지 아무런 짓도 못 하고 살고 있다. 그 소설을 읽을 때 느꼈던, 원죄가 불타오르던 순간의 희열만을 만지작거리며.

대개 동병상련의 상처를 지닌 사람들은 끼리끼리 모여 자기들만의 커뮤니티를 형성한다. 그들은 거기에서 서로 이해하고 공감하며 끔찍한 트라우마를 치유하고 인간으로서의 존엄을 되찾는다. 자폐아들, 지적장애인들, 천재들, 중독자들, 동성애자들 모두 그런 교류를 통해 남들과 다른 특유의 정체성을 확립한다. 그러나 강간당한 여자들과 강간으로 태어난 아이들은 그런 모임조차 갖지 못한다. 자신에 대한 외부 혐오가 너무 크기 때문이다. 그들은 한 발짝도 자기 밖으로 나가지 못하고 혼자 어둠에 갇혀 고독과 싸우며 살아간다. 의사도, 경찰도, 상담사도 다 타인이다. 그들은 강간당한 피해자를 조사하면서 야릇한 눈길로 그 순간 쾌감을 느꼈는가를 묻기도 한다. 오래전 청계천 대로변에서 간질 환자가 발작을 일으키는 것을 본 적이 있다. 아리땁고 늘씬했던 그녀는 갑자기 눈동자를 하얗게 뒤집고 거품을 물며 쓰러져 2~3분간 버둥버둥 경련하다가 자기를 빙 둘러싸고 있는 사람들 가운데서 부스스 일어나 흙을 털고 널브러진 소지품들을 챙겨 들고는 아무 일 없었다는 듯이 가던 길을 갔다. 경련이 끝나고 정상으로 돌아온 순간 그녀는 아무도 쳐다보지 않았다. 안으로 잠긴 그 눈에서 나는 완전한 고독을 보았다. 이 세상의 어느 누구도, 어떤 말로도 그녀를 위로할 수 없을 터였다. 위로란 말은 그 상황에서 허울에 불과했다. 그녀를 에워싸고 있는 사람들은 모두 방금 전 그녀의 끔찍한 모습을 목격한 사람들이었다. 나는 그녀의 고독과 내 고독을 비교해 보았다. 혐오감에 대해서만큼은 그녀와 나 둘 다 익숙하게 체감하고 있었다. 그러나 그녀의 뒤로는 측은한 눈길들이 뒤따르고 있었지만 내게는 추잡한 눈길들이 분사되고 있다는 것을 알고 있었다.

SNS가 보편화된 뒤 성 피해 고발이 봇물을 이루고 있다. 경찰서에 직접 가지 않고도 사회적 고발이 이루어지기 때문이다. 그중의 몇몇 건은 뜨거운 뉴스가 되기도 한다. 나는 그런 뉴스를 볼 때마다 당사자 이상으로 분노가 치솟아 오르고 잠을 이루지 못한다.

분노의 소멸 없이는 이 증오는 사라지지 않는다.

나는 강간의 피해자가 아니라 결과물이지만 피해자만큼이나 인생 전체가 결부돼 있다. 나는 그 인간이 폭파되어 파멸의 가루로 산산이 흩어지는 것을 내 눈으로 꼭 보고 싶다.

나의 이 증오는 생득적이고, 세포핵처럼 내 정신을 장악하고 있다.

수십 수백 송이의 작은 꽃들이 연대를 이루어 바람에 흩날리는 모습이 어른거린다. 바람이 휘익 불자 낱개의 꽃들이 후루룩 떨어져 내린다. 그러나 몇 송이라도 남아 있는 한 꽃가지는 아름답다.

나도 가족이라는 이름으로 무더기를 이루어 아름답게 살고 싶었다.

눈을 감고 내 안의 가시들을 만져 본다.

어릴 때는 연하고 가시 모양만 갖추었지만 줄기가 여물어 감에 따라 가시들도 딱딱해지고 끝이 날카로워졌다.

행여 누가 건드리기만 하면 쿡 찌르기 위해.

5 그날

운명의 날.

보일러실에 구부정하게 숨어 있던 코알라의 모습이 생각난다.

그는 내 직장 동료였다.

나는 당시 석회석, 석탄, 텅스텐 등의 천연자원을 관

리하는 공사에 다니고 있었다. 서울에서 근무하다 그
해에 남도의 C시로 전근해 내려갔다.

C시는 바다에서 10킬로미터가량 떨어져 있었다. 가
끔씩 바람에 실려 바다 냄새가 풍겨 왔다. 어느 때는 파
도 소리가 처얼썩처얼썩 들리기도 했다. 내 착각이었는
지도 모른다. 하얗게 어깨동무를 하고 달려와 다 같이
해안가에 쏴아아 부서지는 파도들. 나는 조금 외로웠을
것이다. 아니 일생 중 가장 외로웠으리라.

나는 결혼을 했고, 아기를 둘 낳았고, 남편과 아이들
이 서울의 시부모님 댁에 살고 있었다. C시에 지사가 생
겨 내 업무 역할이 필요하기도 했지만 사실은 내가 짐짓
지원해서 내려간 터였다. 이 사실을 남편이나 시댁에서
는 모르고 있었다.

결혼 생활은 녹록지 않았다. 고장 난 문처럼 늘 삐걱
거렸고, 숨 쉬기조차 힘들었고, 쓸쓸했고, 허전했다. 무
엇이 문제였을까 지금도 생각해 본다. 나는 결혼과 함께
시집에 들어가 살았다. 왜 그런 선택을 했느냐고 의아해
하는 지인들이 많았다. 당시에도 여자들은 시집살이를
싫어했으니까. 나는 가족이 그리웠고, 대가족이 어우
러져 사는 모습이 너무나도 부러웠다. 아니, 그게 전부
는 아니었다. 그 이면에 보다 중요한 이유가 있었다. 정
확히 말하면 나는 자본주의 결혼 시장에서 주도권을 쥘
수 없는 형편이었다. 운 좋게 분에 넘치는 신랑감을 만났

고, 그래서 시집에서 원하는 대로 따라가게 되었다. 오랜 동안의 난관 끝에 아들의 결혼이 성사되는 판이어서 시부모도 화색이 돌았다. 시집은 소위 명망 있는 집안이었다. 5대째 서울 토박이라고 했고, 집안 어른 중에 부통령을 지낸 사람도 있었다. 모두가 학벌이 좋았고, 말씨가 교양 있었고, 안팎의 모양새가 반듯했다. 시집의 넓은 마당에는 5월이면 목단이 피고 가을이면 복자기가 담황색으로 물들었다. 시어머니는 기품 있는 교양인이었다. 외모도 그랬고 갖추고 있는 모든 것이 우아하고 격조 있었다. 더구나 솜씨가 좋은 데다 안목마저 있었다. 집안은 누구나 감탄할 정도로 세련되고 고풍스럽게 꾸며져 있었다. 시아버지는 유명한 법조인이었다. 그들 사이에서 나고 자란 남편은 키가 크고 피부가 희고 일류 대학을 나왔으며 일찍이 재경 고시에 붙어 그 방면 최고의 직장에 다니고 있었다.

"내세울 건 별로 없는데 나름의 복은 있는 모양이지?"

내 결혼이 확정되었을 때 내가 모시고 있던 상사가 한 말이다. 주변 사람들의 반응이 모두 비슷했다. 나도 운이 좋다고 생각했다. 내 친구들도 모두 시집 잘 간다고 부러워했다. 남편은 500번쯤 선을 보고 난 뒤 지치고 지쳤을 때 나를 만났다고 했다. 우리는 앙코르와트 여행 길에서 만났다. 나는 가끔 휴가를 내서 혼자 여행을 하곤 했는데 그때는 여행사를 통해서 갔다. 일행 없이 혼자 온 사람은 그와 나 두 사람뿐이었다. LA에서 온 부부도 있었고, 중년 아주머니들끼리 온 팀도 있었고, 가족 모두가 온 경우도 있었다. 그들과 함께 3박 4일 동안 먹고 자고 돌아다니다 보니 어느덧 친근해졌다. 식사할 때나 관람할 때 일행이 없던 그와 나는 자연스럽게 한 팀이 되었다. 우리는 연락처를 주고받았고, 서울에 와서도 만나게 되었다. 그는 나의 무심한, 견주어 보지 않는, 결코 다가들지 않는, 그러면서도 생명력 있는 성정이 좋다고 했다. 내가 다른 여자들보다 비교를 덜 하고 무심한 성격이라는 건 알고 있었지만 생명력이 있다는 말은 처음 들었다. 나도 수준 있고 깔끔한 그에게 호감을 가졌다. 나는 어머니가 돌아가시고 혼자라는 사실을 밝혔지만 그는 그런 환경에서 혼자 든든하게 살아가는 것이 더 대견하다고 오히려 나를 두둔해 주었다.

시어머니는 결혼 초에 얼마간 시집에 들어와 살면 좋겠다는 얘기를 꺼냈다. 부모가 없다니 잠깐 자기 집에 들어와 집안의 정서와 분위기를 익혔으면 좋겠다는 것이었다. 그럴듯한 이야기였다. 나는 부모에게서 물려받은 게 없었다. 조금 주저되긴 했지만 좋은 집안이니 사람에 대한 이해와 관대함이 있을 거라고 믿었다.

우리는 결혼했고, 신혼여행에서 돌아와 시집으로 들어갔고, 시어머니가 말한 '잠깐'이라는 기간이 '3년'이고

'정서와 분위기'가 '가풍'이라는 것을 알아챘다. 나는 뼈대 있는 가문의 일원이 되고자 노력했고, 1년이 채 안 되어 첫아이를 낳았고, 1년 4개월이 지나 또 둘째 아이를 낳았다. 아기 잘 낳는 것은 어머니를 닮은 모양이라고 속으로 생각했다.

이렇게 애기하노라니 내 시집 생활이 그럴듯하게 느껴진다. 그러나 나는 직장에서의 업무와 임신의 피로, 해산, 양육의 고초 때문에 거의 죽을 지경이었다. '나'라는 존재는 없어져 버리고 '일거리'와 '책임'과 '의무'만이 있었다. 나날이 피로가 쌓여 나는 좀비처럼 되어 갔다. 나는 해롱해롱 정신을 차리지 못하고 하루하루를 버텼다. 내 마음대로 되는 것이 하나도 없었다. 그렇게 악몽처럼 3년이 지났지만 시어머니는 약속처럼 살림 내줄 생각을 하지 않았다. 남편조차 언제 그런 약조가 있었느냐는 듯 모르쇠로 일관했다. 워킹 맘의 고초 때문에 나 또한 분가 문제를 꺼내지 못하고 시집 생활을 지속하고 있었다. 내 월급의 3분의 2를 주고 육아 전문 도우미를 쓰고 있었지만 시어머니의 공간에 아이들을 두고 출근하는 것이 그나마 나았다. 친구들은 나를 현명하다고 치켜세웠다. 어쩌면 그렇게 선견지명이 있어 시집 생활을 택했느냐고 처세주의자라고 눈을 흘기기도 했다.

그러나 나는 단 한순간도 편한 적이 없었다. 녹초가 되어 퇴근하면 그때부터 아이들을 씻기고 먹이고 재워야 했고, 시부모를 대하는 게 가시방석이었고, 남편은 완전히 딴 세상 사람이었고, 단 10분도 쉴 수가 없었다. 나는 늘 식구들의 눈치를 보며 살얼음판에서 까치발로 걸었다. 낮에 직장에 나가는 것이 그나마 나았다. 나는 도망가고 싶었고, 단 한순간이라도 어딘가로 숨고 싶었다. 그 무렵 내가 다니던 직장에서 남도에 지사를 냈다. 나는 새 청사를 지은 C시로 내려가서 잠시나마 나를 돌아보고 싶었다. 그렇게 1년만 근무하다가 다시 올라올 예정이었다. 아이들이 보고 싶긴 하겠지만 모든 걸 만족시키며 살 수는 없었다. 아니, 이것도 정직하지 못한 피력일 것이다. 보다 근본적인 다른 이유가 있었으니까. 차마 입으로 꺼내어 말하기 거북한, 어쩌면 가장 중요한 이유가 있었다. 그건 남편의 신체에 관한 것이었는데, 그 상태보다도 그것에 대한 남편의 태도가 문제였다. 남편이 분가할 생각을 하지 않고 본가 생활을 지속한 데에는 그 이유가 가장 크게 작용했을 거라고 나는 확신한다. 어린 시절부터 같이 살아온 자기 부모와의 생활이 편했을 수도 있지만 부부간의 문제를 회피하려고 일부러 독립하지 않았다고 짐작하는 것이다. 한 지붕 아래서 어른들과 함께 사노라면 은밀한 부부 생활을 피할 수 있었으니까. 그런 환경 아래서 짬 없는 생활을 지속하며 자유롭게 성생활을 즐길 수는 없었다. 그는 그 상황을 이용했다고 나는 생각한다.

둘째 아이를 낳고 나서야 나는 남편이 성적으로 정상적이지 않다는 것을 깨달았다. 그동안은 임신 기간이 두 번이나 있었으므로 부부 관계가 없어도 그저 그 때문이려니 여기고 있었다. 남편은 흉내만 낼 뿐 행위를 끝까지 해내지 못했고, 그런 사실을 스스로 절대 인정하지 않았고, 급기야 관계를 피하기에 이르렀다. 원인이 심리적인 것인지 기능상의 문제인지 나로서는 알 수 없었다. 본인이 그 상태를 극도로 감추었으므로 치료 같은 걸 생각해 볼 수 없었다. 이런 사실을 아는 사람은 이 세상에 그와 나 말고는 없었다. 만약 내가 누군가에게 이런 내용을 의논이라도 했다면 그는 아마 나를 분노로 태워 죽였을 것이다. 나는 조심스레 그의 자존심을 지켜 주면서 일단은 가만히 있었다. 그런데 남편은 반대급부인지 점점 더 정결함, 순결함, 고결함 같은 것들을 내게 강요하기 시작했다. 영적인 것, 정신적인 것, 금욕 따위를 천상의 가치로 격상시켜 주장하곤 했다. 남녀상열지사는 하등동물에게나 있는 하찮은 짓이라는 식이었다. 둘이 있을 때는 성욕이나 성행위를 죄악시하는 말을 줄곧 내뱉었다. 밖에 나가면 사람들은 내가 아들을 둘이나 낳았기 때문에 남편의 정력이 세다고들 농담이었다. 사실을 말하면 나 혼자 몸이 달아 몸부림을 치던 중에 스르르 씨가 떠내려 와 결실을 맺었다고 할 수 있었다. 한 잠자리에서 남녀가 자다 보면 그런 일이 더러 생

118

겼다. 불안과 피로로 정신이 없는 와중에도 나는 남편의 건드림에 심하게 나댔고, 내가 그랬다는 사실이 놀라웠고, 그런 정도로도 아기가 생겼다는 사실이 더욱 놀라웠다. 내게도 암컷으로서의 본능이 살아 있던 시절이었다.

C시로 발령을 받아 놓은 뒤 나는 사무실에 멍하니 앉아 있곤 했다. 막상 마음이 복잡하기 그지없었다.

"애들은 안 데려갈 거지? 혼자만 내려가는 거지?"

퇴근하던 과장이 에둘러 물었다. 그는 내게서 이상 징후를 직감한 것 같았다. 역시 인생에서는 경험자가 한 수 위였다. 그는 기러기아빠 생활을 청산하고 그 무렵에야 아내와 합친 터였다.

"잘 있다 와. 내가 지사장에게 부탁해 놓을게. 1년은 금방 지나가."

그가 위로하듯 말했다. 눈물이 솟았다. 나는 상사 복은 있는 셈이었다. 과장은 부부 사이에 떨어져 산다는 것이 무슨 의미인지 잘 알고 있는 눈치였다. 그는 부서원들에게 지사 쪽에서 업무 때문에 나를 지목해 차출했다고 말해 주었다.

"별수 없지 뭐. 월급쟁이인데. 가라면 가야지."

그렇게 감싸 주기까지 했다. 시간을 잘 견디고 무사하게 돌아오길 바라는 그의 마음이 느껴졌다.

C시에는 횟집이 많았고, 바람이 심하게 불었고, 유독 햇볕이 환하게 내리쬐었다.

여름이 가고 가을이 왔다.

내 맞은편에 앉은 코알라가 의논할 것이 있다고 했다. 사무적인 것인가 했더니 사적인 것이라면서 선뜻 입을 떼지 못했다. 코알라는 나와 같은 계장급이었고, 조사 팀장을 맡고 있었고, 눈과 눈 사이가 멀어 '코알라'라는 별명을 가지고 있었다.

우리는 퇴근하고 C시의 외곽으로 나갔다.

기혼자인 그와 내가 격의 없이 무엇을 의논하기에 소도시는 마땅치 않았다.

핸드드립 커피가 나왔을 때, 그가 불쑥 아내와 이혼을 고려 중이라고 털어놓았다. 아내에게 다른 남자가 있다는 것이다. 나는 그를 쳐다보았다. 콧잔등이 봉긋하고 눈 사이가 멀어 정말 코알라 같았다. 그의 고민은 아내의 태도가 막무가내라는 점이었다. 바람을 피우면서도 오히려 적반하장이라고 했다. 나는 서울에 있는 내 남편을 떠올렸다. 원인이 있는 쪽에서 오히려 더 성을 내고 상대를 몰아붙이는 게 닮아 있었다. 코알라는 아내를 이해할 수 없다며 여자들의 심리에 대해 물었다. 나는 대답했다. 여자들의 심리가 따로 있을 것 같지는 않다고. 바람을 피우면서도 막무가내라는 것은 현재의 결혼 생활을 깨고 싶은 욕구가 더 큰 게 아니겠느냐고. 내 결혼 생활에 대한 회의가 그런 대답을 만들어 냈다. 나는 속으로 내 남편도 나와의 결혼 생활을 깨고 싶은 것인가 생각해 보았다. 아이들도 낳았겠다, 부모님이 키워 주겠다, 그냥 나를 내쫓고 싶은 건지도 모른다고. 그래서 내가 C시로 내려오는 걸 모른 척 용인해 주었을 거라고. 다행히도 코알라 부부에게는 아이가 없었다. 차라리 결단을 내리고 새 출발을 하지 그러느냐고 시원하게 말하고 싶었지만 그 말만은 참았다. 나 따위가 무슨 충고를 하겠는가. 더구나 충고는 본인을 앞질러 해서는 안 되었다. 코알라는 나를 뚫어지게 쳐다보았다. 잘못을 저지르는 사람이 오히려 막무가내인 심리를 짚은 것만으로도 충격을 받은 것 같았다. 그는 '결혼했기 때문에'라는 굴레에 얽매여 있었다. 기다리고 용서하고 화해하는 과정을 거치는 것이 사람의 도리가 아니겠느냐고 선비 같은 말을 늘어놓았다. 아내에 대한 사랑이 많이 남아 있기 때문인지도 몰랐다. 그의 마음과 달리 그의 아내는 날이 갈수록 더욱 방자 무도해졌다. 그가 아무리 노력해도 좋은 결과가 나올 것 같지 않았다. 그는 겨우 스물아홉 살이었는데 심한 스트레스로 원형탈모증에 걸려 있었고, 눈의 흰자위마저 노랬다. 저러다 간암에 걸려 불운을 맞으면 어쩌나 걱정이 됐다. 나는 우선 본인의 건강을 돌봐야만 싸울 수도 있고 원하는 결과를 만들어 낼 수도 있다고 진심으로 대답해 주었다.

한번 말을 튼 코알라는 시시때때로 의논을 해 왔다. 결국 나는 그의 이혼 과정에 깊이 관여하고 말았다. 우리는 내내 머리를 맞대고 의논했고, 그러느라 매우 가까워졌다. 그는 나보다 두 살 아래였다. 우리는 회사 안에서나 회사 밖에서 늘 남들의 눈을 조심했다. C시에서 만나는 것이 꺼려졌고, 외곽으로 나가자니 나가고 들어오는 일이 번거로웠고, 그래서 우리 집에서도 두어 번 만났다.

그것이 화근이었다.

사단은 단순하게 일어났다.

평일 저녁에 느닷없이 남편이 들이닥쳤다. 전화도, 예고도 없었다. 하필 그때 코알라가 집에 와 있었다. 남편은 내가 외도하지 않을까 의심하면서 몰래 급습했는지도 몰랐다. 현관문 외시경으로 내다보던 내가 새파랗게 질리는 것을 보고 코알라가 엉겁결에 보일러실로 들어가 숨었다. 우리는 어쩌겠다는 생각이 없었다. 그냥 본능적으로 그렇게 한 것이다. 결단코 그때까지 우리는 특별한 사이가 아니었다. 그러나 상황 자체가 이해받을 수 있는 게 아니어서 저절로 그렇게 되었을 것이다. 나는 허둥대며 코알라의 구두를 신발장 안으로 숨겼고, 재떨이를 치웠고, 마시던 찻잔을 개수대에 던져 넣었다. 더는 지체할 수 없어 현관으로 나가 문을 열었다. 왜 이렇게 늦게 나오느냐고 남편이 핀잔을 주며 들어왔다. 그의 손에는 고속도로 휴게소에서 산 호두과자가 들려 있었다. P시에 볼일이 생겨 왔다가 돌아가는 길에 들렀다고 했다. 나는 얼굴이 벌겋게 달아올라 있었고, 손을 표 나게 떨었다. 내 태도에서 남편은 뭔가를 직감했다. 그는 매 같은 눈초리로 집 안을 둘러보았고, 황급히 휘저어진 공기를 감지했고, 미처 빠져나가지 못한 담배 냄새와 허둥대다 급하게 마무리한 흔적들을 찾아냈다. 그는 주방으로 가서 개수대에 버려진 찻잔 두 개를 찾아냈고, 뒤늦게 뒤늦게 놀아와 쓰레기통에 버려진 담뱃재도 찾아냈다. 그는 독사처럼 나를 쏘아보았다. 나는 고개를 푹 숙였다. 그것으로 내 부정이 증명되었다. 남편은 신발장으로 가서 감추어 둔 코알라의 구두마저 찾아냈다. 코알라의 구두를 현관 바닥에 패대기치며 남편이 말했다.

"내 이럴 줄 알았지!"

살벌했다. 기세가 하도 험악해 변명 같은 걸 해 볼 겨를이 없었다. 남편은 씩씩대며 온 집 안을 수색했다. 컴퓨터 단층 촬영하듯 씨줄 날줄을 설정해 밀리미터 단위로 점검해 나갔다. 마치 그 순간을 위해 살아온 사람 같았다. 그에게 그런 폭발적인 힘이 있었다니 믿어지지 않았다. 나는 그토록 열정이 넘치는 남편을 본 적이 없었다. 열정은 광기를 향해 나아갔다. 남편이 보일러실의 문을 열었을 때 코알라는 허리를 반쯤 구부리고 곤충처럼 경중하게 엉거주춤 서 있었다. 보일러실의 천장이 낮은 데다 사선으로 되어 있어 그렇게 서 있을 수밖에 없었다. 남편이 코알라의 멱살을 거칠게 잡고 나왔다. 남편은 코알라를 사정없이 무조건 팼다. "그게 아닙니다.", "그게 아닙니다." 하는 소리가 간헐적으로 들렸지만 그 상황에서는 설명도 변명도 필요 없었다. 내가 끼어들어 그게 아니라고 울부짖으면 울부짖을수록 남편은 야수처럼 포효하며 오히려 더 폭발했다. 키만 컸지 힘이 별로 없다고 생각했던 남편의 팔다리가 격투기 선수처럼 눈부시게 활약하는 것을 나는 환상인 양 바라보았다. 분노의 힘은 실로 엄청났다. 코알라는 터지고 짓이겨지고 피가 철철 흘렀다. 그는 이미 대항을 포기한 상태였다. 10분인지 20분인지 영겁의 시간이 지나가고 남편의 힘이 소진되는 순간이 왔다. 이젠 내리쳐도 힘없는 헛손질이었다. 남편은 분에 못 이겨 코알라를 질질 끌고 나가 현관문 밖으로 걷어차 버렸다. 문을 쾅 닫고 씩씩대며 안으로 들어왔다. 그는 내 얼굴을 보자 새삼 분노가 치솟는 모양이었다.

"이 화냥년!"

남편은 사정없이 내 따귀를 후려갈겼다. 이쪽저쪽으로 열댓 번 번갈아 쳤다. 손아귀에 힘이 억세게 돌아와 있었다. 나는 휘청대다 바닥에 고꾸라졌다. 그리고 일어나지 못했다. 남편은 내 몸에 침을 퉤, 퉤, 퉤, 뱉고는 자기가 사 온 호두과자를 들고 사라졌다.

그게 끝이었다.

6 더러운 피

"짐 싸라!"

시어머니는 나를 보자마자 커다란 캐리어를 내 쪽으로 걷어찼다.

"화냥년! 추잡스러운 년! 창녀 같은 년!"

나는 놀라 입을 벌리고 돌처럼 서 있었다. 시어머니의 어디에 저런 모습이 숨어 있었을까? 고상한 시어머니의 입에서 천박하기 짝이 없는 쌍욕들이 연이어 튀어나왔다. 경악스러웠다. 그건 몸에 밴, 익숙한, 애초 시어머니의 것이었다. 그렇지 않고서야 어떻게 저런 말이 물 흐르듯 저렇게 자연스럽게 흘러나온단 말인가. 그런 말들을 평생 목젖 뒤에 감추고 있다가 기회를 만나자 수박씨 뱉듯이 후루룩 내뱉는 것 같았다.

시어머니는 야비한 눈길로 내 몸을, 내 아랫도리를 쩨려보았다.

"그 피가 어디 가겠어? 더러운 년!"

심장이 덜컹 내려앉았다. 그 피라니? 그럼 내 출생을, 내 화려한 탄생 비화를 알고 있었다는 건가? 어둡고 칙칙한 욕망의 냄새를 맡았다는 말이지? 언제부터? 결혼

할 때는 몰랐는데? 몰랐기에 허락하지 않았겠는가? 그럼 언제? 이번에 알았나? 나에 대해 수소문한 건가? 외갓집 마을에? 어느 경로로? 대체 누구에게?

돌아가신 외할머니와 외할아버지가 떠올랐다.

평생 벙어리로 살다 어머니가 외지에서 병사하자 연줄 끊어지듯 힘없이 그냥 날아가 버리신 두 분.

어머니는 도시로 나와 남의 집에 숨어 살면서 수년간 고향에 소식을 전하지 않았었다. 악질 중의 악질인 그 인간이 우리를 찾아낼까 봐서였다. 어머니는 두려움에 벌벌 떨며 외할머니 외할아버지에게도 연락을 취하지 않았다. 어머니가 연락하는 순간 우리의 소재가 들통날 것이기 때문이었다. 그 인간이 재혼했다는 소식을 들은 뒤에야 어머니는 외할머니 외할아버지를 만나러 갔다. 갔다 와서는 매일 울었다.

나는 어머니의 고향에 대해, 외할머니나 외할아버지에 대해, 그 마을에 대해, 나의 출생에 대해 지금까지 누구에게 발설해 본 적이 없다. 그런 걸 밝혀야 상처에서 자유로워진다고들 하지만 나는 거기에 동의하지 않는다. 그런 말을 조언이랍시고 하는 전문가들의 면상에 주먹을 날리고 싶다. 그들은 모두 당사자가 아니다. 그들은 편한 자리에 앉아 책에 쓰인 말들을 무책임하게 내뱉었다. 웬만한 것이라야 밝히지 이런 출생을 어떻게 밝히겠는가? 그 뒤에 일어날 폭풍을 상상해 보았는가? 세상

사람들은 하이에나였다. 군중은 약자의 주변을 빙빙 돌다가 꽉 달려들어 물어뜯곤 했다. 뻘건 피 맛을 즐기며, 야비하게 키득키득 웃으며. 정신과 의사나 상담사의 조언이 효과를 보려면 이 세상 사람 모두가 천사가 된 뒤라야 가능하다. 그러나 이 지상은 천국은커녕 연옥도 아니고 지옥에 가깝다.

꼭 필요한 비밀일수록 더욱 보장되지 않는다.

외갓집 동네의 누가 입을 벌렸을까?

모르는 사람들의 얼굴 얼굴들을 떠올려 본다. 그들 또한 이웃의 불행을 즐기며 살아가고 있었나. 불행의 주인공이 자기가 아니어서 다행이라고 안도하면서.

사람은 본성 자체가 이기적이다.

시집은 모든 권한을 다 쥐고 있었으므로 내 내력을 샅샅이 캐냈으리라.

상상력과 억측을 섞어 신나게 나불대는 입술들이 보인다.

7 낙인

'부정한 여자'라는 낙인이 내 얼굴에 찍혔다.

나는 가슴에 보이지 않는 A자를 달고 살았다.

사람의 목숨은 질겨서 어떻든 살아갈 수밖에 없었다.

잠 안 오는 밤이면 Adultery라는 단어를 허공에 손가락으로 써보곤 했다. 한글로 '간음', '부정'이라고 써보기도 했다.

『주홍 글씨』를 새로 읽었다.

여주인공 헤스터는 사랑을 했고, 사생아를 낳았고, 상대가 목사였기에 간음이 만천하에 드러났다. 당시에 간음은 심각한 중죄였다. 그녀는 판사로부터 평생 가슴에 주홍색 A자를 달고 살라는 판결을 받는다. 청교도 정신이 준엄하게 지배하던 17세기 미국이었고, 보수적인 색채가 짙은 도시에서였다. 헤스터가 사랑한 딤스데일 목사는 겉으로는 엄중한 목사 노릇을 하며 위선적인 삶을 살아간다. 그러나 속으로는 죄책감에 시달리고 고통스러워하다 끝내 자기 죄를 고백하고 삶을 마감한다.

소설은 간음보다는 죄와 벌, 양심에 대해 말하고 있었다.

나는 간음했는가.

가슴에 손을 얹고 생각해 본다.

어디까지를 간음이라고 정의해야 할까?

지금은 21세기고, 여긴 자유 대한민국이고, 더구나 당시 나는 간음하지 않았다.

오해였지만 드러난 상황 때문에, 그런 상황에 대한 선입견 때문에, 나의 결백을 증명할 길이 없었다. 이런 일들이 인생에 얼마나 많이 일어날까? 증명하지 못하는 진실은 결국 거짓이 되고 만다. 나는 낙인이 찍혔고, 변명해 봐야 소용없었다. 결백하다고 신문광고를 낼 수도, 재판을 걸 수도 없었다. 확성기를 들고 외치고 다녀 봐야 웃음거리였다.

그러나 어느 한 부분은 지금도 아쉽다. 내 출생에서 비롯된 굴레가 나를 덮어씌우고 있었다 해도, 한 가지 과정쯤은 있었어야 옳았다. 내가 잘했다는 말은 아니다. 결혼한 여자인 내가 다른 남자를 집으로 오게 한 것 자체가 한국적인 환경에서 실수였을 것이다. 나는 자유의 제창자도 아니고 여권운동가도 아니다. 상식의 지배를 받는 보통의 여자로서 남편이나 세상의 오해를 받기에 충분했다. 그래도 남편은 내 말 한마디쯤은 들었어야 했다. 변명이든 거짓말이든 들어 보려는 마음은 있었어야 했다. 연애하고 결혼하고 자기 아이를 둘이나 낳았는데도 무조건 불륜으로 몰아간 그의 태도가 두고두고 나를 괴롭혔다. 아내에 대한 믿음이 전혀 없었다는 사실이 코알라네 부부와 비교되면서 끝없이 나를 괴롭혔다. 우리 부부 사이에는 애정이 전혀 생겨나 있지 않았다. 뿐인가. 인간의 온기는커녕 냉기뿐이었다. 그 모든 원인이 내 천성 탓인지, 내 인간관계의 기술 때문인지, 내 외모 때문인지, 내 의식 탓인지 나는 아직도 모르겠다. 순간적인 작은 실수와 내 출생의 추악함이 겹쳐져 화산을 터뜨렸다는 것만 알 뿐.

나는 그렇게 A자를 가슴에 달고 팍팍한 삶을 살아
왔다.

8 죄명대로 가다

시집에서는, 남편인지 시부모인지 그들 다인지 모르
지만 코알라와 나를 매장시키고 싶어 했다. 이 땅에서
더는 고개를 들고 살 수 없도록 완전히 생매장시켜야 그
들의 분이 풀릴 모양이었다. 그것이 정의의 실현이라고
생각하는 것 같았다. 자기들의 고결함이 훼손당한 데
대한 보복이었다.

A4 용지 세 장 분량의 긴 투서를 들여다보며 지사장
은 말했다.

"둘 중 한 사람이 그만둬야겠어. 그냥은 끝날 것 같지
않아."

코알라와 나는 서로 마주 보았다. 공무원이 되라고
노래 부르던 어머니의 얼굴이 떠올랐다. 나는 망설였다.

"의논해서 결정해. 그러면 내 선에서 이 사실을 마무
리하지. 요란을 떨면 쌍방이 다 망신 아냐."

지사장은 코알라와 내가 계속 이 직장에 다니는 한
저쪽에서 불쾌감을 거둘 수 없을 것이라고 했다. 자기도
그건 도의적으로 옳지 않다고 생각한다고 덧붙였다. 코

알라와 나는 사실이 아니라고 항변했다. 알고 있다고 지 사장이 대답했다. 그가 정말 알고 있는 건지 알 수 없었다. 그는 사실이건 아니건 일이 이렇게 된 이상 다를 게 없다고 여기는 눈치였다.

사흘이 지나 코알라가 사직서를 썼다. 내가 버틴 꼴이었다. 나는 밉상 인간으로 또 한번 낙인찍혀 미움을 샀다. '전도유망'하고 저보다 '어린' '남자'를 잡아먹은 '요녀'로 사람들 입에 오르내렸다.

코알라는 책상 짐을 싸며 오히려 내게 '이혼한 여자는 안정적인 직장이 있어야 한다'고 말해 주었다. 어차피 자기는 해 보고 싶은 다른 일이 있었다며 삼륜차에 짐을 싣고 떠났다.

그 뒤 몇 년간 직장은 내게 질척한 늪이었다. 나는 수렁에 빨려들지 않으려고 발버둥을 치며 하루하루를 버텼다. 목숨은 구차하고 질겼다. 나는 야비하고 추잡한 눈길들에 맞서야 했고, 가는 곳마다에서 농탕한 농담들을 구정물처럼 덮어써야 했다. 내가 책 속으로 빠져든 건 이 무렵이었다. 어느 인문학 연구소 산하의 독서 클럽에 들어가 나를 전혀 모르는 사람들과 책을 읽고 그 책에 대해서만 얘기했다. 보통 사람들은 잘 읽지 않는 책들이었다. 세상에는 전혀 다른 세계, 전혀 다른 가치들이 존재했다. 그때 읽은 책 중에 강간에 대한 것들도 있었다. 어마무시한 이력을 가진 사회심리학자들의 연구 보고서를 기반으로 한 책들이었다. 나는 나중에, 어머니가 돌아가시고 나서 이 책들을 다시 한번 꼼꼼히 읽었다.

책에는 강간당한 뒤 임신하고 아이를 낳은 여자들에 대한 숱한 예화가 등장했다. 어머니와 나의 경우와는 조금 달랐다. 우선 나는 출생이 합법적이었다. 나의 임신은 어머니와 외갓집에 대재앙이었지만 외할머니와 외할아버지가 어머니를 원흉과 결혼시킴으로써 아이러니하게도 내 출생은 정상권 안으로 들어왔다. 어머니의 인생이 희생되는 대가로 내 존재가 법적으로는 평범하게 된 것이다. 그래서인지 나는 "아빠는 왜 없어?" 따위의 질문을 던지는 과정 없이 그저 아빠가 일찍 죽었나 보다 생각하고 어머니의 포근한 사랑 아래 무심하게 자랐다. 어머니 편에서 생각해 봐도 타지에서 아는 사람 하나 없이 너무나도 외로웠기 때문에, 기댈 곳이라곤 아기밖에 없었으므로 온전히 나를 사랑한 것 같았다. 그러나 책 속의 여자들은 아기를 볼 때마다 '끔찍한 그 일'을 떠올렸고, 아기의 형용이나 행동에서 강간범의 흔적을 보았으며, 아기의 존재가 곧 상처여서 근원적인 모성이 안에 흐르고 있었지만 혐오감과 애착 사이를 오갔고, 그 결과 아이들은 대부분 혼돈과 불안 속에서 불행의 길로 떨어졌다. 어머니와 나는 그렇지 않았다.

실제로 어머니는 숨을 거두기 전에 내게 '그 일'을 고

백했다. 나는 그때 처음으로 사태의 전말을 알았다. 어머니는 가래가 차 와 숨을 헐떡이며 열 오른 눈으로 내 손을 꼭 부여잡고 이야기했다.

─ 암만해도 네가 다른 사람한테 그 일을 듣는 날이 올 것만 같아 불안해서 이 얘기를 꼭 하고 가야겠다.

어머니는 떠듬떠듬 자기가 당한 일을 털어놓았다. 고등학교 2학년 때 '끔찍한 그 일'을 당했고, 다리 사이로 피를 줄줄 흘리며 집으로 갔고, 나중에 생각해 보니 동네 사람들이 그 모습을 보았을 거고, 아니나 다를까 소문이 돌고 배가 불러 와 집 밖으로 나갈 수 없었다고. 동네 사람들은 편을 들어 주기는커녕 여고생인 어머니의 행실이 어쨌느니, 엉덩이가 어떻다느니, 헤프게 실실 흘리고 다녔다느니 하는 말들을 퍼뜨렸고, 결국 그 인간과 결혼할 수밖에 없었다는 것이다.

어머니는 사람 앞일은 모른다고, 사람들은 남에 대해 정말 함부로 말한다고, 특히 자기보다 못한 사람에게는 무책임하고 잔인하다고 했다.

─ 내가 없는 세상에서 네가 그 얘기를 들었을 때 얼마나 당황하고 기가 막히겠니? 사실 여부를 물어볼 사람도 없고. 그래서 무덤까지 가지고 가려 했던 이 얘기를 꼭 하고 가야겠다고 결심했다.

어머니는 한숨을 쉬었다.

─ 사발에 물 떠 놓고 결혼이란 걸 하고 나서 네 아

비 집에서 지옥 같은 날들을 보낼 때 배 속에 있는 네가 곰실거리며 놀더구나. 어찌나 다정스럽고 귀엽던지! 매일매일 너를 만져 보는 게 내 유일한 즐거움이었어. 그래서 고단함을 이겨 낼 수 있었지. 그런데 네 동생을 가졌을 때는 달랐어. 나는 이미 버틸 수 있는 한계를 넘어섰던 것 같아. 이 '웬수' 같은 생명을 또 어떻게 하나 그런 생각만 들고 한밤중에 잠이 들면 이무기가 물 깊은 곳에서 나를 끌어당겨 깜짝깜짝 놀라 깨어나곤 했지. 그래서 그 애가 일찍 갔을 거야.

어머니의 눈초리에서 긴 눈물이 흘러내렸다.

어머니는 이 세상에 자기와 나밖에 없다는 생각으로 내내 살았다고 했고, 외할머니와 외할아버지가 불쌍해서 새벽이면 이불 속에서 울었다고 했다. 그런데 이제 오히려 행복하다고 했다. 자기가 먼저 가지만 머지않아 하늘에서 외할머니와 외할아버지를 만날 것이므로.

어머니는 정이 많은 여자였고, 모성이 강한 유전자를 지니고 있었다. 청각장애를 가진 외할머니와 외할아버지에게서 넘치는 사랑을 받았기 때문인지도 모른다.

어머니는 책 속에 나온 여자들처럼 나를 혐오감이나 증오심으로 바라본 적이 없었다.

나는 그런 면에서 불행 중 행운아였다.

단지 어머니와 나는 누군가와 친해지는 것을 극도로 겁내며, 남들의 친근한 접근을 오히려 부담스러워하며 둘이서만 오붓한 삶을 꾸렸다. 어머니가 살아 있는 동안까지.

이러한 바탕이 내가 안정적인 직장을 가지고 정상적인 결혼을 할 수 있었던 힘이었을 것이다.

요즘에 와서야 내게서도 아주 가끔씩 그 인간의 모습이 보이지 않았을까, 나는 그에게서 어떤 걸 물려받았을까, 어머니의 심정은 어땠을까 생각해 보곤 한다.

어머니와 나의 의식과 무의식을 송두리째 유린하고 인생 전부를 먹어 치운 '강간'이라는 단어. 그건 요즘 모든 단어들 가운데서 가장 부정적인 느낌을 준다. 살인보다도 더 께름칙하다. 이 단어에 고개를 외로 틀고 자기와는 상관없다는 듯이 눈살을 찌푸리는 이들에게 말하고 싶다. 강간당한 여자들과 강간으로 태어난 아이들은 당신이 아는 것보다 그 수가 훨씬 많다. 그대가 외면한다고 해서 이 세계에서 사라질 일이 아니다. 내가 책을 읽었던 무렵 최선진국인 미국의 경우만 해도 강간으로 파생된 임신이 한 해에 3만 건 이상이었다. 그중 반정도가 낙태를 했고, 나머지 반 중 3분의 2가 아이를 낳아 길렀고, 4분의 1이 유산했고, 나머지는 입양을 보냈다. 추정해 보면 약 8000명의 여성들이 강간으로 인한 아이를 낳아 모성과 혐오 사이를 오가며 아이들을 키우고 있다는 얘기이다. 강간당한 여성들 중 10분의 1이 임신에 이른다고 하니 강간당한 숫자를 계산해 보라. 참고로 미국의 인구는 3억 5000만 명 정도다. 당신이나 당신의 가족은 언제라도 이 비율에 포함될 수 있다.

강간은 애초에는 번식을 위한 전략이었다고 한다. 문명이 시작된 이래 그리스신화에서 제우스는 에우로페와 레다를 범했고, 디오니소스는 오라를 강간했고, 포세이돈은 아이트라를, 아폴론은 에우아드네를 범했다. 이를 통해 하나같이 아이들이 태어났는데, 아이들은 수치심의 대상이 아니라 신기한 반신반인이 되었다. 로마신화에서는 마르스가 베스타 여신의 시중을 드는 여사제를 범해 로물루스와 레무스가 태어났고 이들 쌍둥이 형제가 로마를 건설했다. 신들의 이야기이고 윤리 개념이 없던 시대의 산물이지만 인류는 이런 문화를 바탕에 깔고 있다. 남자들은 힘과 본능, 음탕한 문화 위에서 암묵적으로 강간을 배태하고 있다. 쓰나미가 덮치듯, 화산이 폭발하듯 성 의식에 혁명이 일어나지 않고서는 고상하신 당신이나 당신의 가족도 잠정적으로 위험하다.

판사님들께 말하고 싶은 것이 있다. 강간범은 단언컨대 상습범이다. 그는 기회가 될 때마다 그녀를 또 덮친다. 판사님들만 이 사실을 모르는 것 같다. 열여덟 살 이전에 강간당한 여성은 그 이후에 또 당할 확률이 두 배 이상 높다고 연구자들은 기록했다. 놈이 그녀를 계속 노리고 있기 때문이다. 소문이 나고 낙인이 찍혀 다른 개체들의 욕구를 불러들이기도 한다.

그리고 강간으로 태어난 아이는 — 언제까지나 강간범의 계승자다. 이건 천형이다. 세상에서 어떤 천형도 이보다 더할 수 없다.

강간을 당하고 범죄자 취급을 받는 여자들도 허다하다. 기원전 함무라비 법전에서는 강간 피해자를 간통한 여자로 묘사했다. 1000년 뒤 아테네에서도 강간과 간통을 동일시했고, 17세기 영국 법 역시 비슷한 입장이었다. 미군과 영국군이 이라크를 침공한 2003년에 이라크에서는 자신이 강간당했다고 신고한 여성들 중 반수가 그들의 가족에 의해 살해되었다. 분쟁지역에서는 말할 것도 없다. 지구상의 숱한 분쟁지역에서 엄청난 수의 여성들이 강간당하고 학대받으며 범죄자로 내몰리고 있다. 오프라 윈프리쯤 되어야, 세월이 많이 흐르고 사회적 성취를 거둔 뒤에야, 스스로의 영향력이 막강해지고 조금도 두려울 게 없어진 다음에야 과거에 강간당한 경험을 공표할 수 있을 것이다. 그래서 영혼이 자유로워지리라. 그러나 지금 피해자들 중 99.99퍼센트는 처참하게 찢기고 죽어 가고 있다.

이런 책들 덕분에 나는 내 좌표를 가늠했고, 아주 오래 걸리기는 했지만 서서히 늪에서 빠져나왔다.

간간이 코알라에게서 연락이 왔다.

몇 해 뒤 여름에 우리는 연인이 되었다. 치른 대가에

합당하게 일이 돌아간 것이다. 진작 이러고 쫓겨났으면 억울하지나 않지, 그렇게 말하며 우리는 웃었다.

9 그러지 않았다면

내게 찍힌 낙인을 객관적으로 바라본다.

그날의 일을 정면으로 마주 본다.

왜 그날 코알라는 보일러실에 숨었을까?

숨지 않았다면 상황이 달라졌을까?

나는 정말 남자를 밝히는 여자인가?

그러면 나쁜가?

천성이나 체질이 애초 그러한가?

아버지의 피가 얼마만큼 내게 흘러들었을까?

무의식에서일망정 남자가 그리워 코알라를 집 안에 끌어들였나?

그것은 죄인가?

죄란 무엇인가?

코알라와 헤어지던 날, 나는 거실 벽에 붙어 있던 아이들 핸드 프린팅 액자를 떼어 냈다. 나는 아이들에 대한 사랑과 권리를 잃은 여자였다. 그럼에도 아이들에 대한 그리움이 나를 해충처럼 파먹어 어디에 가서 무얼 하든 괴로웠고, 인간관계에도 구멍이 숭숭 뚫렸다. 마음 한편으로는 사내애들이라 울타리 든든한 그 집에서 자라는 것이 훨씬 낫다고 계속 나를 세뇌했다. 내가 결손 가정의 홀어머니로서 궁색하게 아들들을 키우는 것보다 할아버지 할머니 아버지의 든든한 위력이 이 사회에서 훨씬 유리할 거라고 생각했다. 그 와중에도 내게 찍힌 낙인이 어떤 식으로든 아이들에게 영향을 미칠까 봐 노심초사했다. 그 집 식구들이 용의주도하게 잘 봉인했겠지만 자기들도 모르게 나에 대한 증오감을 아이들에게 투사할지도 모르지 않는가. 내가 읽은 책들에는 존재의 뿌리인 어머니를 부정하면 근원적인 사랑을 거부하는 사람으로 성장한다고 쓰여 있었다. 아이들이 여성 자체를 미워하고 증오하는 성정으로 자랐을까 봐 못내 겁이 났다. 외적 환경이 좋더라도 정서적으로 불행할 가능성은 얼마든지 있었다.

그럴 때면 나는 다이애너 비와 윌리엄 왕자, 해리 왕자를 떠올렸다.

잘은 모르지만 그들도 잘 자랐지 않은가.

시집의 이성을 믿고 싶었다.

모든 것들이 이제 희미하다.

어느 때는 내 인생에 그런 일들이 정말 있었던가 의심이 들기도 한다. 이제 아이들의 얼굴조차 떠오르지 않는

다. 안개 같은 느낌으로만 남아 있을 뿐. 며칠 전 그 아
이의 전화를 받기 전까지는.

10 거울을 보다

창고를 샅샅이 뒤졌다. 웬 물건들이 이렇게 많담? 창
고 안에는 쓰지 않는 물건들이 단층처럼 겹겹이 쌓여 있
었다. 홈쇼핑 탓이었다. 마음이 헛헛한 날이면 공연히
물건들을 사들이던 날들이 있었다. 프라이팬, 냄비, 그
릇, 전기용품, 가방, 안마기, 운동기구……. 세트로 파는
바람에 한두 개 건드려 보고 그냥 쟁여 둔 것들이었다.
핸드 프린팅 액자는 보이지 않았다. 어디에 두었을까?
절대 버리지는 않았을 텐데. 도배하고 남은 자투리 벽지
까지 구석에서 끌어내며 뒤져 보았지만 액자는 그 어디
에도 없었다.
힘이 빠졌다.
온 집 안을 머릿속으로 스캔하고 또다시 스캔했다.
감잡히는 데가 없었다.
아이들에 관련된 물건은 오직 그 액자 하나였다. 급
히 쫓겨 나오는 바람에 사진 한 장 챙겨 나오지 못했다.
요즘처럼 휴대폰 기능이 발달하지 않았을 때라 온라인
에 저장된 사진 같은 것도 없었다.

핸드 프린팅을 뜨던 날이 떠올랐다.

식구들이 모두 외출한 봄날이었다. 모처럼 아이들과 나만 집에 있었다. 아마도 휴일이었을 것이다. 나는 여성 잡지에서 부록으로 준 핸드 프린팅 재료들을 꺼냈다. 처녀 시절에는 이런 것들을 제법 만들었었다. 설명서에서 시키는 대로 알지네이트 가루를 물에 개어 접시에 평평하게 펴 담았다. 아이들을 어르고 달래 거기에 손바닥을 눌러 찍고 손등의 반 정도까지 반죽을 덮었다. 그 상태로 3분을 굳혀야 했다. 경화되는 3분 동안 일생일대의 전쟁이 벌어졌다. 큰아이는 세 살 정도였고 작은아이도 두 살 정도였는데 버둥거리는 힘이 장난이 아니었다. 나는 순간 아이들 힘이 나보다 세구나 느꼈고, 타이머가 삐삐삐삐 신호음을 낼 때까지 필사의 씨름을 벌였다. 내 품에서 빠져나가려고 버둥거리는 몸짓들과 녀석들 팔뚝을 꽉 잡고 반죽에 손 모양을 고정시키려는 내 몸짓이 부딪쳐 최고치의 충돌을 만들어 냈다. 그건 사랑이 보장된 사이에서만 가능한, 뿌듯한 밀착의 기쁨이었다. 타자와의 육체적 접촉이 주는 희열이었고, 내가 어릴 적 엄마에게서 느꼈던 그 무엇이었다. 드디어 아이들 손을 반죽에서 떼어 내고 풀어 주자 갑자기 해방된 것 같았다. 손자국에 석고를 부어 모형을 뜨고 시간이 지나 거푸집을 떼어 냈다. 앙증하고 귀여운 손 모형이 탄생했다. 아이들 손과 정말 똑같았다. 팥알만 한 손톱, 가느다란 손금, 동그란 지문 소용돌이까지 너무나 예뻤다. 큰 아이의 손은 갸름한 편이었고, 작은아이의 손은 포동포동했다. 그걸 목판에 붙이고 유리 액자에 넣어 서랍장 위에 놓아두고 퇴근해 돌아올 때마다 뿌듯하게 바라보곤 했다. 그 액자가 내가 짐을 쌀 때 유일하게 딸려 왔다.

그러나 그 액자는 몇 해 동안 내 슬픔의 원천이었다. 아이들 팔을 강제로 잡고 진땀 흘리며 버티던 순간이 아름답고도 쓰라리게 떠올랐다. 아마도 내 인생의 가장 강렬한 추억이었다. 지금까지 그 순간을 수천 수만 번도 더 떠올렸을 것이다. 저승에 갈 때, 이승에 사는 동안 가장 행복했던 순간을 고르라면 나는 그 순간을 고를 것이다.

거실로 들어왔다.

텔레비전 화면이 어둠 속에서 번뜩였다.

새벽 3시였다.

내일 직장에 나가 할 일들이 겹겹이 떠올랐다.

억지로 자리에 누웠다.

잠이 오지 않았다.

시간이 갈수록 정신이 점점 더 또렷해졌다.

차라리 일어나 앉았다.

노트북컴퓨터를 켰다.

한잠도 자지 않고도 다음 날 중요한 일들을 잘해 냈었다고 스스로를 위안했다.

인터넷에 접속했다.

포털사이트 홈에서 잠시 망설였다.

그 애가 오면 무슨 음식을 해 줄까? 퇴근해 오며 마트에 들를 생각이었다. 과일은? 딸기나 키위가 좋을까? 내가 입을 옷도 생각해 보았다. 홈드레스 같은 걸 입고 아이를 맞을까? 좀 더 현대적인 분위기의 옷을 입을까? 세련된, 젊은, 어린 분위기를 좋아할까? 연인이 아니고 엄마지만 아이에게 주는 첫인상이 그 애의 마음에 들었으면 싶었다. 식탁에 꽃을 꽂아 놓을까? 선물은? 요즘 청소년들이 무엇을 좋아하는지 감이 잡히지 않았다. 가장 궁금한 것은 그 애의 심정이었다. 왜 갑자기 엄마에게 온다고 했는지 짐작하기 어려웠다. 그동안 엄마가 보고 싶었는지, 내내 그리웠는지, 자다가 이불 속에서 운 적도 있는지…… 그냥 어떤 여자인지, 어떻게 생겼는지, 어떻게 사는지 궁금해서 와 보는 건지……. 사진 같은 것으로도 엄마를 보지 않았을 것 같았다. 그 집에서 그런 걸 철저히 차단했을 테니까. 애초 존재하지 않았던 사람으로 완전 삭제했으리라. 그렇다면 아빠와 할머니, 할아버지 밑에서 그들의 말에 순종하면서, 겉으로는 관심 없는 척하면서, 속으로는 엄마를 만날 날을 고대해 왔을까?

나와 비슷한 경우가 세상에 또 있는지 알고 싶었다. 포털사이트 창에 '두고 온 아이'라고 쳐 보았다. 누구에게도 의논할 수 없는 것은 인터넷에 물어보는 게 최고였다. 비밀이 보장되는 데다 이 세상에 있을 수 있는 모든 일이 거기에 다 있었다. 엔터키를 누르자 두고 온 아이에 대한 수많은 경우가 떴다. 웃음이 났다. 캠핑 가서 신발을 두고 온 아이에 대한 얘기, 집에 아이를 두고 여행 중인 엄마의 사연, 몽골의 바람 속에 두고 온 현지 아이들을 그리워하는 오지 여행가의 이야기, 여름 해변학교에서 처음으로 아이들과 인연을 맺은 보육사의 회상들이 떴다. 딴은 이런 것들도 모두 '두고 온 아이들'이었다. 나와 같은 경우는 흔치 않을 테니까.

맨 아래에, 자식을 두고 떠나온 아버지의 사연이 외롭게 떠 있었다. 반가웠다. 이혼율이 높고 자식과 헤어져 사는 경우가 꽤 많을 텐데 이런 이야기가 한 건밖에 올라와 있지 않다는 사실이 놀라웠다. 신상이 알려져 곤란할까 봐 일부러 올리지 않는지도 모른다. 이혼한 뒤 새로 이룩한 가정의 평화가 중요하므로 두고 온 아이에 대해 언급하는 것을 아예 피하는지도. 아이를 두고 떠나와 재혼한 것이 공개적으로 알려진 경우에도 새삼 사람들의 입에 오르내리기는 싫을 것이다.

아이를 두고 온 아버지의 게재 글로 들어갔다.

일기 형식이었다.

거울을 본다. 퀭한 눈자위의 장년 사내가 음울하게

144

서 있다. 웃어 본다. 눈초리에 깊은 주름이 두 개씩 파이며 광대뼈가 올라가고 볼 아래 살이 움푹 꺼진다. 눈도 코도 이마도 생기를 잃었다. 잣나무처럼 늠름하던 모습은 어디로 갔는가? 쉰다섯. 아무리 표정을 바꾸어 봐도 거울 속 사내의 칙칙함은 가시지 않는다.

이발을 해 볼까.

메마른 머리칼을 쓸어 넘기며 가까스로 중얼거린다.

미세한 떨림이 아직도 가슴 부위를 점령하고 있다. 벌써 며칠째 이 떨림이 지속되고 있다. 발소리가 사분사분 다가오고 있다. 그것은 봄이 오는 듯 부드러우면서도 두려운 회오리바람을 감추고 있다.

내 인생에 이런 설렘과 떨림, 두려움이 언제 있었던가?

20년 전, 30년 전에 여자들과 연애할 때에도 이토록 긴장해 본 적이 없다.

자식은, 특히 이성의 자식은 닿으려야 닿을 수 없는 먼 종착점인 것 같다.

꼬물꼬물 아기일 때 헤어져 한 번도 만난 적이 없는 아이.

그 아이가 내 앞에 나타나면 나는 어떤 얼굴로 맞을 것인가?

두렵고 떨려 차마 언급할 수가 없다.

나는 지금까지 한 번도 그 애를 몰래 추적해 보지

않았다. SNS로도 알아보지 않았다. 도저히 그럴 수가 없었다. 신성한 것에 함부로 다가갈 수 없는 심정이라고나 할까. 이런 아비의 마음을 아무도 알 수 없으리라. 송두리째 잊힌 부모가 되어 보지 않고서는.

그런데, 꿈에서도 그려 보지 못했던 그 아이가 20년 만에 갑자기 나를 만나러 온다는 것이다. 나와 헤어진 뒤 아이와 함께 먼 외국으로 떠나 살아온 전 아내가 시누이인 내 누님 앞으로 연락을 취해 왔다고 한다. 아이는 생부인 나의 존재를 2년 전에야 알았고, 그 충격으로 방황하다가 대학에 들어가자마자 한국행을 결심했다고 한다.

며칠 후면 그 아이가 내 앞에 나타날 것이다.

어떻게 하면 좋은가.

도대체 왜 이렇게 떨릴까?

아무것도 할 수가 없다.

가슴이 찡했다. 나와 사정이 흡사했다. 동질감이 따듯하게 온몸으로 퍼져 나갔다. 남자에게는 20년 만에 딸이 찾아온다는 것이고, 내게는 18년 만에 아들이 찾아오는 것이다. 이성의 자식이라는 점도 같았고, 긴 세월 동안 한 번도 만나 보지 않은 것도, SNS 따위로 뒤를 캐 보지 않은 것도 비슷했다. 이성의 자식은 확실히 동성의 자식보다 더 설레고 더 두렵다. 동성 사이에 형성될 수 있는 공감보다 부모자식지간임에도 이성적 설렘과 신비함이 들어 있다. 평생 아들과 함께 살아온 어머니들도 모처럼 밖에서 아들을 만날 때에는 딸을 만날 때보다 매무새에 더 신경을 쓴다. 주어진 숙명을 떠나 자웅으로 구성된 동물의 한 속으로서 인간이 지니는 어쩔 수 없는 속성일 터이다.

남자는 나보다 다섯 살 많은 쉰다섯이었다.

그도, 나도 중년이었다. 그도, 나도 차마 다가설 수 없는 심정을 지니고 살아왔다. 더구나 나의 경우에는 아이들이 내게 부정적 이미지를 갖고 있을 터라 더욱 멀어졌다. 남자의 딸은 외국에 있었지만 나의 아들들은 한국에, 그것도 같은 서울에 살고 있다. 그럼에도 나는 만나 볼 엄두를 내지 못했다. 아이의 실물을 접한 다음 내 마음을 추스를 자신이 없기 때문이었다. 아이가 어떤 상태이든 나는 아이의 문제에 실질적으로 관여할 수 없는 입장이었다. 그런 현실이 생각하면 할수록 뼈아팠다. 그래서 멀리 베도는 마음을 누가 알겠는가?

그런데 아이 쪽에서 먼저 만나러 온다는 것이다. 남자의 아이도 그랬고, 나의 아이도 그랬다. 둘 다 이성의 자식이어서 낯설고, 짐작하기 어렵고, 면대하는 데에도 궁리가 많았다.

남자의 사연이 이어졌다.

오직 떨리고 설레고 두려울 뿐이다.

아이의 발걸음 소리가 부드럽게 다가오고 있다. 봄이 오듯. 뭔지 모를 회오리바람을 감추고 있는 것 같기도 하다.

아이가 와서 나의 추레한 모습을 보고 실망할까 봐 거울을 본다. 푸르름은 사라지고 암갈색으로 변한 나.

잎 다 진 가을 나무가 거울 속에 음울하게 서 있다.

남자의 글은 내가 쓴 것이나 다름없었다.

다시 한번 그의 글을 읽었다.

남자가 느끼는 떨림과 설렘, 두려움이 내게도 똑같이 느껴진다. 내가 이토록 잠을 잘 수 없는 것은 바로 남자와 같은 심정이기 때문이다.

남자는 이혼 후 새 가정을 이룬 것 같지 않았다. 새 아내, 새 아이들이 있는 분위기가 아니었다. 아이에 대해 저토록 설레고 두려워하는 걸 보면 아이들을 키워보지 않은 사람이었다.

나도 쉰에 이른 지금까지 새 가정을 생각해 보지 못했다. 다른 아이를 갖지 못했고, 그래서 두고 온 아이들이 더욱더 두렵고 그리웠다.

시간은 화살처럼 지나갔다.

"인생 참 빠르지요?"

남자에게 혼잣말을 건네 보았다.

"그러게요. 화사했던 날들이 엊그제 같은데."

남자에게서 묵언으로 답이 왔다. 눈가에 주름이 잡히고 볼이 움푹 꺼진 남자가 먼 데를 바라보며 회상에 잠겨 있다.

젊은 날들.

나도 거울 앞으로 갔다.

머릿결이 부스스한 여자가 마른 낙엽처럼 서 있다.

오일을 발라 손가락으로 빗어 넘겼다.

조금도 나아지지 않았다.

얼굴에 수분 크림을 바르고 볼 근육을 당겨 웃어 보았다.

여전히 거칠한 여자가 어색하게 웃고 있다.

11 디데이

소고기를 얇게 썰어 다시마 물에 담갔다. 고기 편들이 감칠맛을 머금었을 때 건져 소쿠리에 빙 둘러 늘어놓았다. 모란꽃 같았다. 시집의 마당에는 5월이면 모란과 작약이 소담스럽게 피어나곤 했다. 아이도 그 꽃들을 보고 자랐을 것이다. 물기가 꾸덕꾸덕 마르자 찹쌀가루를 묻혀 쟁반에 다시 한번 빙 둘러 늘어놓았다. 이번엔 하얀 작약꽃이 활짝 피었다. 가스레인지에 프라이팬을 올리고 예열되기를 기다렸다. 스테인리스 팬인지라 기름을 두른 뒤 또다시 예열했다. 기름이 지지직 소리를 내며 온도가 알맞게 올랐을 때 가루 입힌 고기 편들을 한 잎 한 잎 넣어 지져 냈다. 꽃잎 하나라도 잘못될까 봐 온 정성을 다했다. 이렇게 하면 고기전이 부드럽고 식어도 단단해지지 않는다. 감칠맛 머금은 소고기 편을 찹쌀의 찰기가 감싸고 있어서 궁중 요리처럼 귀한 느낌을 준다. 아니 진짜 궁중 요리였는지도 모른다. 이것을 달콤새콤한 겨자 장에 찍어 먹으면 아주 별미다. 그러나 스무 살의 아이가 좋아할지 알 수 없었다.

음식을 하면서 이토록 긴장해 보기는 처음이었다.

접시에 고기전을 꽃잎처럼 둘러 담고 가운데에 겨자 종지를 놓았다.

이미 홍합미역국을 끓여 놓았고, 고시히카리 쌀로 흰밥을 안쳐 놓았다. 밥 위에 '돔부콩'을 얹을까 하다가 그만두었다. 아이가 밥에서 콩을 골라내고 먹는다는 얘기를 어디선가 들은 적이 있다.

이런 것들을 좋아할까?

더 화려한 접시에 담을까?

담백한 걸 좋아할까, 기름진 걸 좋아할까?

아이의 식성은 물론 취향, 취미, 다른 모든 것에 대해 전혀 알지 못한다는 사실이 서글프게 자각되었다. 뻥 뚫린 마음의 동굴 안으로 휘휘 바람이 불었다.

음식을 식탁에 차려 놓고 상보를 덮었다.

피자나 스파게티를 시켜 주는 게 더 낫지 않을까도 생각해 보았다. 근사한 이탈리안 레스토랑에 데려가는 것도. 엄마와의 첫 대면인데 그렇게 하는 것은 어쩐지 성의 없는 짓 같았다. 둘이 함께 있는 시간을 남들의 시선에 방해받고 싶지 않았다. 집 안에서 오붓하게 마주 앉아 그 아이에 대해 알아 가고 싶었다. 유전적으로 내 자식이니 내가 좋아하는 걸 좋아할 거라는 최소한의 믿음도 작용했다. 터무니없는 믿음인지도 모르지만.

거실을 둘러보고 집 안 분위기를 점검했다.

어제 새로 단 연회색 커튼을 반쯤 젖혀 놓았다.

연인이 있던 시절에도 이토록 정성을 기울여 보지는 않았다.

자식은, 확실히 이성의 자식은, 그 애를 잘 모르는 터에는 ─ 인터넷에 사연의 올린 남자의 고백처럼 환상에 가려 있었고, 마음이 어렵고 설레었다.

아이가 와서 그 애와 따사로운 사이가 된다면, 그렇게만 된다면 내 안의 모든 것들이 눈 녹듯 해소될 것 같았다. 사람을 향한, 관계를 향한, 가족에의, 이성에의 이 원천적 그리움들이.

음악을 틀어 놓을까?

어떤 음악을? 클래식은 아니지 않을까?

그럼?

요즘 아이들이 좋아하는 아이돌 그룹들을 떠올려 보았다.

나는 유튜브로 들어가서 'K팝'이라고 쳤다. 무수한 곡들이 떴다. 아무거나 눌러 보았다. 시끄러운 것들을 그냥저냥 지나치다가, 단순한 멜로디에 가사가 귀에 들어오는 노래에 머물렀다.

너의 발걸음이 들릴 때
웃으며 마중을 나가는 게
너에게 해 줄 수 있는 나의 유일한 선물이었지.

마중을? 어쩐지 지금의 내 심정을 노래하는 것 같았다. 구강 구조가 잘생긴 어린 성대에서 나오는 소리였다. 부드럽고 우아한 음색 사이로 둘째 아이의 아기 적 모습이 떠올랐다. 처음으로 배밀이를 하던 날, 고개를 바짝 쳐들고 시뻘건 얼굴로 웃던. 한 발짝 한 발짝 걸음마를 떼던, 앙증한 손으로 옷깃을 붙잡고 놓아주지 않던……. 오만 가지를 다 물어보던 큰아이의 초롱초롱한 눈망울도 떠올랐다.

어디 아픈 덴 없니?
많이 힘들었지?
난 걱정 안 해도 돼, 너만 괜찮으면 돼.

가슴이 시릴 때 아무도 없을 땐 늘 여기로 오면 돼.

와아! 이런 노래가 있었나? 호오옴…… 하고 나는
따라 불렀다. 화자가 가정이 되어 고단한 청춘을 위로하
는 노래인 것 같았다. 한참을 멍하니 노래 가사를 따라
갔다. 요즘 아이들도 이런 노래를 부른다는 게 위안이
되었다. 눈물이 솟아서 고개를 뒤로 젖혔다. 다시 고개
를 바로 세우는데 주방 냉장고 뒤에 툭 튀어나온 무엇인
가가 보였다.

"저게 뭐지?"

나는 일어나서 주방으로 갔다. 종이에 싸인 네모난
것이 냉장고 뒤에 보얗게 먼지를 뒤집어쓰고 처박혀 있
었다.

"여기 있었구나!"

여태까지 찾고 있었던 핸드 프린팅 액자였다. 베란다
로 가지고 나가서 먼지를 털고 누렇게 퇴색한 종이를 벗
겨 내고 들어왔다.

기억 속의 액자보다 더 작았다.

아이들의 손도 거짓말처럼 작았다. 단풍잎만 한 그
손에 내 손바닥을 대 보았다. 내 한 손으로 두 녀석의 손
을 가리고도 남을 정도였다. 한참 그렇게 손을 대고 있
었다. 손바닥에 개미가 기어가는 듯 텔레파시가 오는 것
같았다.

12 안젤리카

아이는 약속한 시간에 도착하지 않았다.

"좀 늦는 걸 거야."

귀 안 가득 봄비 오는 소리가 들렸다. 인터넷의 남자
는 "봄이 오는 것처럼 사분사분 딸의 발소리가 들린다."
라고 했고, 발라드 가수는 "너의 발걸음이 들릴 때"라고
노래했다. 내게는 '봄비 오는 소리'가 들렸다. 봄비가 곱
게 내 마음을 적시는 느낌. 집 안도, 바깥도 온 누리가
다 촉촉했다. 내 마음도 촉촉하게 젖었다.

현준이.

안현준.

18년 동안 불러 본 적 없는 이름이었다.

"여기가 네 집이야."

그렇게 말해 보았다.

"가슴이 시릴 때, 아무도 없을 때 여기로 오면 돼."

식탁은 예쁘게 차려졌고, 밥도 다 지어져 보온 기능
으로 넘어갔다.

이제 아이만 오면 됐다.

서향 창으로 저녁 햇살이 스며들었다.

한 시간이 지났지만 어쩐 일인지 아이는 오지 않았다.

늦는다는 연락도 없었다.

초조하고 불안했다.

옷매무새를 고치고 화장한 얼굴을 다시 살폈다. 거실과 화장실, 주방으로 돌아다니며 모든 것을 다시 정돈했다.

소파에 앉았다.

티브이를 켰다.

뉴스 채널로 갔다. '낙태법 개정안'을 입법예고했다고 아나운서가 말했다. 여성계와 종교계 인사들이 동시에 격렬하게 반발하고 있었다. 여성계는 전면적인 낙태 허용을, 종교계는 낙태 절대 불허를 주장하고 있었다. 그들의 데모 현장이 번갈아 화면에 비쳤다. 이미 헌법재판소가 '낙태법 헌법 불합치 결정'을 내렸었고, 정부에서는 그에 부응해 수정 조안을 마련한 것 같았다. 내용인즉 형법상 낙태죄는 유지하되 임신 14주까지 낙태를 허용한다는 것. 임신 15주 이상이더라도 '강간으로 인한 임신'이나 근친상간에 의한 임신, 산모의 생명이 위험한 경우에는 낙태를 허용한다는 부대 조항이 있었다. 이 조항에는 양쪽 모두 이의가 없는 듯 조용했다. 기분이 묘했다. 강간으로 인한 임신은 낙태해도 된다고, 낙태하는 게 마땅하다고 사회적 합의를 이룬 모양이었다. 설핏 보아 대단히 인륜적이고 합리적인 발상이었다. 그럼 나와 같은 사람은? 당사자로서 무척 억울했다. 내 존재를 공식적으로 모든 사람에게 부정당한 기분이었다. 나는 반론을 폈다. 태아의 입장을 생각해 봤어? 아비가 지은 죄

때문에 죄도 없는 아기가 뜯기고 잘려 죽임을 당해야 한다고? 아버지 쪽 혈통만 중요해? 미토콘드리아의 DNA는 어머니를 통해 전해지는데? 내 생명에는, 우리의 생명에는 하느님도, 삼신할매도 관여하지 않았다는 말이지?

혈압이 올라갔다.

이마를 짚으며 티브이 볼륨을 낮추었다.

나는 지껄였다. 당신들에게 그 대단한 생존권이 있듯이 내게도 생존권이 있어요. 당신들에게 고귀한 인권이 있듯이 내게도 인권이 있습니다. 가임기 여성의 현실 인생에 초점을 맞춘 여성계의 입장을 충분히 공감합니다. 그러나 나는, 우리는 태어났고, 존재의 의미를 부여받았어요. 그렇지 않나요? 우리는 무시무시한 유전자를 극복해야 하는 사명까지 타고났다고요! 이것이 얼마나 큰 숙명인지 아십니까? 우리는 강간의 결과물이 아니라 조물주의 자식입니다!

하얀 새가 되어 설원을 날아다니는 꿈을 꾼다.

그곳은 진공상태고, 사물들에는 무게감이 없다.

아마 어느 소행성인가 보다.

나는 거기에서 해가 지는 것을 바라본다.

티브이를 껐다.

사위가 적막했다.

휴대폰을 들여다보았다.

아이는 오지 않고, 연락도 없었다.

시간을 견디기 어려워 인터넷으로 들어갔다.

딸을 만난다는 남자의 사연을 다시 한번 보고 싶었다.

전번처럼 '두고 온 아이'라고 쳤다. 게재 글들의 틀이 약간 바뀌어 있었고 남자의 글 바로 아래에 '수녀 안젤리카'라는 새 글이 떠 있었다. 수녀가 아이를 낳았나? 어째서 '두고 온 아이'에 수녀가 뜨지? 호기심에 터치해 들어갔다. 알고 보니 푸치니의 오페라였다. 푸치니의 마지막 작품 「일 트리티코」는 옴니버스 3부작이었고, 그중 2부가 '수녀 안젤리카'였다. 안젤리카는 아이를 잃고 신의 뜻을 거스른 비극적 운명의 여인이었는데, 클래식 애호가들 사이에서는 안젤리카가 부르는 「엄마도 없이」라는 아리아가 굉장히 유명한 것 같았다. 그런데 며칠 전 유명 성악가가 연주회에서 불러 인터넷에 올라 있었다.

안젤리카의 생애를 쫓아갔다.

1600년대 말 이탈리아 어느 수녀원의 봄날 저녁. 한 수녀가 텃밭에서 일을 하다가 벌에 쏘인다. 주변으로 여러 수녀들이 모여들고, 그중 안젤리카 수녀가 약초를 골라 처방해 준다. 안젤리카는 약초에 조예가 깊은, 요즘 같으면 약사 수녀였다. 그때 수녀원 마당에 화려한 마차가 도착한다. 고위층이 면회를 온 것이다. 수녀들은 모두 자기에게 면회 왔기를 바라며 밖을 내다본다. 방문한 사람은 피렌체 공국의 공주인 공작 부인이었다. 그녀는 수녀원에 들어서자마자 안젤리카를 찾았다. 사실 공작 부인은 안젤리카의 큰어머니였다. 안젤리카는 7년 전에 사생아를 낳아 그 죗값으로 수녀원에 들어와 회개하는 중이었다. 혼전에 남자와 사랑을 하고 아이를 낳은 안젤리카의 행실을 수치로 여긴 가문에서는 지금까지 한 번도 면회 오지 않았었다. 공작 부인은 안젤리카에게 과거의 죄를 속죄하라고 타이른다. 그리고 안젤리카의 여동생이 결혼하게 되었으니 이제 안젤리카 몫의 유산을 포기하라고 한다. 안젤리카는 수녀니까 재산이 필요 없지 않느냐는 것. 안젤리카는 유산에는 관심이 없다. 그녀는 여동생의 결혼 소식에 매우 감격하며 그 결혼을 축하하고, 자기가 7년 전 낳은 아이에 대해 묻는다. 공작 부인은 즉답을 피하다가 안젤리카가 계속 묻자 그 애가 2년 전에 병으로 죽었다고 대답한다. 안젤리카는 슬퍼서 어쩔 줄을 모른다. 공작 부인이 휑하고 돌아가자 안젤리카는 절망에 빠져 「엄마도 없이」라는 아리아를 비통하게 부른다. 밤이 깊어졌을 때, 슬픔의 늪에서 헤어나지 못한 안젤리카가 독초로 만든 독약을 마신다. 약 기운이 퍼져 황홀경에 젖어 있다가 잠깐 정신을 차리고, 자살이라는 죄를 범한 사실에 괴로워한다. 안젤리카가 무릎을 꿇고 뉘우치는 와중에 멀리서 천사의 소리가 들리며 빛의 오라 속에 성모마리아가 죽은 아이를 데리고

나타난다. 성모마리아는 아이를 안젤리카 쪽으로 밀어
보낸다. 안젤리카는 환영 속에서 아이를 만나고 신으로
부터 용서받으며 조용히 숨을 거둔다.

나는 「엄마도 없이」라는 아리아를 재생시켜 보았다.
청아하고 슬픈 곡이었다. 4분 26초 동안 가슴이 미어지
는 것 같았다. 모정의 슬픈 역사가 이렇게 17세기 유럽
에도 있었다. 17세기에만, 유럽에만, 음악에만 이런 일
들이 있었겠는가.

황혼이 지고, 어둠이 내렸다.

시간이 한 걸음 한 걸음 내 옆을 지나갔다.

어둠이 소파 밑을 점령하고 차츰차츰 내 몸 위로 올
라왔다. 나는 어둠의 검은 이불을 덮었다.

식탁의 음식들을 치워야 할 텐데, 하는 생각이 들었
지만 몸이 움직여지지 않았다.

아직도 멀리에서 봄이 오듯 사분사분 다가오는 발소
리가 들렸다.

★ 강간에 대한 내용 중 일부는 『부모와 다른 아이들 2』(앤드루 솔로몬, 열린책들,
2015)을 읽고 참고했음.

소설가들

선유도에 가 보고 싶다는 바람은 오래전부터 있어 왔다. 그건 처음에는 '선유도'라는 음감이 주는 단순한 아름다움에서 비롯되었을 것이다. 나는 '청송'이나 '운곡', '수유' 같은 지명을 들었을 때도 조금씩 다르기는 하지만 설렘 비슷한 걸 맛봤으니까. 네댓 살 무렵에 '서울'이라는 지명을 처음 들었을 때는 높은 산꼭대기에 삐죽삐죽하게 서 있는 침엽수 서너 그루가 떠올랐고, 그 기세가 범상치 않아 파르르 떨었던 기억이 있다. 반면 '수원'이라는 이름은 작고 동그란 동산이 떠올랐고 부드러운 나무들이 다정하게 어깨를 맞대고 있는 것 같았다. 음감이 주었던 느낌과 그 도시와 나의 관계는 다르게 펼쳐져 나갔지만 최초의 느낌만은 아직까지도 생생히 남아 있다.

'선유도'라는 지명을 처음 들었을 때 아름다운 물굽이가 연상되면서 '신선들이 노닐던 섬이구나' 단박에 뜻을 알아차렸다. 이름이 생성되고 긴 세월이 흐르는 동안 애초의 모습을 간직하고 있는 곳은 없으리란 걸 알면서도 왠지 선유도는 내게 아름다운 곳, 꼭 가 보고 싶은 곳으로 자리 잡았다.

새천년이 시작되던 무렵이었다.

나는 새 장편을 구상하고 있었고, 얼개를 잡아 가던 그 소설을 낯선 장소에 가져다 놓고 펼치고 싶었다.

어디가 좋을까?

매일매일 궁리를 거듭했다.

주인공 남녀의 어린 시절 사랑 이야기가 봄 동산처럼 피어나게 하고 싶은데, 그럴싸한 곳이 찾아지지 않았다.

여행을 많이 한 사람에게 대강의 소설 분위기를 이야기하며 도움을 요청했다. 그가 사나흘 생각한 뒤 추천해 준 곳이 군산에서 배를 타고 들어간다는 선유도와 경상북도 울진군에 있다는 죽변이었다. 두 군데 다 바다와 더불어 풍광이 빼어나다고 했다. 그의 입에서 선유도라는 지명이 발음되는 순간 나는 운명 같은 걸 느꼈고, 단박에 그가 소개해 준 선유도 중앙여관에 예약까지 했다. 그러나 떠나기 직전 그 예약을 취소하고 말았다. 지도로 살펴보니 선유도는 육지에서 꽤나 떨어진 섬이었다. 거기에 혼자 들어가 여러 날 묵는다는 것이 당시의 내게는 어쩐지 모험이었다. 나는 섬에 가서 혼자 머물러 본 적이 없었다. 섬은 내게 동떨어지고 외진 곳이었고, 검푸른 풍랑이 너울대는 곳이었다. 육지와 차로 연결돼 있지 않아서 비상사태가 발생하면 어떻게 하나 불안했다. 나는 이석증이라는 지병이 있어 아주 가끔이긴 하지만 오밤중에 응급실에 가야 하는 때도 있는 것이다. 더구나 당시의 사회 분위기는 여자 혼자 여행을 가는 것이 낯설고 뭇 시선을 끌었다. 그 얼마 전에 나는 혼자 여행을 갔는데 호텔 직원들에게 자살하러 온 것이 아닌지 의심까지 받은 적이 있었다. 낯선 곳에서의 낯선 시선에 마주할 자신이 있다 해도 그건 나만의 문제일 뿐 일반인 대다수가 갖는 선입견은 어쩌는 수 없었다. 나는 결국 선유도에 가지 못했고, 그 장편소설의 무대는 죽변이 되었다.

울진군 해안의 죽변도 청남색으로 탁 트인 동해 바다와 해송, 꽃구름이 매우 아름다운 곳이었다.

그러나 선유도는 내 마음속 깊은 곳에 여전히 가고 싶은 곳으로 남아 있었다.

나이가 들면서 점차 무서운 것도 없어지고 놀랄 일도 없어졌다. 티브이 화면에 우연히 선유도가 비치던 날, 나는 새로운 결심을 했다. 선유도에는 승용차가 없다는 것이다! 그 말이 나를 사로잡았다. 그 섬에서는 그저 걷

거나 자전거를 타고 달린다고 했다. 유명한 영화감독이
그곳에 가서 어느 집 평상에 앉아 얘기하고 있었다. 언
제 찍은 화면인지 수십 번 재방송하는 것인지 당시에는
알아차리지 못했다. 하여간 나는 무척 놀랐다. 요즘 세
상에 차가 없는 곳이 있단 말인가? 내가 왜 진작 그걸
몰랐지? 선유도가 그런 곳이라고? 나는 벌어진 입을 다
물지 못했다. 선유도를 내게 소개해 주었던 사람은 선유
도에 차가 없다는 말을 하지 않았다. 아마도 본인으로
서는 당연해서 할 필요가 없었는지도 모른다. 어쨌든 이
제 선유도는 내게 당장 가 봐야 할 곳이었고, 그곳에 가
기만 하면 소설이 여러 편 그냥 써질 것 같았다.

그 여자를 만난 건 여객선 안에서였다. 200석 가까
이 되어 보이는 제법 큰 배였다. 휴가철이 아니어서인지
사람이 많지 않았다. 나는 여행 가방을 메고 천천히 선
실 안으로 들어갔다. 4월이었지만 한낮의 햇살이 밀폐
된 유리창을 통해 따갑게 비쳐 들고 있었다. 선유도까지
가는 데 한 시간 반 걸린다는 말을 들은 터라 그늘진 자
리를 찾았다. 배가 머리를 틀어 제 항로를 잡으면 햇빛
이 어느 쪽으로 비쳐 들까 가늠하며 나는 좌우를 살폈
다. 통로 왼쪽 중간쯤의 자리에 커다란 리본으로 장식
한 밀짚모자가 보였다. 유럽풍의 밀짚모자 아래로 구불
구불한 머리칼이 풍성하게 내려와 있었다. 띄엄띄엄 앉

아 있는 초라한 시골 사람들 속에서 여자의 존재는 단연 시선을 끌었다. 나는 여자 가까이로 걸어갔다. 다가갈수록 그녀가 20~30대의 아가씨가 아니라 몸과 마음이 풍성한 중년 여자라는 느낌이 왔고, 어쩐지 안도감이 들었다. 매력적인 아가씨가 아니어서 벗하며 여행하기에는 더 좋을 것 같았다. 나는 명품 같은 것으로 휘감은 여자한테는 어쩐지 덥석 가까이 않는 대신 예쁜 여자한테는 거리낌 없이 다가가는 편이다. 이런 나를 뭐라고 분석해도 좋지만 나로서는 이유가 있었다. 명품족과 같이 여행하면 가치관의 충돌이 부담스러웠다. 서로 말을 하지 않고 딴 곳을 바라보며 가더라도 공기가 상충하는 게 느껴졌고, 그것이 싫었다. 그러나 예쁜 여자하고는 말없는 가운데서도 그녀의 생김새, 표정, 태도들을 은밀히 뜯어보며 지금까지 그녀가 받았을 대접과 가족관계 속에서의 위상, 남자들이나 동성 친구들과의 관계, 직장 생활, 결혼의 모습, 먼 훗날 따위를 그려 보는 버릇이 있었다. 그런데 오늘은 중년 여자여서 다행이었다. 막상 용감하게 혼자 여행을 떠나오긴 했지만 속으로 불안이 가시지 않고 있었다. 그녀와 함께 다니면서 선유도의 여러 모습을 구경한다면 더 좋을 것 같았다. 그래서 나는 본능적으로 그녀 옆으로 갔는지도 모른다. 도시 성향의 멋쟁이여서 답답하거나 고지식할 것 같지도 않았다.

"자리 있어요?"

나는 옆자리를 가리키며 여자에게 물었다.

"아뇨."

여자가 고개를 가로저었다. 그러고는 의자 위에 놓여 있던 가방을 바닥으로 내려놓았다. 나는 그녀 옆자리에 앉았다.

"선유도에 가세요?"

내가 먼저 물었다.

"네. 거기 들러서 돌아보다가 다른 데도 좀……."

부동산 투기꾼인가? 순간 그런 의심이 들었다. 영악스러운 '꾼'의 분위기는 아니었지만 들러서 돌아본다니, 어떤 가능성이 있을까? 차가 없다는 선유도도 벌써 부동산 투기에 물들었나?

"자주 가세요? 혹시 거기 아는 사람이라도?"

확실한 정보를 알아내려고 넌지시 떠보았다. 멋스러운 밀짚모자와 그 아래 흘러내린 길고 풍성한 머리카락, 그럼에도 풍겨져 오는 허한 느낌이 아무래도 현실적인 부동산 투기꾼 같지는 않았다.

"아는 사람 없어요. 작년 여름에 한번 와 봤는데 사진 찍기 좋을 것 같아서 다시 오는 거예요."

"아, 사진 찍으시는군요."

바닥에 내려놓은 그녀의 가방 귀퉁이에서 카메라 삼각대가 삐죽 알은체를 해 왔다.

"사진작가시구나!"

나는 다시 한번 감탄했다. 혼자 사진 찍으러 다니는 사람인가 보다 생각하면서. 그런데 어쩐지 프로 사진작가 같지는 않았다. 프로 작가라면 이런 차림으로 여행 다닐 것 같지 않았다. 사진작가는 언제 어떤 장면과 맞부딪칠지 모르는 전천후 최긴장형 직업이 아닌가. 이렇게 치렁치렁 멋을 낸 차림으로는 순발력을 발휘할 수 없을 것 같았다.

"아녜요. 저는 소설가예요."

"네?"

나는 놀라서 눈이 휘둥그레졌다. 소설가라는 말이 내 입에서가 아니라 그녀의 입에서 나온 것이다. 머릿속으로 재빨리 그녀 또래 여자 소설가들을 떠올려 보았다. 인상에 대비해 보건대 접속되는 인물이 없었다. 그 시절만 해도 직접 만나 본 적은 없더라도 이름이 웬만한 소설가라면 책이나 기사 등을 통해서 대개 인상이 익숙했다. 나는 문단이라는 울타리가 있던 시절에 등단해서 열 권가량의 책을 냈지만 낯선 곳에 가서 모르는 사람들한테 나를 소설가라고 밝혀 본 적이 없었다. 소설가를 어떻게 생각해서가 아니라 공연히 관심을 끌어 불편해지기 싫어서였다. 소설가는 확실히 교사나 판매원, 사무직과는 달랐다. 소설가라고 하면 사람들은 특별히 관심을 보이며 다가들어 대개 자기 인생을 늘어놓곤 했다. 그걸 소설로 쓰면 몇 권도 모자란다는 말을 덧붙이면서. 모두들 자기가 세계의 중심에 놓여 있다는 걸 증명하는 순간이었다. 그들의 얘기는 상투적이었고 상식 안에 갇혀 있었고 지루했다. 소설가가 취할 부분이 없지는 않았지만 시시콜콜한 이야기를 인내심 있게 들어야만 했다. 때문에 나는 소설가가 아닌 아주머니로 있는 쪽이 편했고, 남들이 내가 소설가인지 모르는 상태가 좋았다. 익명의 상태로 남들의 인생을 탐색하는 게 내 취미였다. 내가 소설가로 정식 활동하는 것은 소설을 쓸 때와 문학과 관련된 자리에서 동료들과 같이 있을 때뿐이었다. 그런데 이건 반전이었다. 밀짚모자의 태도에서는 긍지를 넘어 꽤나 잘난 척하는 기운이 느껴졌다. 나는 역습당한 상태로 물었다.

"소설을 쓴단 말씀이에요?"

"네."

당연하다는 듯 그녀의 대답이 돌아왔다.

"혹시 성함이?"

"김광자라고…… 들어 보셨어요?"

"아뇨."

나는 고개를 흔들었다. 들어 본 적이 없는 소설가였다. 하긴 내가 모르는 소설가도 많을 것이다. 그러나 모르더라도 수긍할 만한 무엇이 느껴지지 않았다.

"어떤 소설을 쓰셨어요? 한번 사서 읽어 보게요."

"아직 낸 책은 없고…… 단편소설을 써서 몇 편 발표

했어요."

"어느 문예지에요?"

늦게 등단한 신인인가? 도서관에 가면 찾아봐야지, 생각했다.

"《소파맥》이라고 들어 보셨어요? 일반인들은 잘 모르실 텐데."

"《소파맥》요?"

나는 되물었다. 한 번도 들어보지 못한 이름이었다. 서울에서 발행되는 문예지는 적어도 제호 정도는 알고 있었다. 그런데 《소파맥》이라는 괴상한 문예지 이름은 처음 들어 보는 것이다.

"서울에서 발행되는 겁니까?"

"물론이죠! 지방에서 나오는 것들이야 우리가 다 알 수 있나요?"

"잡지 아니고 문예지예요? 소설과 시가 실리는?"

"네, 문예지죠. 소설과 시만 실리는."

문예지의 개념을 모르고 말하는 게 아니었다.

"사실은 저도 소설을 쓰거든요. 그런데 그 문예지 이름은 처음 들어 봐서……."

나는 내 직업을 밝히지 않을 수 없었다.

"어디로 등단하셨는데요? 《형평대》는 아세요? 《두난자》는요? 《이소을》도 아세요? 우리나라 4대 문예진데."

"4대 문예지라고요? 그것들이?"

나는 더욱 놀랐다. 귀신에 홀린 것 같았다. 나는 그것들 중 그 어느 것도 들어 본 적이 없었다. 그 여자가 뜨르르 펜 4종의 문예지를 다시 상기해 발음하는 것도 불가능했다. 그만큼 이름들이 요상했다. 그러나 그녀는 그거 보라는 듯이 입매를 배틀며 의미 있게 웃었다. 그 웃음 속에는 그 대단한 4대 문예지 중의 하나로 등단하지 않은 당신이 뭘 알겠냐는 비웃음이 들어 있었다. 그녀는 대놓고 나를 얕잡아보고 있었다. 난감했다. 사실 어디로 등단했느냐 따위의 얘기는 소설가들 사이에서도 등단 초기가 아니면 주고받지 않는 말이다. 만나면 아예 딴 얘기를 하거나 문학으로 들어가더라도 요즘 무엇을 쓰느냐, 어떤 책을 읽느냐, 관심권은 무엇이냐는 쪽으로 이야기가 흘러가기 마련이었다. 밀짚모자의 태도와 어투는 설익고 너무 직설적이었다. 나는 그녀를 찬찬히 뜯어보았다. 나이를 물어보지 않았지만 50대 초반으로 나와 비슷할 것 같았고, 살이 많이 찐 편이었고, 구불구불 내려뜨린 머리칼 안으로 무너진 턱선과 목주름이 보였다. 목이 특히 짧았는데, 요란한 눈 화장과 긴 머리칼, 멋진 모자, 검은 레이스 블라우스로 외양을 감싸고 있었지만 건강에 다소 이상이 있는 듯 숨소리가 거칠었다.

　"몇 년생이세요?"

　내가 물었다.

"저, 나이 많아요."

그녀가 대답을 피했다.

"50대이신가? 나는 50년생인데."

"어머, 어머, 어머! 젊어 보이신다! 40대인 줄 알았는데…… 세상에, 나보다 더!"

그녀가 억울해했다. 그 끝에 자기는 52년생이라고 밝혔다. 딴에는 나이를 뛰어넘어 파격적으로 멋을 내고 왔는데 내가 30~40대라고 보지 않고 50대라고 본 것에 대한 실망이 큰 것 같았다. 또한 자기가 끔찍이 많다고 생각하는 자신의 나이보다 내가 두 살이나 더 많은 것에 대한 놀라움과 그저 그런 셔츠와 면바지 차림인 나를 자기가 40대로 착각한 것에 대한 분함이 섞여 있었다.

"어디로 등단하셨어요?"

억울함과 분함이 돌직구로 날아왔다. 그냥 넘어가지 않겠다는 투였다. 4대 문예지에 대한 내 떨떠름한 반응이 켕기는 모양이었다. 그걸 알아차린 걸 보니 소설 동네에 있긴 있나 보네, 하고 나는 생각했다. 그녀 쪽에서는 자기가 말한 대한민국의 4대 문예지를 몰라본 나를 진짜 소설가인지 의심하고 있었다.

"《세계의 문학》요."

나는 대답했다.

"《세계의 문학》요? 그런 문예지가 있어요?"

그녀의 얼굴이 뜨악해졌다.

"《세계의 문학》을 한 번도 못 들어 보셨어요?"

"생전 처음 들어 보네. 무슨 그런 책이 있나, 원."

"서점이나 도서관에 가서 문예지 코너를 돌다 보면 있을 텐데요."

그녀의 빈정거림에 내 목소리에도 좀 각이 들어갔다. 특정 문예지를 모를 수도 있다는 생각도 들었지만 어쨌든 《세계의 문학》을 모른다니 기분이 좋지 않았다. 그 문예지가 권위가 있고 없고 판매 부수가 얼마이고를 떠나 그런 문예지가 있다는 사실조차 모르는 소설가가 있다는 걸 어떻게 받아들여야 할까? 해외에서 국내 사정을 전혀 모르고 소설을 쓴 경우도 아니지 않은가.

"《현대문학》은 아세요? 《창작과 비평》은요?"

나는 유명한, 한국 문단 하면 우선 생각나는 문예지들을 읊어 보았다.

"둘 다 처음 들어 보네요. 그런 문예지가 진짜 있어요?"

어이가 없었다. 도대체 어떻게 된 셈인가. 어째서 그녀는 이런 문예지들을 하나도 모르고, 나는 또 그녀가 읊어 댄 《소파맥》이라나 뭐라나 하는 문예지들을 전혀 모른단 말인가. 낯선 혹성에 떨어진 기분이었다. 내가 진짜 소설가인지 의심스러웠다.

옆 사람과 이런 기분인 채로 동행하는 건 괴로운 일이었다. 나는 서로 통하는 것을 찾아내려고 머리를 굴렸다.

"요즘 어떤 책을 읽으세요?"

활동하는 공간이야 서로 다르다고 해도 읽는 책은 공유되는 게 있을 법했다. 동서고금, 범세계적으로 인증된 책들이 얼마나 많은가. 그중의 한 권, 어떤 한 장면, 묘사 한 줄을 끄집어내더라도 대화는 이어질 터였다.

"『그 여름의 장미』라고 그걸 지난주에 읽었어요."

"추리소설이에요?"

"아녜요. 영국 여자가 쓴 건데, 신비함과 장미에 대한 얘기!"

"신비함? 장미? 요즘 나온 책인가요?"

최근의 북 리뷰나 광고 같은 데서 장미라는 이름이 들어간 책 제목을 본 기억이 나지 않았다.

"그럼요. 블루존닷컴에서 6주간 베스트셀러였는데요."

아마존닷컴이 아니고 블루존닷컴이라는 것도 이상했다. 그러나 일일이 걸고넘어질 수가 없어서 그건 그냥 넘어갔다.

"소설이에요?"

"물론 소설이죠. 난 소설 아닌 건 안 읽어요. 시간이 없잖아요."

"주위 분들도 그런 걸 다 읽으시나요?"

"그럴 거예요. 우리들은 꽃 이름이 들어간 건 다 읽어요."

"꽃 이름요?"

"꽃에 관한 소설만 쓰니까요."

"꽃에 관한 소설만 써요?"

더욱 놀라웠다.

"《소파맥》출신들은 다 그래요. 이름 있는 데로 등단 안 하셔서 모르시나 본데."

머리에서 딩 소리가 났다. 그녀가 펼쳐 놓는 세계는 갈수록 점입가경이었다. 신비주의에 관한 책을 읽나 보다 했는데, 시간이 없어서 소설만 읽는다는 것이고, 꽃 이름이 들어간 소설은 다 읽으며, 더구나 꽃에 관한 소설만 쓰고, 자기뿐이 아니라《소파맥》출신들은 다 그렇다는 것이다. 그 자랑스러운 사실을 이름 있는 지면으로 등단하지 않은 나는 모르고 있지 않느냐고 그녀는 나를 힐난하고 있었다. 웃어넘길 기분이 아니었다. 말꼬리를 잡고 늘어지는 것도 싫었다. 딩 소리가 머리에서 목으로, 가슴으로, 배로 내려왔다. 깊은 숨을 들이마셨다. 내가 모르는 4대 문예지라……. 나는 생각에 잠겼다. 그녀가 지칭하는 '우리들'이라는 칭호는 모두 그 4대 문예지를 통해 나온 문인들이었다. 그녀에게는 자기들이 다른 그룹과 특별히 다르게 존재하고 있다는 인식이 있었다. '특별히' '다르게' '존재한다'는 말은 뒤집어 보면 자기들이 전반적으로 주류를 형성하고 있지는 않다는 증언이기도 했다. 그러니까 자기들과 다른 존재들이 있다는 사실을 이미 전제하고 있었다.

"소설가가 꽃에 관한 소설만 쓴다는 게 참 신기하네요. 한 명도 아니고 여러 명이. 그것도 평생 그렇다니요."

"쓰면 쓸수록 얼마나 재미있는데요."

"《소파맥》 출신은 대략 몇 명이나 돼요?"

"많아요. 아주 많아요."

"한 가지 소재를 정해 놓고 평생 그것만 쓰면…… 어떤가요? 새로운 것들에 자꾸 관심이 가지 않나요? 뜻밖의 소재들을 만나고, 거기에 빠져들고, 탐구하다 보면의식이 새로 종합되지 않나요?"

"우리도 인간의 삶을 종합해요. 꽃을 통해서요. 꽃의역사는 전쟁의 역사 같은 건 저리 가라 할 만큼 흥미로워요. 꽃 종류가 좀 많아요? 흰 꽃, 분홍 꽃, 빨간 꽃, 노란 꽃…… 장미과, 국화과, 난초과, 수련과…… 봄에 피는 것, 여름에 피는 것, 가을에 피는 것…… 꽃잎이 다섯 장인 거, 여섯 장인 거, 네 장인 거, 세 장인 거, 해바라기처럼 아주 많은 거…… 한해살이 꽃, 두해살이 꽃, 여러해살이 꽃…… 끝이 없죠. 거기다 그 하나하나의상징, 이미지, 꽃말 등 전부 인간과 관계가 있어요. 꽃만그리는 화가들도 많잖아요? 바다만 그리는 화가들도 있고요. 동서고금을 통해 풍경화만 그리는 위대한 화가들이 얼마나 많아요? 어쭙잖은 것들이 광범위하게 건드리다가 뚜렷한 거 하나 못 남기고 가잖아요. 천재도 아닌 것들이."

뜨끔했다. 듣고 보니 그럴싸했다.

"트롯 가수면 트롯 가수고 재즈 가수면 재즈 가수지 모든 음악을 저 혼자 총망라해서 해야 해요? 그렇게 저 혼자 걸작을 낳으려 하다니 웃기잖아요?"

그녀가 톡 쏘듯 나를 바라보았다. 네가 바로 그런 경우 아니냐는 듯이. 나는 시선을 아래로 떨구었다. 정말 무엇 하나 뚜렷하게 하지 못하면서 여러 갈래 벌려 놓고 떠내려가고 있는 느낌이었다. 그래서 가을이건만 들에 수확할 곡식은 없고 스산한 바람만 불고 있었다. 어쩌면 그녀의 말대로 꽃에 대해서만 평생 써도 모자랄지 몰랐다. 수백 명이 집단으로 모여 꽃만을 탐구해도 의미 있는 일일 수 있었다. '선택과 집중'이라는 말도 있지 않은가. 내 어깨가 점점 더 처졌다.

"책 냈어요?"

그녀가 쐐기처럼 톡 쏘았다.

"네, 몇 권."

나는 자신 없이 대답했다.

"몇 권요?"

"열 권 정도."

"열 권이라고요? 그런데 내가 왜 모르지?"

정말 알 수 없다는 듯이, 믿을 수 없다는 듯이, 거짓말 아니냐는 듯이 그녀가 나를 위아래로 훑어보았다.

"블로그 있어요?"

또다시 촉새처럼 꼬챙이로 찌르듯 물었다.

"없어요."

"책을 낸 작가가 블로그도 없어요?"

나는 즉각 대답하지 못했다. 블로그에 대해서는……
여러 가지 생각이 있었다. 주변의 몇몇 작가들이 블로
그를 만들었고, 얼마 뒤 한 명만 빼고는 모두 그걸 그만
두었다. 처음에는 쓰자마자 즉각 피드백을 받으니, 독자
가 원하는 것을 단박 알 수 있으니 환호들 했지만 블로
그를 운영하는 시간과 노고가 워낙 많이 드는 데다 궁
극적으로 독자가 원하는 대로 끌려갈 수밖에 없어 모두
들 그만둬 버린 것이다. 독자가 원하는 대로 끌려간다
면 원론적으로 문학이라고 할 수 없었다. 그렇다면 작가
도, 주제도, 문체도 필요 없었다. 대중의 손발인 유능하
고 잽싼 필경사만 필요했다. 요행히 어쩌다 자신의 문학
관과 독자들의 피드백을 효과적으로 조화시킨다 해도
소설가 개인이 대중에게 고스란히 노출되어 있어 악의
로 걸고넘어지는 사람들에게 일일이 대항해야 했다. 문
학의 상호작용에 대한 논의에는 문학이 무엇인가에 대
한 정의가 필요하고, 많이 읽히는 글이 꼭 가치가 높은
가에 대한 답변도 필요하고, 문학에서도 소비자가 왕인
지, 문학작품도 공장에서 생산되는 제품과 같은지 숙고
해 보는 일도 필요할 터이다. 이 모든 것들이 제대로 협

의되지 않은 채 세태는 자본의 논리에 맞춰 흘러가고 있었다. 당시 내게 직접적으로 영향을 주었던 건 블로그를 열성적으로 운영하던 동료가 독자 반응에 너무 신경 쓴 나머지 이도저도 아니게 중심을 잃었고, 모처럼 여러 해 걸려 쓴 소설이 이전 것들보다 못하다는 평을 들었으며, 격이 떨어진다는 이유로 문학 출판사에서 외면당했고, 판타지소설로 돈을 번 출판사가 그것을 가져다 대대적으로 광고하며 출간했지만 별로 팔리지도 않았다는 사실이었다. 책은 내용 때문에 팔릴 수도 있고 다른 무엇 때문에 팔릴 수도 있고 무언가로 시작해 탄력을 받아 왕창 대박 날 수도 있다. 그러므로 판매를 염두에 두고 작가 활동을 하는 건 매번 복권을 사는 일과도 같고 평생 걸어가야 할 작가의 길을 암울하게 하고 그의 진정한 탐구를 방해한다. 블로그 운영이나 SNS 활동이 독자들의 반응과 세상의 흐름을 즉각 알게 한다는 데는 작가들 모두가 동의했다. 자기가 써 나가고 있는 이야기가 어떤 결과를 초래할지 미심쩍어하며 글을 쓰는 작가들에게 그건 대단한 매력이 아닐 수 없었다. 그러나 인기 작가여서 출판사나 그 누군가가 대신 블로그를 운영해 준다면 모를까 작가 자신이 매일매일 블로그에 들어가 독자들을 일일이 상대한다는 건 아무리 생각해도 무리였다. 현실적으로 에이전시가 없는 작가들로서는 그런 시간과 에너지를 작품 쓰는 데 투자해야 마땅했다. 그런

생각으로 대부분의 작가들이 블로그 활동을 하지 않고
있었고, 나 또한 그중의 한 사람이었다. 이런 걸 시시콜
콜히 다 설명할 수는 없었다.

"그럼 그쪽은 블로그 있어요?"

그렇게 묻는 것으로 말을 이었다.

"있고말고요! 요새 블로그 없는 작가가 어디 있어
요?"

그녀는 이제 확실히 나를 누를 무기를 쥐었다는 듯이
의기양양했다.

"블로그가 없으면 독자 관리를 어떻게 하지?"

혼잣말로 구시렁대기도 했다.

'에구, 에구, 책도 안 냈다면서 독자는 무슨……'

그런 생각이 들지 않는 것은 아니었다. 그러나 마음
속에서 불안이 벌겋게 일렁였다. 문학성이니 진정성이
니 하며 무거운 휘장에 덮여 있는 동안 이런 사람들이
세상을 덮었구나! 가슴으로 휘휘 허한 바람이 불었다.
그렇다면 꽃에 대해서만 쓴다는 건 혹시 상징이 아닐까.

"블로그를 누가 관리해요?"

그렇게 물어보았다.

"제가 하지요."

그녀가 기세등등하게 대답했다.

"벅차지 않아요? 매일매일 소설 쓰느라 지치는데 여
력이 돼요? 신경이 분산되지 않나요?"

"그렇지 않아요. 따로따로니까. 그런데…… 사실 남는 건 없어요."

"네?"

"소설 한 편 실으려면 돈 내야 하지, 블로그에 올리려고 이렇게 사진 찍으러 다녀야 하지, 독자들이랑 만나서 차 한잔 하는 데도 비용 들지…… 예술 활동이라 하긴 하지만 남편에게 볼 낯이 없어요. 그래서 때때로 거짓말도 해요."

"돈을 내요?"

무슨 말인지 알아들을 수 없었다.

"우리 《소파맥》에는 그래도 20파로밖에 안 내요. 조금씩 다르기는 하지만 다른 덴 더 내요. 지금까지 세 번 실었으니까 60파로 들었고…… 앞으로 책을 내려면 돈을 많이 모아야 해요."

나는 가만히 있었다. 뭐가 뭔지 잘 모르겠지만 그녀가 활동하는 동네에선 소설을 문예지에 싣거나 책을 내는 데 돈을 내는 모양이었고, 야릇하게도 돈의 단위가 달랐다. 가상화폐나 놀이동산 같은 데서 쓰는 토큰 같은 것인가 짐작해 보았다. 어떤 연유로 그런 화폐를 쓰는지 알 수 없었다. 이건 꼭 무슨 함정 같았다.

"'파로'라고 했죠? 1파로가 얼마예요? 원화로요?"

나는 물었다. 그녀가 나를 빤히 쳐다봤다. 입술을 오물오물 움직이며 대답에 시간을 끌었다. 나는 다그쳐 물었다.

"원 알죠? 100원, 500원은 동전이고 1000원부터는 종이돈인…… 5000원권, 1만 원권, 5만 원권이 있는 우리 돈."

"아, 알죠. 1파로가 그 돈으로는 1만 1000원쯤 될 거예요. 요새는 조금 넘을까?"

'그 돈'이라고 말하는 것을 나는 놓치지 않았다. 그러니까 우리가 쓰는 돈, 즉 원화에 대해서 그녀는 확실히 알고 있었다. 환율마저 정확히 꿰고 있으니까. 내가 잘못된 건 아니었다. 그녀의 말대로라면 20파로는 22만 원 정도였고, 아주 많은 액수는 아니었다. 그러나 소설을 책에 싣고 작가가 22만 원을 내다니 어처구니가 없었다. 그렇다면 뭐 하러 소설을 쓴단 말인가. 그냥 누워서 낮잠이나 자지. 쓰는 행위와 돈 버는 욕구가 비례하는 건 아니지만 이건 개념이 달랐다.

"소설 쓰는 데 힘 안 들어요? 죽자고 진땀 흘려 쓴 것도 모자라 그걸 싣겠다고 돈을 낸단 말예요?"

"자기 작품 발표하는 거잖아요! 무용도, 그림도 다 그렇게 발표하지 않나요?"

생각해 보니 그런 것도 같았다. 그러나 전부 다는 아니었다. 무릇 모든 무용가나 화가가 자비로 작품을 발표한다고는 생각되지 않았다. 화가들에게도 화랑이나 어떤 기관, 혹은 단체에서 초대전, 기획전을 열어 주기도 하고, 신인 발굴전도 흔히 있었다. 무용도 마찬가지였다. 거기선 발표회나 무용극 등의 여러 형식이 있었고, 관람권을 팔아 창작 행위를 보상하기도 했다.

"그건 아닌 것 같은데."

나는 반론을 제기했다.

"책이 안 팔리는데 어떡해요? 대표님이 그러는데 지금《소파맥》은 10년간 적자래요. 우리가 살려 내지 않으면 당장 폐간될 거래요."

"생각해 보세요. 사람의 활동이란 크든 작든 보상을 받아야지요. 그래야 그 행위가 지속되지 않나요?"

"그러니까 예술 활동이죠! 예술이 뭐 밥 먹여 주나요? 돈 안 벌리는데도 하니까 훌륭한 거지. 책도 여러 권 냈다면서 그걸 몰라요?"

나는 입을 꾹 다물었다. 여자의 씩씩거리는 숨소리가 거칠게 들려왔다. 얘기를 하다 보니 입장이 전도되었다. 나는 돈이나 밝히는 사이비 예술가고 그녀가 진짜 예술가 같았다. 이 상황을 어떻게 뒤집나 고심하고 있는데 그녀가 불쑥 물어왔다.

"그럼 그 쪽은 돈을 안 내요?"

"안 내요. 책에 작품을 실으면 돈을 받지요. 원고료라는 거요. 많지는 않지만."

"어머, 어머, 어머머! 그게 정말이에요? 소문은 들었지만 믿지는 않았는데."

밀짚모자가 화난다는 듯 입을 다물고 창밖 멀리로 시선을 던졌다. 파도가 높이 솟구쳤다 급히 달려왔다. 그것이 배 밑으로 하얗게 스러지며 선체가 요동쳤다. 우리도 널뛰듯이 솟았다가 내려앉았다. 어지러웠다. 그녀는 스스로에게 분한 듯했고, 그간의 자신을 용납하지 못하는 것 같았다. 소문을 들었다는 것으로 미루어 자기들 말고 다른 작가군이 있다는 것을 알고 있었다. 아까도 '우리들'이니, '4대 문예지'니 하면서 젠체했지만 사실은 자기들 밖의 집단에 대한 의도적인 과시였을지도 모른다. 정치판이 떠올랐다. 그녀와 나는 정당이 다른 정치인이었다. 누가 여당이고 누가 야당인지 모르지만 내부 이념이 전혀 다른, 정반대 집단에 속해 있었다. 침묵이 우리 사이를 메웠다.

얼마 만에 그녀가 텁텁한 공기를 밀어내며 약간 쉰 목소리로 입을 뗐다.

"사실 제 이 머리요, 가발이거든요?"

나는 놀라 그녀의 탐스러운 머리칼을 다시 바라보았다.

"정말요?"

멋들어진 모자와 그 아래 흘러내린 머리칼을 찬찬히 훑어보았다. 파리지엔을 연상시키는 각진 밀짚모자 아래로 컬이 들어간 머리칼이 아름답게 구불구불 흘러내려 있었다. 듣고 보니 너무 풍성하고 질감이 거칫한 것 같았다. 1미터 이상 떨어져서 보면 아름답고 매력적인 저 머리칼이 가짜고 죽은 것이란 말인가? 가짜고 죽은 것을 어떻게 받아들여야 하나? 그녀의 매력 포인트로 소임을 다하고 있는 그것을 타인들이 께름칙해해야 할까? 조화는 생화보다 못하다고 단언할 수 있나? 생명이 있느냐는 측면에서는 생화가 의미 있겠지만 다른 관점들도 얼마든지 존재할 것이다.

그런데, 그녀는 이 고백을 왜 이 시점에서 하지?

너무 생뚱맞아서 그녀의 심정을 도대체 짐작할 수 없었다.

가끔씩 약점이나 치부를 들이대며 다가오는 사람들이 있긴 있었다. 나름의 친교 방법이요, 전략일 것이다. 그녀는 그런 경우도 아닌 것 같았다.

"저는 당뇨에다 고혈압이에요."

그녀가 다시 고백을 해 왔다. 그녀는 바닥에 놓인 가방을 무릎 위에 올리더니 부스럭거리며 알약을 꺼냈다. 음료수 캔을 따서 대여섯 알의 알약을 꼴깍 삼켰다.

씩씩대던 숨소리가 점차 가라앉았다.

측은했다.

30분쯤 지나자 그녀는 완전히 전원이 나가 버린 것 같았다.

그녀를 내 대칭점에 놓고 왈가왈부했던 마음이 미안쩍었다.

구불구불한 그녀의 가발을 다시 바라보았다. 바로크 시대의 바흐나 헨델도 저런 가발을 썼었지. 영국 법정에서는 아직도 법관들이 저런 가발을 쓰고 재판을 하고 있다. 관습, 형식에 대한 존중, 권위의 상징. 마음 한편에서 가발은 그녀가 썼지만 내가 속해 있는 세계가 어쩌면 의식의 가발을 쓰고 있는지도 모른다는 생각이 들었다.

그녀의 세계와 나의 세계.

진짜와 가짜가 정말 있는 것일까?

진정성이 바람직한 가치일까?

이 변화무쌍한 시대에 아직도 그게 기준이 될까?

황순원 선생의 「필묵 장수」라는 단편이 떠오른다. 세상이 바뀌어 여느 집 사랑에서 서화를 치는 일도 없어지고 마을의 서당들도 모두 문을 닫아 필묵이 더는 필요 없어진 시대에 제 삶을 어찌지 못하는 필묵 장수가 평생 그래 왔듯 이 마을 저 마을로 필묵을 팔러 돌아다니다가 초라하게 객사한다. 그의 봇짐을 펴 보니 오래 팔리지 않은 붓이며 먹, 자질구레한 것들 사이에 한지에 고이 싸인 진솔 버선이 한 목 들어 있었다. 그건 언젠가 어떤 마을에서 그의 행로를 딱하게 여긴 아낙이 발 아플 텐데 신으시라고 만들어 건네준 것이었다. 그가 세상에서 유일하게 받았을지도 모르는 관심과 호의를 그는 차마 신어 보지도 못하고 고이 간직하다 세상을 뜬 것이다.

그의 생은 무가치하며 조롱거리일까?

그렇다면 당시 내가 느낀 감동은 무엇인가?

아주 오래전에 단 한 번 읽었을 뿐인데도 그 짧은 소설이 지금까지 강한 인상을 남기고 있는 걸 보면 단지 연민이나 순정 때문만은 아니라 무엇인가가 있었다고 여겨진다. 내가 혹시 이 시대의 필묵 장수일까? 체질적으로?

예술과 시대.

예술과 현실.

현실의 영악한 셈법.

근본적인 가치들이 들먹여지다가도 현실이 다가들면 곧 사그라져 버리는 불안한 거품. 뭐다 뭐다 해서 상을 주고 잔치를 벌여 보지만 동네 안에서 벌이는 재롱 잔치라는 생각.

다른 예술도 다 이럴까?

『세상의 모든 아침』이라는 소설도 떠오르고, 자기 작품을 전부 태워 세상에서 없애 달라는 존 케이지의 유언도 생각난다.

예술가들의 자의식.

예술가에게는 이 모든 것들이 선택이 아니라 체질이다. 그건 분명하다. 그의 인생이 품은 내력에서 나오는 것. 반대로 뒤집으려고 해 봐야 더 우스운 꼴이 된다. 그런 걸 너무나 많이 보아 왔다.

아마 마지막 순간에는 평생 추구했던 것들이 허망하

고 덧없을지도 모른다.

　멀리 바다를 내다보았다.
　노오란 햇빛 아래 청남색 물결이 넘실대고 있었다.

　민박집은 우묵한 해변이 내려다보이는 이층집이었다.
아래층에 객실 두 개와 주인 내외가 거처하는 공간, 위
층에는 두세 가구가 함께 묵을 수 있는 대형 콘도미니
엄으로 설계돼 있었다. 2년 전 육지에서 들어와 평생 살
겸 집을 지었다는 주인 내외의 설명처럼 곳곳에 성의가
들어가 있는 살가운 집이었다. 나는 예약을 하고 갔지만
예약을 하지 않고 간 그녀와 함께 아래층 객실에 들었
다. 짐은 물론 각기 다른 방에 풀었고, 식사는 주인 내외
에게 부탁하기로 했다.
　피곤하다는 이유로 나는 내 방에 남았고, 그녀는 사
진을 찍겠다고 밖으로 나갔다.
　해 질 무렵에 나도 해변으로 나가서 서해 낙조를 구
경했다.
　천천히 집으로 돌아오니 그녀는 이미 돌아와 씻고 난
뒤였다. 숏 헤어를 스카프 모자로 완전히 감싸고 있었다.
가발을 벗은 민망한 모습을 보지 않아서 다행이었다.
　주인 내외의 식당으로 가서 저녁을 먹었다. 맛살을
넣고 끓인 미역국에 조개무침, 낙지볶음 등 어패류가 주

반찬이었고, 직접 가꾸었다는 상추와 치커리, 케일 등 야채도 푸짐했다. 주인 내외는 고군산 팔경에 대해 침이 마르도록 자랑이었다. 선유도가 고군산군도의 중심 도이며, 근처의 크고 작은 섬들에는 천혜의 비경이 숨어 있다고 했다. 절경이 넘쳐 난다 하나 우리로서는 그걸 다 걸어서 구경 다니기 어려웠다. 자전거를 빌려 하이킹을 할 엄두도 나지 않았다. 나는 그냥 이곳저곳을 발 닿는 대로 가 볼 작정이었다. 이젠 물건을 사거나 여행을 하거나 사소한 결정을 할 때 모든 걸 비교해 보고 최선의 것을 선택하는 버릇이 없어져 버렸다. 그냥 운에 맡기는 마음이었고, 저절로 결정되는 한두 가지에 집중하게 되었다. 그러면서도 못다 함이나 아쉬움 같은 게 없었다.

후식으로 참외가 나왔다.

"아저씨, 우린 소설가들이에요."

참외 조각을 포크에 찍어 입으로 가져가던 그녀가 느닷없이 말했다. 생뚱맞은 게 그녀의 특징인 모양이었다.

"에? 그럼 여기서 소설을 쓰시려고?"

주인이 장기 투숙의 기대를 엿보이며 다가들었다.

"아니 일단 답사하고 여길 무대로 써 볼까 해요."

그녀가 대답했다. 기대를 다소 거둔 주인이 딴 얘기를 꺼냈다.

"저쪽에 소설가가 한 분 계신데…… 장자도에. 아직

도 머무르나 모르겠네."

"소설가가요?"

내가 놀라 물었다.

"배 들어올 적에 봤지요? 이 선유도하고 다리로 연결
돼 있는 섬. 그게 장자도라. 저쪽으로는 무녀도랑 연결
돼 있고. 그 장자도 우리 형님 집에 소설가가 한 분 묵고
있다고."

"웬일로 소설가들이 와글와글하네?"

주인 여자도 신기해했다.

내가 생각해도 흔치 않은 일이었다.

소설가가 우리 국민 중 몇 프로나 될까? 전체로 치면
극소수일 텐데 오지의 섬에서 세 명이나 모이다니 야릇
한 우연이었다. 함께 떠나온 것도 아니고 각자 따로따로
왔는데.

그렇게만 생각하고 있었다.

소설가가 머문다고 해서 그가 누군지 궁금하기는 했
지만 만나 볼 생각까지는 못 했다. 그런데 펜션 주인이
이튿날 기어이 그를 우리 쪽으로 초대했다.

대머리가 벗어진 장년의 남자가 원추리꽃이 만발한
주인집 정원으로 들어왔다. 밀짚모자와 나는 비치파라
솔 의자에서 엉덩이를 엉거주춤 떼며 그를 맞았다.

통성명을 하고 멋쩍은 표정으로 각자의 자리에 앉았

다. 김일해라는 그의 이름을 오래전에 들은 기억이 났다. 요즘도 활동을 하고 있는지는 알지 못하고 있었다. 등단 직후 무슨 장편소설인가를 써서 떠들썩했는데 그 뒤로 아주 사라져 버렸다는 인상이었다. 그도 나를 잘 모르고 있었다. 그는 인상을 쓰며 억지로 뇌세포를 쥐어짜 여러 명이 같이 낸 단편 모음집 속에서 내 소설을 하나 읽은 것 같다고 했다. 그도, 나도 사교적인 성격이 아니어서 데면데면하게 앉아 있었다. 밀짚모자는 주변 사람들에게 신경 쓰는 타입이 아니었다. 반면 펜션 주인은 분위기를 띄우려고 객쩍은 농담을 날리며 조개를 굽고 그것을 번갈아 우리 접시에 놓아주었다.

김일해는 빠른 속도로 맥주잔을 비웠다. 옆에서 보기에 걱정될 정도였다. 밀짚모자의 생뚱맞은 말들이 비치 파라솔 밑으로 낙엽처럼 굴러다녔다. 김일해는 처음에는 밀짚모자와 내가 친구인 줄 알았다가 말말이 완연히 다른 것을 보고는 아예 다른 동네 사람인 것을 눈치챈 것 같았다.

알코올이 김일해의 신경을 이완시키자 대화가 자연스럽게 굴러갔다.

"선유도가 무슨 뜻이에요? 신선들이 노닐던 곳?"

나도 어느덧 너스레를 떨었다.

"저 산 꼭대기 봉우리 보이죠? 정상의 형태가 마치 두 신선이 마주 앉아 바둑을 두고 있는 것 같아서 선유도라고 했답니다. 옛날 옛적에."

"바둑을 두며 놀고 있다고요? 저게 그 모습이에요?"

"그렇게 보이지 않나요?"

"바둑은 언제 생겨났는데요? 신선들이 노닐던 시절에도 있었을까요?"

"있었다고 할 수 있죠. 요나라 순나라 임금님이 어리석은 아들들의 머리를 깨우치려고 만들었다는 얘기가 있으니까. 우리나라로 치면 단군 시대쯤이겠지요."

"그럼 4000년 전?"

"그 이상이죠. 근데 뭐 말이 그렇지 정말 그때 만들었겠어요? 바둑이 얼마나 오묘하고 어려운데요. 어리석은 아들들이 쉽게 배울 수 있었을 것 같지 않아요."

"바둑판이 그게 몇 줄씩이에요?"

"가로 세로 열아홉 줄. 361점이 만나죠. 만나는 지점에 돌을 놓는 거죠."

"요순이면 중국인데…… 우리나라엔 언제 들어왔대요?"

"삼국시대일 거예요."

"삼국시대에 신선? 맨 처음에 누가 저 봉우리를 보고 신선이 마주 앉아 바둑 두는 거라고 상상했을까요?"

"하하하…… 소설가 같은 치들이겠지. 그때도 그런 사람들이 있었을 거예요. 밥이나 축내는."

말끝에 자조적인 냄새가 풍겼다. 그도 그걸 느꼈는지

분위기를 털어 내며 평상의 어조로 돌아왔다.

"조선 시대, 고려시대, 삼국시대…… 그리고 그 전 여기에 사람이 살지 않았을 때도 배는 지나다녔을 거예요. 그러니까 알 수 없죠. 뱃사람 중에 누군가가 그런 상상을 했을지도. 혹은 근래에 누가 재미 삼아 얘기를 만들어 냈는지도. 어디 기록된 것은 아닐 테니."

김일해와 내가 신선과 바둑 얘기에 젖어 있는 동안 밀짚모자는 맥주를 홀짝거리며 산발적으로 맥락 없는 얘기들을 끼워 넣고 혼자 까르르 웃곤 했다.

해가 뉘엿뉘엿 넘어갔다.

밀짚모자는 사진을 찍겠다며 자리에서 일어났다. 그녀가 방으로 들어가서 카메라와 부속품을 갖추어 들고 해변으로 나갔다.

그녀의 뒷모습을 바라보며 내가 김일해에게 물었다.

"《소파맥》이라나 그런 문예지 들어 보셨어요?"

"저분이 거기로?"

"네, 그렇대요."

"있어요. 그런 거 몇 개 있어요."

"아시는구나! 난 한 번도 들어 보지 못해서…… 실례했나 모르겠네."

"얕보는 사람들이 많지만 무시 못 할 세력이에요. 우선 숫자가 엄청나요. 그런 책들에서 장사하려고 1년이면 신인을 수십 명 이상 배출해요. 그 숫자가 누적되어

서 지금 문인들이 단체로 무얼 도모하려면 그이들을 끌어들이지 않으면 안 된대요. 나도 그런 데 출신 시인 한 사람을 아는데 한번은 자기들끼리 낸 시집을 가져왔어요. 개중에는 무척 시를 잘 쓰는 사람도 있더라고요. 무척 놀랐어요. 모두들 먹고살 만하고, 문학에 생계를 걸지 않아도 되고, 학벌, 교양 등등 수준급이고, 사회 지도층이나 교수들도 많고, 특히 여자들의 경우에는 배우자의 지위가 대단해요. 문학은 이제 그런 데서 아마추어리즘으로 수용되는 것 같아요."

"아!"

"문학의 마지막 지대인지도 모르죠. 그들은 색다른 보석 반지를 하나 더 끼는 심정으로 문학을 하는 것 같아요. 보석들끼리야 뭐 경쟁이 뻔하잖아요. 값이 얼마고 크고 작고 등 세속의 가치로 판별되겠지요. 근데 이건 문화의 입김이 들어간 근사한 보석이잖아요. 특별 보석으로 색다르게 치장해 남들 위에 고상하게 서고 싶은 거겠죠. 제대로 효과들을 봐서인지 이제는 당당하다 못해 자기들 세계를 목숨 걸고 지켜요. 이쪽에 선전포고하는 식으로. 결속력이 대단해요."

나는 아무런 대답도 하지 못했다. 김일해는 말끝에 자기가 신춘문예 출신이라고 털어놓았다. 20대에 화려하게 등단해 바로 그해에 첫 장편을 출간했고 주목받았지만 그 뒤 30년 동안 한 번도 빛을 보지 못했다고 했다.

그러기도 쉽지 않은데 하는 생각과 그럴 수도 있겠다는 생각이 동시에 들었다. 작가란 얼마나 불확실한 존재인가. 책을 두서너 권 더 낸 모양이었지만 나조차 작가로서의 그를 알지 못하고 있었다.

"다른 직업이 있으셨어요?"

현실적으로 어떻게 견뎌 왔는지 궁금했다.

"없어요."

그가 고개를 가로저으며 시니컬하게 말을 싹둑 잘랐다.

나는 더 묻지 않았다.

얘기 중의 느낌으로는 아내가 직업이 있는 모양이었고, 처음에는 재능 있는 문학청년에게 반해 결혼했다가 오랜 기간의 현실적 무능에 지쳐 이제는 막말을 주고받는 사이가 된 것 같았다. 그는 아내를 피해, 필생의 야심작을 쓰기 위해 이 섬에 온 모양이었다. 30년을 한꺼번에 벌충할 대역작을 탄생시키기 위해.

"어떤 소설이에요?"

그는 그 말에도 대답하지 않았다. 아마도 정보 유출이라고 여겼을 수도 있었다.

물바람이 모래 턱을 훑고 지나와 그의 머리칼을 흐트러뜨렸다. 헝클어진 머리로 그는 시드니 셸던이니 존 그리섬, 댄 브라운 등의 초베스트셀러 작가들에 대해 불편한 심사를 드러냈다.

"그렇게 쓴 것까지는 이해가 갑니다. 뭐 선택이니까요. 돈을 노리고 선정적인 소재들을 얽어서 자극적이고 충격적으로 쓴 것까지는 좋아요. 그래서 수천만 부를 팔았다고 해도 놀랄 일이 아니죠. 문제는 그들을 바라보는 사람들의 시선입니다. 사람들 중에서도 식자라고 불리는 치들이요. 글깨나 읽었다는 사람들도 예외 없이 그들과 나를 비교한단 말입니다. 너는 언제 그렇게 될 거냐고요. 진짜 미칠 노릇이에요."

"사람들은 휴 헤프너한테도 그러지 않나요? 포르노든 뭐든 돈 벌고 유명해졌으니."

"그는 다르죠. 사업가니까요. 사업 판에서야 돈 번 놈이 최고죠."

"그럴까요? 사업에서도 윤리가…… 어쩜 더욱……."

"그래도 거긴 목표가 돈이 아닙니까?"

"초특급 베스트셀러 작가들은 작가 활동을 사업으로 생각할 것 같아요."

"사람들에겐 그들이 신처럼 보이는 모양입니다만 기업가와 작가를 같은 기준으로 판단하는 건 언어도단이지요. 노벨상 받은 작가하고 세속적 작가하고도 구분 못 하다니 그게 어디 지성입니까?"

세속적 작가라……. 나는 가만히 있었다. 시드니 셸던이나 존 그리섬의 소설들을 많이 읽어 보지 않아서 응대하기 어려웠다. 그러나 속으로 생각했다. 노벨상을

받은 작가들 중에도 세속적인 사람이 있지 않을까. 아
니 그런 가치관을 가진 작가가 있지 않을까. 나는 언젠
가부터 작가와 작품 세계는 별개라는 생각을 갖게 되었
다. 성공에 탐욕스럽고 눈치 빠른 작가는 그 시점에 무
엇이 가치 있게 평가되는지 재빨리 파악해 그걸 추구하
거나 추구하는 척할 수 있고, 노벨상도 상일진대 무릇
상이 가지는 속성들을 지니고 있을 터이다. 상에는 운도
작용하고 작품 외의 여건들도 무수히 작용을 한다. 문학
만이 그럴까. 세상의 모든 일들이, 우리의 삶 전체가 그
렇지 아니한가. 이렇게 저렇게 노력해서 성공했다고 장
담하는 사람들이 있지만 그건 그의 생각일 뿐 설명할 수
없는 경우도 얼마든지 많다. 작가는 그 모든 걸 보고 느
끼고 쓰는 사람이다. 단지 쓸 뿐이고 읽는 사람은 자기
구미에 맞는 걸 골라서 읽는 것이다. 양자의 상관관계까
지 계산해 써야 한다면 그건 장사나 다름없지 않은가.

"작품성을 인정받고도 대중적인 인기를 누리는 경우
도 꽤 있지 않나요?"

일말의 희망이었다.

"그게 사기란 말입니다. 생각해 보세요. 심도 있게 무
거운 걸 추구하는 소설들을 어떻게 대중이 모두 좋아해
요? 그건 솔직히 재미가 없거든요. 그건 어렵거든요. 작
가의 얘기를 알아들을 수 있는 수준에 도달하지 못하면
요. 대중이란 게 뭐예요. 어마어마한 숫자의 사람들이

않아요. 어마어마한 숫자란 건 독서 훈련이 안 된 사람들이 대거 포함돼 있다는 말입니다. 음악 수업이 전혀 안 된 사람들이 클래식 음악을 즐길 수 있나요? 접근이 안 되잖아요. 즐길 수가 없다고요. 엄밀히 말해 두 마리 토끼를 잡는 건 불가능해요. 모든 작가들이 바라는 바겠지만요. 제 생각에는 그래요."

그의 표정이 불퉁스러워졌다. 나는 깐죽거리지 않으려고 애쓰면서 반론을 폈다.

"무거운 주제를 쉽고 재미있게 풀어 쓰는 경우는 없을까요?"

이건 사실은 나 자신에게 던지는 질문이었다.

김일해의 인상이 더욱 우그러지고 있었다. 그가 입을 떼려는 찰나 내 입에서 한마디가 더 나갔다.

"꼭 무거운 것이어야 해요? 심각하고 철학적인 것만이 가치가 있을까요?"

"용어로 말하니까 철학이지 그게 뜻하는 건 우리가 어떻게 살아가야 하느냐 하는 진정한 고민이 아닙니까? 그건 쉽게 장난치거나 얕은 재미로 둔갑시킬 수 없어요."

청록색과 흰색 마릴린 먼로 사진이 떠올랐다. 앤디 워홀이 섹시 여배우의 모습을 실크스크린으로 찍어 세상을 접수한 지 50년이 넘었다. 팝아트는 이제 예술 안으로 완전히 들어왔고, 어쩌면 현대미술을 대표하는 주류 중 하나일지도 몰랐다. 처음엔 고고한 미술, 추상미술에 반발해 도전장을 내밀었지만 대놓고 매스미디어를 이용, 통속적인 것들을 대량생산해 왔다. 인기나 소비, 파급력에 있어서 그들과 경쟁이 가능할까? 근래 들어 클래식 성악가들도 크로스오버라는 이름으로 대중 속으로 들어오고 있고, 바이올린 천재도, 피아노 천재도 밴드 속으로 끼어들고 있다. 이런 걸 어떻게 해석해야 할까? 내가 정말 좋아하던 바이올리니스트가 밴드의 일원이 되었을 때 나는 솔직히 슬펐다. 그러나 다음 순간 어쩔 수 없는 일이었을 거라고 이해해 주지 않을 수 없었다. 그러나 김일해는 이런 일들을 너무 받아들이지 않는 것 같았다.

"불가능할까요?"

나는 끝내 희망을 버리지 못했다.

"가능하다고 생각해요?"

"물론 저야 못 하고 있지만."

나는 공연히 선량한 소설가에게, 외골수로 일생을 문학에 몰아넣은 김일해에게 그간의 속풀이를 하고 있었다. 김일해의 얼굴에 벌겋게 불쾌감이 드러났다. 그냥저냥 이야기를 이어 가던 참이었는데 그의 심사를 너무 건드린 것 같았다. 미안했다. 나는 나 자신에게 물었다. 너도 진정성을 늘 따지잖아? 네가 지금 쓰고 있는 건 진정한 거야? 정말? 아무 사심도 없어? 전혀? 100퍼센트?

대답하기 어려웠다.

모래바람이 테이블을 휩쓸고 지나갔다.

김일해가 술잔을 쭉 들이켰다.

"불가능한 건 없겠죠. 어떻게라도 하면 되니까. 내용이 개떡이 되는 거죠."

개떡이 된 예들이 막말로 터져 나왔다. 그는 욕도 서슴지 않았다. 그 중심에는 구체적인 실체가 있었다. 한때 그와 절친했었다는 동갑내기 소설가였다. 아무개라는 그 소설가는 운 좋게 처음부터 스타덤에 올라 계속 유명세를 타는 중이었다. 물론 나도 그의 '명성'을 익히 알았다. 아무개는 김일해와 같은 해에 등단했는데, 문학에 대한 인식이나 입장이 김일해와 정반대라고 했다. 지금 아무개는 연예인 비슷하게 되어 출판업자들이 뭉칫돈을 싸들고 줄줄이 따라다니고 방귀만 뀌어도 베스트셀러가 되는 행운을 누리고 있다고 했다. 노력인지 운인지 재능인지 그 셋 다인지 알 수 없다고 김일해는 비웃듯 말했다. 김일해는 아무개가 처음부터 얼마나 세파에 능하고 저급하며 비열하기까지 했는지 속속들이 알고 있는 눈치였다. 나는 아무개의 작품들을 생각해 보았다. 책마다 광고를 숱하게 해 대 제목들이 쉽게 떠올랐다. 처음 한 편은 나도 읽었는데 솔직한 느낌을 말하자면 문학으로 포장한 섹스 이야기였다. 섹스를 소재로 했다고 해서 문제될 리 없었다. 다만 진짜 성을 탐구한 게 아니라 아슬아슬 경계를 넘나들며 자극적인 듯 감성적인 듯 끌고 가고 있었고 그게 재주라면 재주였다. 나는 그 뒤 그의 책을 읽지 않았다. 자연히 내 관심권에서 멀어졌고 어떻게 변했는지도 알지 못했다. 내게는 멀리 있는 대상이어서 그랬지만 김일해에게는 다른가 보았다. 김일해는 수십 년간 아무개에게 쌓인 감정의 둑이 무너진 듯 노도처럼 거칠게 흘러갔다. 자신이 경멸해 마지않던 사람이 세상을 단단히 거머쥐었다는 사실을 용납할 수 없는 모양이었다.

나는 나에 대해 생각해 보았다.

아직도 마음 한편에 서 있는 굳건한 나무.

세태니 유행이니 추세니 세상이 완전히 뒤바뀌었다고들 요란을 떨지만 사람 사는 기본은 별로 변하지 않았다는 믿음.

끝이 가까워 와서일까.

내가 살아온 세월과 그것이 지닌 가치가 소중하게 느껴지고, 그 시간들이 생성한 내 본질을 배반하고 갑자기 돌변하는 건 우스꽝스럽다는 생각. 그건 마치 어른이 배냇저고리를 입으려 하는 것만큼이나 이상하고 부자연스럽고, 무엇보다도 가능하지가 않았다. 새 물은 새 병에 담아야 신선하지 않겠는가. 그래서 더러 읊조린다. 운명이여 와라, 와서 덤벼라. 나를 쓰러뜨려 봐라. 네놈이 아무리 덤벼도 나는 나의 길을 간다…… 이런 똥배짱이 어디에서 나온 건지 하여간 내 대뇌피질을 질기게 감싸고 있는 것 같다. 거의 다 왔기 때문에 새로 시작하기 싫은 걸까. 두꺼운 장막을 뚫느니 얼마 남지도 않은 시간 차라리 내 세계로 더 깊이 침잠하고 싶은 건가…….

상념에서 깨어나니 쉼 없이 입술을 움직이는 김일해의 얼굴이 보였다. 나는 그의 독설들을 인내심 있게 더 들었다. 한 맺힌 폭탄들이 흙탕물에 거의 다 휩쓸려 내려갔을 즈음 나는 이야기의 방향을 슬며시 돌렸다.

"선유도에는 차가 없다고 하더니 막상 와 보니 차들이 있네요. 승합차도 있고 승용차도 있고 심지어 버스까지……."

나의 예사로운 어투에 김일해는 어두운 영화관에서 나온 듯 어릿어릿해하더니 잠깐 겸연쩍은 표정을 짓고는 자기도 곧 일상의 어조로 돌아왔다.

"여길 좋아하던 사람들한텐 애석한 일이죠."

그렇게 대화는 마른 길로 나왔다. 그는 평상을 되찾았고, 섬에 들어와 작품을 쓰는 작가로 돌아갔다.

"여긴 원래 서해 항로의 요충지였어요. 북상하는 조기하고 남하하는 홍어나 대구 같은 어종들이 지나가는 길목이었지요. 중국 사신들이 서해를 건너오면 고려 군사들이 여기까지 영접 나오고, 서남해안 쪽에서 한양이나 개경으로 갈 때도 여길 지나갔죠. 그때는 조문선, 군선, 상선들이 그득했어요. 군산진도 맨 처음 여기에 설치됐다가 왜구의 노략질이 워낙 심해 옥구로 옮겼고요,

군산수협도 애초 여기 장자도에 세워졌다가 군산으로 간 거예요. 이 일대를 일컫는 '고군산'이라는 말도 '옛 군산'이라는 뜻에서 생겨난 거고요."

"아, 그래서 고군산군도로군요! 여기 오래 머무르셨나 보네요?"

"소설 쓰려고 공부 좀 했죠."

"역사소설?"

"글쎄, 역사사회소설이라고나 할까. 새만금을 연결해 쓰고 있어요."

"역작이겠어요."

"그거야 뭐 알 수 없지만."

"출간되면 꼭 사서 읽어 볼게요."

"새만금 간척 사업이 시작되면서 공사 차량들이 온갖 반대를 무시하고 종일 오가더니 야미도와 신지도가 방조제로 이어졌어요. 그때쯤 승용차들이 몰려들기 시작하고 약삭빠른 장사꾼들이 관광 유람선을 띄우고 부동산업자들이 몰려들어 거품을 일으켰지요. 지금은 황금 어장이었던 칠산이 완전히 고갈되고 물고기들도 송두리째 떠나 버렸어요. 여기 살던 사람들도 대거 군산이나 다른 데로 떠났고요. 선유도는 이제 관광형 어촌이 됐죠. 인심이 살벌해졌고요. 자연경관의 훼손은 이루 말할 수도 없어요."

평상심으로 돌아온 그에게서는 고향의 큰형 같은 냄

새가 났다. 저런 역량과 노력으로 쓴다면 골격이 큰, 좋은 소설이 나올 것 같았다. 섬에서 바라보는 긴 역사와 섬이 겪는 근대화 과정, 거기 깃들어 사는 사람들의 삶이 풍성하게 녹아 있을 터였다. 팔릴지 안 팔릴지는 알 수 없지만. 그런 현실적 고민 때문에 그의 안색이 암갈색을 띠고 있는 것 같았다.

바다는 처얼썩처얼썩 소리로 제가 거기에 있다는 것을 끊임없이 알려 왔다.

바다처럼 넓고 깊으며 두렵고 또한 그리운 존재가 되고 싶다는 서양 시를 읽은 기억이 났다. 그렇게 될 수 있다면 얼마나 좋을까? 바다처럼 넓고 깊고 두렵고 또 누군가에게 그리운 존재가 된다면. 그렇게 우뚝 설 수만 있다면.

해가 지고 있었다.

김일해가 불현듯 낙조 구경을 시켜 주겠다고 제안했다.

"어제 이미 했어요."

"어디서요?"

"요 앞에서요. 해변에 나가서 서녘 하늘을 우러러봤어요."

"아하하하……."

그가 크게 웃음을 터뜨렸다.

김일해는 웃음을 멈추고 진또강으로 가자고 일어섰

다. 선유도에서 뚜렷한 무엇 하나는 보고 가고 싶어서 나는 그를 따라 나서기로 했다. 밀짚모자를 찾으러 해변으로 나갔다. 그녀는 모래펄에 떨어진 물새의 날개를 찍고 있었다. 물새가 떨어뜨리고 간 날개 하나에 렌즈를 들이대고 있는 모습이 너무 진지해서 낯설었다. 다음 순간 경직된 그녀의 어깨가 파르르 외로움으로 떨리는 듯했다. 사진 찍는 행위는 그녀에게 취미가 아니라 자기 존재를 증명해야만 하는 절실한, 혹은 근원적인 무엇인지도 몰랐다. 그녀의 인생도, 문학도 외로운 게 아닐까 하는 생각이 들었다.

밀짚모자와 나는 채비를 하고 김일해를 따라 진또강으로 갔다.

진또강은 강이 아니라 선유도와 무녀도 사이의 여울목이었다.

여울은 휘어들며 솟구치며 아우성치고 있었고, 그 위에 현대식 현수교가 너무 거대하게, 어울리지 않게 놓여 있었다.

현수교 가운데로 올라갔다.

"여기서 봐야 진짜라니까!"

김일해가 난간에 허리를 기대고 말했다.

우리들도 난간에 기대어 서녘 하늘을 바라보았다.

"정말 좋네요."

"좋다아!"

세상은 온통 붉게 물들었고, 바다는 용광로처럼 끓고 있었다. 우리 세 사람도 붉은색 안으로 들어가 묻혔다. 얼굴에, 어깨에, 가슴에 주황색 물이 들었다. 신선들이 노닐다 간 섬. 우리들은 어두워질 때까지 진또강 위에서 저녁노을을 바라보았다.

어둠이 내리자 근처의 모습이 구분되어 눈에 들어왔다.

크고 작은 섬들이 따로따로, 굳건히, 외롭게 돌아앉아 있었다.

그들은 서로 경멸하는 듯했으며, 상대의 존재를 인정하지 않았고, 한 섬 한 섬 도도하고도 의연했다.

모든 섬을 아우르는 절대 기준이 없어서 서로를 이해하지 못했고, 소통할 수도 없었다.

섬들은 바닷물에 요지부동으로 떠 있었다.

여수 이야기

K가 물갈퀴 이야기를 했다. 그는 바닷가 출신이었는데, 사람의 손발이 물갈퀴에서 나온 것이라고 했다. 아마도 무슨 책을 읽은 모양이었다. 그는 유독 신이 나서 두 손을 앞으로 내밀고 열 손가락 사이를 벌렸다 오므렸다 했다. 그 모습이 어린아이 같고 천진스러웠다. 인류가 바다 생물에서 비롯되었다는 것은 알고 있었지만 손발이 물갈퀴의 흔적이라는 얘기를 듣자 내 손가락도 저릿저릿해졌다. 이게 물갈퀴의 흔적이라고? 나도 손을 앞으로 내밀고 K를 따라 손가락 사이를 벌렸다 오므렸다 했다. 공기의 질감이 간질간질 만져지는 것 같았다. 다른 이들도 모두 손을 내밀고 손가락 사이를 벌렸다 오므렸다 했다. 우리는 깔깔깔 웃었다.

강사가 도착했다.

수련이 시작되었다. 우리는 지금 '뇌호흡'이란 걸 배우고 있었다. 강사의 지시대로 준비운동을 하고 가부좌를 틀고 앉았다.

우리는 모두 중년이 넘어 있었고, 대개 평탄치 않은 과거들을 지니고 있었다. 자기 정신을 훈련해 상처로부터 벗어나고 싶어서 이런 데 찾아왔는지도 몰랐다.

"우리 몸속에는 기운이 있어요. 우주의 기운과 몸 안의 기운이 통할 수 있도록 몸을 완전히 이완시키고 백회에 정신을 집중해 보세요. 자, 코로 숨을 들이쉽니다. 천천히…… 하나, 둘, 셋, 넷……."

나는 두 손을 무릎 위에 얹고 눈을 감았다. 온몸을 이완시키기 위해 어깨와 팔다리에 힘을 빼고 숨을 깊이 들이쉬었다.

"청량한 에너지가 들어오는 느낌이 들지요? 맑은 에너지를 이용해 뇌를 구석구석 씻어 낸다고 생각합니다. 자, 느껴 보세요……."

강사가 톤을 죽이고 소곤소곤 속삭였다.

"우리가 감정을 어떻게 처리하는지를 살펴보면 '억제' 아니면 '표출'이에요. 억제는 내면을 향하고 표출은 외면을 향합니다. 작용하는 방향은 다르지만 바람직하지 못한 결과를 가져온다는 점에서는 마찬가지지요."

"콜록, 콜록, 콜록록……."

누군가의 기침이 터졌다. 강사의 음성이 그쳤고, 고요함이 깨졌다. 기침이 멎은 다음 강사가 다시 부드럽게 분위기를 잡았다.

"심호흡을 하면서 몸과 마음을 이완합니다. 백회에서 가슴을 거쳐 단전까지 에너지가 하나로 연결되는 느낌을 가져보세요. 후 – 하고 숨을 내쉽니다. 머리에 정체되어 있던 낡은 에너지가 빠져나갑니다. 부정적인 감정은 억제한다고 해서 사라지는 게 아니에요. 감정적 에너지가 실린 채 감정적 기억으로 뇌 속에 저장됩니다."

강사의 음성은 졸졸졸 흘러가는 물소리 같았다. 졸음이 왔다. 물은 계속 흘러갔다.

"의식 깊숙이 묻힌 에너지는 당연히 분출구를 찾습니다. 언제라도 기회가 있으면 마음의 표면으로 튀어나와 애써 유지하고 있던 평화를 깨뜨려요. 우리 자신의 몸을 공격하기도 하고, 다른 사람에게 말도 안 되는 신경질을 부리기도 하고…… 그러고 나선 죄의식을 느끼고 스스로를 책망하지요. 표출은 억제보다는 낫지만 그 또한 문제가 있어요. 일정한 크기의 힘이 한쪽 방향으로 작용하면 역시 같은 힘이 반대 방향으로도 작용하기 마련입니다."

나는 정말 잠이 들었다. 잠깐이긴 하지만 깜박 의식을 잃은 것이다. 깨어나니 머리가 맑았다. 동료들은 이미 뇌 회로를 그리고 있었다. 나도 뒤늦게 검지를 펴고 지그재그로 허공에 뇌 회로를 그렸다. 그걸 그리면 뇌 속의 복잡한 생각과 감정이 정돈되고 안정된 상태가 된다고 했다. 특히 격한 감정에서 헤어나기 힘들 때 해 보라고 강사가 권했지만 나는 아직 실감하지 못하고 있었다.

수련이 끝났다.

"잘돼요?"

신발을 신으면서 J가 물었다.

"정말 뇌가 씻길까요?"

S가 끼어들었다.

"난 강사의 음성이 듣기 좋아서 와요. 물 흐르듯 졸졸졸 소리를 듣고 있노라면 잠이 와서……."

우리는 밖으로 나왔다.

나는 정말 강사의 음성 때문에 이 수련에 오는 것 같다. 물 흐르듯 유연한 그 음성 때문에. 그 소리를 듣고 있노라면 밤새 못 잤던 잠이 오는 듯하고 마음이 안정되었다.

물갈퀴 얘기가 내내 머리를 떠나지 않았다. 나는 손가락을 폈다 오므렸다 하곤 했다. 개구리의 발도 떠오르고 오리의 발도 떠올랐다. 개구리나 맹꽁이, 두꺼비, 도롱뇽은 양서류인데 물과 땅에서 모두 생활한다는 뜻에서 양서류라고 이름 붙였다는 것을 요즘에야 알았다. 양서류는 아기 적에는 물에서 아가미로 숨을 쉬다가 성장하면 땅 위에 올라와 폐와 피부로 숨을 쉰다고 했고, 3억 5000만 년 전인가 어류에서 진화해 최초로 육지 생활에 적응한 척추동물이라고 했다. 아주 재미있었던 건 저명한 고생물학자가 양서류가 인류의 조상이라며 그 증거로 딸꾹질을 꼽았다는 점이다. 딸꾹질은 폐 아래에 자리 잡고 있는 횡격막이 뭔가로 자극을 받아 경련, 근육이 갑자기 수축해서 일어나는 현상인데, 이때 급작스럽게 숨을 한번 들이마시게 되며, 성문이 닫히기 직전 '딸' 소리가 나고 0.035초쯤 뒤 성문이 기도 윗부분을 닫아 숨이 멎었을 때 '꾹' 소리가 난다는 것이다. 인간은 엄마 배 속에서도 양수가 폐에 들어가지 않도록 딸꾹질을 해서 기도를 일부 막는다고 한다. 이것은 양서류가 성장 과정 중 아가미로 들어온 물이 폐에 들어가지 않도록 성문을 닫아 숨구멍을 감싸는 것과 같은 이치라는 것이다. 미국의 한 남성은 68세까지 사는 동안 무려 4억 3000만 번의 딸꾹질을 했다고 한다. 그 횟수도 놀라웠지만 평생 딸꾹질과 싸우며 그걸 매일매일 기록하고 세었을 남자의 모습이 오랫동안 가슴에 남았다. 그의 인생은 어땠을까? 아내와 아이들도 있었을까? 갑자기 횡격막이 수축하는 듯 나도 딸꾹질이 나오려고 했다.

나는 자려고 침대에 누웠다.

장롱 위에 놓인 노란색 오리발이 보였다. 뽀얗게 먼지를 뒤집어쓰고 있었다. 수영에 미쳐 있을 때 산 것이고, 라트비아제였다. 동대문운동장 근처 스포츠용품 가게에 가서 그걸 사면서 지리 시간에 배웠던 발틱삼국을 떠올렸었다. 에스토니아, 라트비아, 리투아니아였던가. 음감이 비슷비슷해서 정확하게 나라 이름이 외워지지 않던 나라들이었다. 라벨에 '메이드 인 라트비아'라고 찍혀 있는 것을 보는 순간 그 의외성에 놀라면서 알지 못할 기대감 같은 것이 살짝 일었다. 평생 나와 연고를 맺지 않을 것 같던 나라가 아닌가. 이런 뜻하지 않은 조우가 가끔 일말의 기쁨을 만들어 냈다. 라트비아제 오리발은 다른 오리발들보다 튼실하고 부피감이 있었으며, 널따란 날개는 진노랑 실리콘 재질이었고 발을 꿰는 부분은 검정색 고무였다. 생소한 나라에서 만든 것도 그랬지만 색깔이 우선 마음에 들어 그걸 사기로 결정하며 나는 속으로 조금 웃었다. 발틱삼국은 당시 산업이 별로 발달하지 않은 나라들이었다. 그런데 라트비아에서 오리발이란 걸 만들어 한국의 서울, 그것도 동대문운동장까지 보낸 걸 보면 오리발 하나는 잘 만드나 보다 생각했다. 실제로 발트해의 차가운 물살을 강도 있게 찰수 있도록 날개가 두껍고 넓었다. 날렵하고 가벼운 일본제에 비하면 순박하고 우직했지만 라트비아는 이미 내 마음을 잠식한 다음이었다. 수영장에 가지고 가서야 그건 바다용이지 실내 수영장용이 아니라는 것을 알았지만 바꾸러 갈 시간도 없었고 이미 착용한 터라 그대로 가지게 되었다. 수영을 하면서 대여섯 번 정도는 신었을 것이다.

아슴아슴 잠이 왔다.

오리발이 날아와 내 발에 신기는 느낌이었다. 나는 자동적으로 두 발에 파동을 주었다. 몸이 앞으로 쑥쑥 나아갔다. 발트해의 차가운 물살이 온유해지고 어느덧 따듯해졌다. 은빛 물비늘이 눈부시게 반짝였다. 청회색 바다가 가없이 펼쳐져 있었다. 여수였다. 집집마다 옥상에 노란 물탱크가 놓여 있는…….

눈을 떴다.

잠이 오지 않았다.

그해에 왜 여수에 가게 되었을까?

서울역에서 기차를 타던 장면이 떠오른다. 그때는 호남선도 서울역에서 출발했다. 프릴이 달린 하얀 블라우스에 연회색 퀼로트스커트를 입고 하이힐을 신었던가. 스커트는 매우 짧았다. 가방은 어떤 걸 들었는지 기억나지 않는다. 소지품을 가지고 갔을 테니 꽤 큰 가방을 들었을 것이다. 생전 처음 혼자서 해 보는 여행이었다. 지금은 유소년 여자축구가 세계를 제패하고 그걸 모두들 박수 치며 환호하지만 그때만 해도 여자들은 곱고 조신해야 한다고 생각하고 있었다. 여자 나이 마흔을 넘기면 아리따운 여성성이 사라진다고들 여겼다. 여자들 스스로 그렇게 생각하는 경우가 더 많았다. 그런 시절이었다.

나는 새마을호의 창가에 앉았다.

흔들흔들 흔들리며 남쪽으로 내려가는 내내 온 산야에 콩가루를 뿌린 듯 밤꽃이 흐드러지게 피어 있었다.

호남선은 호젓한 맛이 있었다. 속사포처럼 국토를 종단해 부산으로 치닫는 경부선과 달리 구부러지고 외지고 조붓했다. 새마을호인데도 여러 역들에 자주 서며 쉬엄쉬엄 가는 느낌이었다.

옆자리에 누가 앉았는지, 무슨 얘기를 하며 갔는지 전혀 생각나지 않는다.

다만 식당 칸에 가서 맥주를 마시던 기억은 또렷이 남아 있다. 창밖을 내다보도록 배치돼 있는 바 형식의 테이블에 앉아 병맥주를 시켰고, 웨이터의 극진한 서비스에 당황했고, 여자 혼자 식당 칸에 앉아 맥주를 마시는 모습이 식당 칸에 들어오는 뭇 사람들에게 생경하게 비친다는 것을 등 따갑게 느꼈었다. 나는 그날 아마도 음식을 먹을 수 없었을 것이다. 위장이 작동 정지되어 요구르트 한 방울도 넘기지 못하는 며칠을 보낸 뒤끝이니까. 나는 그런 상태로도 잘 견뎠다. 하루 이틀이 아니라 여러 날 혹은 여러 달. 견뎠다기보다 생존했다는 말이 맞을 텐데 극심한 긴장이 의학적 상식을 넘어 나를 버티게 만들었다. 아무튼 그때 맥주를 시켰던 건 맥주는 물이어서 목구멍으로 넘어갈 수 있을 것 같았기 때문이었다. 시간을 끌면서 아주 조금씩, 조금씩 새처럼 마셨으리라.

여수에 내려, 어디로 가야 할까 하고 역 앞의 안내판을 들여다보았다. 어쩌자는 작정이 없었다. 나는 심신이 극도로 허한 상태라 무얼 해 보자는 의욕 같은 게 전혀 없었다. 그 상태로 거기까지 가서 서 있는 것만도 신기했다. 그럼에도 죽겠다는 생각은 하지 않았다. 그 전에도 그 뒤에도 나는 죽음을 생각해 보지 않았다. 하여간 서울에서는 더 견딜 수가 없었고, 어딘가로 멀리 떠나자고 결심했는데, 그 어디가 왜 하필이면 목포도 아니고 부산도 아니고 여수였는지 모르겠다. 나는 여수에 아무런 연고가 없었다. 여수에 사는 어느 누구의 얘기를 들어 본 적도 없었다. 여수에 가 보거나 여수를 지나친 적도 없었고, 근처 관광지도 알지 못했으며, 여수가 무엇으로 유명한지도 몰랐다. 그런데도 나는 여수행 기차표를 샀고, 그것이 아주 자연스러웠다. 지금도 왜 그랬는지 설명할 도리가 없다. 억지로 이유를 대자면 '여수'라는 음감이 주는 아름다운 느낌과 서울에서 멀다는 것, 바닷가라는 이유 정도일 것이다. 아니다. 알지 못할 애상이 나를 끌어당겼을 것이다. 달빛 밝은 고요한 바다로 오시오, 저 은파를 넘어서 함께 저어 가요……. 유년기에 들었던 언니 오빠들의 노래였다. 나는 그 노래를 들으며 꿈을 꾸었던 것 같기도 하다. 달빛 비치는 아름다운 바다에 대한 환상. 그것이 '여수'라는 음감과 합치되었고, 결국 그날 나를 여수로 이끌었을 것이다. 자라면서 바다가 비린내 나고 거칠게 파도치는 곳이며 사람들이 사투를 벌이는 곳이라는 걸 알게 되었지만 어린 시절에 형성된 환상은 사라지지 않았다. 내 무의식은 늘 은빛 물비늘을 그리워했으며, 그 결과 모처럼의 여행지로 여수를 찍었으리라. 그래서 그날 나는 여수에 도착한 것이다.

우선 숙소를 정해야 했다.

짐을 어딘가에 부려야 여행자는 움직일 수 있으니까.

나는 역 앞에서 주위를 둘러보았다. 궁전장여관이니 여수모텔이니 하는 간판들이 수두룩하게 보였다. 나는 혼자서 그런 데 들어가서 숙박해 본 적이 없었다. 그래서 어쩐지 좀 불안했다. 좀 더 안전한 곳으로 가고 싶었다. 나는 택시를 탔다. 기사에게 제일 큰 호텔이 어디냐고 물었다. 나는 서민이지만 그 여행에서 통 크게 돈을 쓰고 가기로 작정하고 간 터였다. 생전 처음으로 나 자신을 위하여. 옷이나 치장이 아닌 데에 쓰고 싶었다.

기사가 룸미러로 나를 흘깃 바라보았다.

"서울에서 오셨어요?"

"네."

"여수엔 처음이신가요?"

"네."

그는 말없이 차를 몰아 언덕을 넘어갔다. 그리고 곧 호텔 앞에 나를 내려 주었다. 여수에서 제일 큰 호텔이라고 했다.

건물은 그런대로 위용이 있었다. 들어가면서 보니 무궁화가 다섯 개인지 네 개인지가 붙어 있었다.

프런트에서 방 배정을 받고 2층으로 올라갔다.

뭔가 이상하다는 느낌이 들기 시작했다.

내 짐을 들고 앞서서 올라가는 호텔 보이는 안정감 있게 정복을 착용하고 있었고 관록도 있어 보였다. 그러나 어디선가 퀴퀴한 곰팡내가 풍겨 왔다. 복도의 카펫은 아주 오래된 것이었다. 보이가 방문을 열어 주고 짐을 들여놓은 뒤 바다가 보이는 쪽이라고 설명을 하고 내려갔다.

방은 무지하게 컸다. 그런데 그 곰팡내가 여전히 나고 있었다. 나는 방 안을 살피기 시작했다. 침대는 컸고 겉 커버가 씌워져 있었지만 역시 오래된 것이었다. 방 안 가득 깔린 회색빛 카펫 또한 굉장히 낡아 있었다. 이 건물은 아마 일제시대 때 지어졌는지도 모를 일이었다. 무궁화를 어떻게 해서 그렇게 많이 달았는지 모르지만 관리가 제대로 안 되고 있었고, 영업을 해서는 안 될 단계였다. 나는 침대 커버를 벗기고 시트 안에 들어가 누워 보았다. 욕실에도 들어가 보고 커튼을 열고 밖을 내다보기도 했다. 도저히 이 방에서는 잘 수 없으리라는 판단이 섰다. 나는 프런트에 전화를 걸어 방을 바꾸어 달라고 했다. 번거로운 과정 끝에 바꾸었는데도 비슷한 상태여서 또다시 바꾸어 달라고 했다. 세 번째 방도 별다르지 않았다. 나는 포기하고 그냥 그 방에서 묵기로 했다.

짐을 정리하고 밖으로 나갔다.

오후였고 아직 저녁 식사를 하기에는 이른 시각이었다.

나는 택시를 타고 오동도로 가자고 했다. 아까 역 안내판에서 오동도라는 섬을 보았던 것이다. 수천 년 된 동백나무가 우거진 그 섬이 이 도시에서는 가장 중요한 관광 명소인 것 같았다. 나는 시간이 늦어 섬에는 들어가지 못할 줄 알았다. 그저 선착장까지만 갔다가 배 시간을 알아보고 시내로 돌아올 생각이었다. 그런데 택시 기사는 오동도가 섬이 아니라고 했다. 다리가 놓여 있어 그 택시로 그냥 들어갈 수 있다고 했다. 저녁 늦게라도 들어가거나 나올 수 있다는 것이다. 나는 댓바람에 오동도까지 들어갔다.

동백 숲으로 오르는 초입에 사진사가 서 있었다. 나는 그에게 사진을 한 장 찍었다. 폴라로이드 사진이어서 그 자리에서 현상해 내게 주었다. 내가 이 여행을 할 당시의, 그러니까 서울역에서 기차에 오를 때의 옷차림을 기억한 건 이 사진 때문이다. 석양을 배경으로 한 그 사진에는 연회색 짧은 퀼로트스커트와 프릴이 달린 흰 블라우스를 입은 젊은 여자가 애잔한 빛을 띠고 들어가 있었다. 가로세로 길이가 같은 정사각의 그 폴라로이드 사진은 점점 색이 바래 지금은 거의 백지처럼 되어 버렸다. 내 인생에서 가장 아픈 시절을 담고 있는 사진이어서 그 특이한 여행을 생각할 때마다 꺼내 보고 또 꺼내 보아 지금은 내 머릿속으로 모습이 옮아 와 있지만.

날이 어둑어둑해져서 더 이상 숲을 거닐 수 없게 되자 숲을 내려왔다.

나는 비로소 밤바다와 마주 보았다. 그것은 천년 묵은 한처럼 다리 아래서 검게 번뜩이고 있었다. 나는 한 걸음 한 걸음 걸어 다리를 건너 뭍으로 돌아왔다.

호텔을 지나 번화가로 가서 한정식집에 들어갔던 것 같다. 역시 전라도는 음식이 맛있다는 생각을 했다. 제대로 식사는 하지 못했지만 그래도 뭔가 조금씩 조금씩 조심해서 먹었을 것이다.

호텔로 올라가서 샤워를 했다. 소금기 때문에 머리칼이며 피부가 끈끈해져 있어서 그냥은 있을 수 없었다. 속옷까지 빨아 널고 막 자리에 누워서 자려고 할 때 초인종이 울렸다. 누구일까? 알 수 없었다. 이 낯선 고장에서 나를 찾아올 사람이 누가 있겠는가? 더구나 내가 여수에 왔고 이 호텔에 묵는다는 걸 아는 사람은 나밖에 없었다.

나는 좋지 않은 일들을 떠올렸다. 이 세상에는 흉악

스러운 일이 얼마든지 일어나는 것이다. 길에서 조폭이나 사기꾼이 나를 따라왔을지도 모르지 않는가. 보아하니 타지에서 온 여행객이 분명하고, 혼자 온 것 같고, 또여자이니 미행했다면 이 호텔에 묵는 것을 대번에 알았을 것이다. 그렇다면 계획을 세우기에 충분했다. 나는나 자체로서 범행 동기였다. 나는 문이 굳게 잠겨 있는지 확인했다. 긴장하며 밖에 대고 누구냐고 물었다. 지배인이라는 대답이 돌아왔다. 지배인이 왜 나한테 찾아온단 말인가? 전화도 인터폰도 다 놔두고 직접? 이상했다. 용건이 있다면 아랫사람을 시켰을 것이다. 나는 볼멘소리로 왜 그러느냐고 물었다. 숙박료를 깎아 주고 싶어서 왔다고 했다. 나는 숙박을 결정한 이래 숙박료가너무 비싸서 좀 억울하다는 생각을 하고 있었다. 무궁화 개수에 비해 턱없이 퀴퀴한 호텔이었다. 그런데도 요금은 무궁화 개수를 근거로 받았던 것이다. 숙박료는 냈는데요. 나는 그렇게 말했다. 그가 내 숙박료를 번잡하게 설명하며 20퍼센트를 디스카운트해 주겠다고 말했다. 제시하는 액수가 정확했다. 나는 문을 열었다. 성큼그가 안으로 들어왔다. 나는 깜짝 놀랐다. 나는 이미 자려고 누웠던 터라 바깥 사람을 맞을 만한 차림이 아니었다. 변고가 이렇게 생기는구나, 속으로 무너지고 있었다.

그는 계산서와 볼펜을 든 채 화장실 문을 열었고, 거기에 빨아 널은 내 속옷을 눈으로 점점이 훑었고, 그러

고는 방 안을 여기저기 샅샅이, 천장까지 구석구석 둘러
보았다. 또 내 몸을 위아래로 쳐다보고, 표정도 살폈다.
그는 진짜 지배인이었다. 정말 다행이었다.

"방을 세 번 바꾸셨다고요?"

방 바꾼 걸 따져 묻는 것 같았다.

"네, 너무 곰팡내가 나서요. 두 번째 방도 마찬가지였
어요."

"이 방은 괜찮으세요?"

그의 어조가 부드러워졌다.

"그 방들보다는요……"

나는 이 방도 마음에 안 든다는 말은 하지 않았다. 낡
은 호텔이지만 어차피 크고 번듯하고 위험은 덜하니까.
20퍼센트쯤 깎아 주면 덜 억울하겠다는 생각이 들었다.

그가 내 앞에서 계산서를 다시 작성했다. 그러고는
준비해 온 차액과 함께 내게 주었다. 편히 주무시라는
인사를 하고 그가 돌아갔다.

나는 한동안 멍하니 서 있었다. 이 상황이 얼른 이해
되지 않았다. 어째서 지배인이 오밤중에 손님의 방을 방
문해서 호텔비를 일부러 깎아 주고 방을 훑어보고 간단
말인가? 내일 카운터에서 다시 계산하라고 하거나 차액
을 받아 가라 하면 될 것을. 직접 돈까지 가지고 와서 내
주는 까닭을 알 수 없었다. 또 더 받는다면 모를까 깎아
주는 일을 저희들이 먼저 나서서 이렇게 적극적으로 해

줄 리가 없었다. 지배인이 그렇게 한가한 사람인가.

한참 만에야 나는 답을 찾아냈다. 화장실에 빨아 널은 내 속옷을 보고 어딘가 안심하는 빛을 띠던 표정. 거기에 답이 있었다. 방을 샅샅이 둘러보고 천장까지 구석구석 확인하던 것, 내 위아래를 훑어보던 것…… 거기엔 남자로서 여자에 대한 호기심 같은 건 없었다. 그는 우려하는 빛이었고, 사적이라기보다는 사무적이었다. 나는 알아차렸다. 그는 오후에 출근해 내 숙박 사실을 보고받았을 것이다. 도시 여자가 혼자 여행을 왔으며, 방을 세 번이나 바꾸었다는 사실을. 정식 보고가 아니었더라도 직원에게 들었을 것이다. 그는 내가 자살하러 온 게 아닌지 의심한 것 같았다. 깨끗한 방에서 마지막을 맞으려고 방을 여러 번 바꾸었다고 생각했는지도 몰랐다. 여자니까 죽음 앞에서도 모양새를 생각할 거라고. 그래서 변고를 막으려고 깎아 줄 필요가 없는 숙박비를 핑계 삼아 내 방에 직접 들어와 봤던 것이다. 속옷 등을 빨아 넌 것하며 천정에 목매달 줄이 없는 것, 아무렇지도 않은 방 안 분위기, 졸린 내 안색 등을 살펴보고 의심을 거두고 돌아간 것 같았다.

나는 풋풋 웃었다.

세상의 의식이 그 정도이던 시절이었다.

다음 날도, 또 다음 날도 나는 오동도에 갔다. 달리

갈 만한 곳이 없었다. 돌산대교를 건너가서 공원 위에 올라가 돌산섬 일대와 남해를 바라보기도 했다. 방죽포 해수욕장은 여름도 아닐뿐더러 나 같은 여행객에게는 소용없는 곳이었고, 해돋이를 구경한다는 향일암에도 가고 싶지 않았다. 애써 무엇을 구경하거나 시도할 만한 기력이 내게는 없었다. 그냥 매일 한 번씩 오동도로 건너가 동백 숲을 거닐었다.

시퍼런 바다를 배경으로 이런저런 자태로 몸을 꼬고 있는 수천 년생 동백나무들을 바라보며 어머니 생각을 했다. 어머니가 어려서 살던 집에는 앞뜰에 동백나무가 수백 그루 서 있었다고 한다. 그중의 한 나무에 어린 어머니는 매일 올라가서 꽃을 따 꿀을 빨아 먹으며 놀았단다. 어머니는 스물한 살에 결혼해 그 집을 떠나왔고, 다시는 가 보지 못했다. 역사의 소용돌이가 어머니의 친정을 통째로 집어삼켜 버린 것이다. 60여 년이 지난 뒤 무슨 일이 생겨서 나는 어머니를 모시고 그 마을에 가보았다. 60년이 지났는데도 어머니의 소녀 적 친구 한 명이 어머니를 알아보았다. 두 사람은 마치 어린애들처럼 두 손을 맞잡고 모둠발을 뛰며 기뻐했다. 두 사람 다 팔순이 넘어 체격이 줄어들어 있었고 허리도 많이 굽었지만 마음만은 어린아이들과 똑같았다. 새집들이 많이 생기고 마을이 변해 버려 어디가 어딘지 모르겠다고 어머니가 친구에게 말했다. 친구는 어머니의 옛집이 아직 그대로 있다고 알려 주었다. 어머니와 나는 그 집을 찾아가서 안주인에게 양해를 구하고 대문 안으로 들어가 보았다. 4월 초였는데, 수백 평의 앞뜰에 동백꽃이 빨갛게 피어 있었다. 장관이었다. 그렇게 다닥다닥 탐스럽게 많이 피어 있는 동백꽃을 나는 지금까지 본 적이 없다. 더 장관인 것은 피어 있는 꽃들보다 떨어져 내린 꽃송이들이었다. 동백나무가 심겨진 뜨락 전체가 떨어져 쌓인 꽃송이들로 새빨간 카펫이 되어 있었다. 얼마나 많이 동백꽃이 피고 지고 또 피고 져서 떨어져 쌓이면 그렇게 되는 것일까. 나는 푹신푹신한 카펫을 밟으며 거닐었다. 그러다가 발밑을 파 보았다. 쌓인 꽃들의 두께가 한 뼘이 넘었다. 아랫부분으로 내려갈수록 꽃잎들은 시든 채 검자주색으로 잠들어 있었다. 수백 평의 앞뜰이 빈틈없이 두툼한 카펫이 되어 있는 상태가 신기했다. 어머니가 왜 그토록 자기의 어린 시절을 도도하게 자랑했는지 알 수 있었다. 어머니는 어린 시절에 자기가 매일 올라가서 놀던 사랑채 바로 앞의 동백나무가 아직까지 조금도 자라지 않았다고 의아스러워했다. 어머니가 손바닥으로 연신 쓰다듬고 있는 나무 밑가지 위가 반들반들했다. 그 부분은 앉기 좋게 평평했는데 어머니는 거기에 올라앉아 다리를 흔들며 약과도 먹고 떡도 먹고 동백꽃이 필 때는 꽃을 따서 꿀을 빨아 먹고 탁 던지곤 했다고 한다. 어머니의 눈에 눈물이 고였다. 그 시절의 가족들이 그리운가 보았다.

"이 집 아이들도 여기 올라가서 노나 보네. 지금까지 이렇게 반질반질한 걸 보면."

나는 딴소리로 어머니의 주의를 돌렸다.

"그러게. 그런가 보다. 그런데 어쩜 60년 동안 나무가 하나도 자라지 않았을까?"

"동백나무는 3000년을 산다니까. 60년 정도로는 표도 안 나는 모양이지."

그때 바깥주인이 경운기를 타고 돌아왔다. 우리는 대문으로 가서 그에게 인사했다.

"아주 옛날에 이 집에 살던 사람입니다. 반갑습니다. 사랑채를 허물고 대신 대문이 이쪽으로 왔네요."

어머니가 맞춤하게 인사를 했다.

"네, 그래서 들어오는 방향이 달라졌지요? 본채는 그대룝니다."

"네, 그러네요. 기와도 그대로고."

"언제 이 집에 사셨어요? 몇 년도쯤에?"

"글쎄, 몇 년도일까?"

어머니가 나를 바라보았다. 내가 대답했다.

"아주 오래됐어요. 어머니가 1914년생이시니까. 그때부터 1934년이나 35년까지 사신 것 같아요. 스물하나에 결혼해서 떠나셨으니까. 이 집에서 태어나셨어요."

"태어나셨어요? 이 집에서?"

주인의 눈이 휘둥그레졌다. 꼬부랑 노인이 여기서 태어났다고 하니 집의 역사가 달리 보이는 모양이었다.

"저희는 이사 온 지 한 20년 되었어요. 60년대에 왔으니까요. 우리가 왔을 때 사랑채까지 그대로 있었어요. 집은 좀 헐었지만. 우리가 수리를 했지요. 사랑채 헐고 마구간 짓고."

"네에, 네."

"네."

우리가 대답하면서도 자꾸 동백 숲 쪽으로 눈길을 주자 그가 말했다.

"제일 큰 동백나무를 몇 그루 캐내어 팔았어요. 동백이 위쪽 지방에서도 자라는지 나무 장수들이 사러 다녀요."

그가 손가락으로 가리키는 곳을 바라보니 아닌 게 아니라 커다란 구덩이가 몇 군데 파여 있었다. 동백나무가 뽑혀 나간 그 자리를 어머니는 아쉬운 눈길로 바라보았다.

한 공간에서, 한집에서 시간을 달리해 산다는 것은 무슨 의미일까? 그날 어머니와 집주인은 더없이 우호적인 분위기로 집 안 곳곳을 돌아다니며 이야기꽃을 피웠다.

어머니하고의 여행 추억은 그때뿐이었다.

어머니는 그 뒤로 허리 병이 더 도져 누워 계신 날이 많았고, 여행은 꿈도 꿀 수 없어졌다. 그렇게 몇 년간 고초를 겪으시다가 돌아가셨다.

오동도의 동백나무들은 어머니의 옛집에 있는 것들보다 더 오래된 것들이었다. 이것들도 지난 4월에 꽃을 많이 피웠을까 상상해 보았다. 떨어져 내린 꽃잎들로 빨간 카펫이 깔렸었을까?

사흘째 되는 날 동백 숲에서 내려와 다리를 건너는데 모터보트가 시원스럽게 물을 가르며 지나갔다. 여행 온 듯한 가족이 타고 있었다. 다른 사람들도 끼리끼리 기다리고 있었다. 나는 모터보트 선착장으로 내려갔다.

모터보트는 인원수가 차야 출발하는 모양이었다. 한 사람이나 두 사람으로는 곤란하다고 했다. 일행이 적은 사람들은 다른 팀과 함께 합석해 탔다. 나는 기다렸다. 한 대가 떠나고 바다 가운데에서 또 한 대가 속도를 줄이며 선착장으로 다가와서는 기다리던 사람들을 태우고 떠났다. 나는 더 기다렸다. 대기하는 사람들이 다 탈 때까지 기다렸다. 다행히도 손님이 더 오지 않았다. 보트가 와서 멈추어 섰을 때 나는 말했다. 혼자 타겠다고. 혼자 타면 요금이 비싸다고 기사가 말했다. 그래도 혼자 타겠다고 했다. 나는 기사의 도움으로 모터보트에 올랐다. 보트가 출발했다. 가까운 바다를 위밍업으로 한 바퀴 돈 뒤 모터보트는 바다 가운데로 나아갔다. 속도가 나기 시작했고 물보라가 사정없이 튀었다. 기사가 신이 나서 나를 운전대에 세우고 자기가 뒤에서 안듯이 운전대를 겹쳐 잡았다. 엄청난 속도로 보트가 날아갔다. 이리로 날고 저리로 날고 이리 기울었다가 저리로 기울었다. 나는 정신을 차릴 수 없었다. 그 와중에도 기사가 자기 선글라스를 벗어 내 눈에 씌워 주었다. 흘러내리자 다시 올려 씌워 주었다. 보트의 속도 때문에 나는 그러지 마라 어쩌라 표현을 할 수 없었다. 염려와는 달리 기사에게서는 끈끈한 기운이 전해져 오지 않았다. 먼바다를 두 바퀴나 더 돈 뒤 모터보트는 속도를 줄이며 가까운 바다로 돌아왔다. 속도가 더 줄었을 때 나는 안경을 벗어 기사에게 주었다. 그때 나는 보았다. 그의 얼굴이 얽은 것을. 그는 어릴 때 천연두를 앓은, 소위 곰보였다. 검게 그을린 얼굴은 건조했으며 몸은 영양 공급을 못 받은 식물처럼 야위어 있었다. 그는 주어진 일을 그저 열심히 하는 사람 같았고, 욕심이라곤 없어 보였다. 마음이 짠했다. 연애를 한 번이라도 해 보았을까? 결혼은 했나? 그런 생각이 들었다. 그는 하이힐을 신은 도시 여자를 모터보트에 홀로 태웠을 때 잠깐 데이트하는 착각에 젖었는지도 모른다. 그러나 곧 다른 생각이 들었다. 내가 그를 연민한 게 아니라 그가 나를 연민했는지도 모르는 것이다. 이런 여자가 어디서 상처받고 속상해 여기로 왔구나, 위로해 주고 싶어서 운전대에 세우고 선글라스를 씌워 줬는지도. 보트를 내리면서 나는 그의 호의가 순수했다는 것을 느꼈다.

돌산교를 건너 공원으로 올라갔다. 나의 일과는 바보처럼 매일 동백섬에 갔다가 돌산공원에 갔다가 여수항과 역 근처를 배회하는 것뿐이었다. 나는 그냥 그렇게 시간을 죽이고 있었다. 내 목적은 오직 서울 생각을 하지 않는 것이었다.

다리 근처에서 번데기나 문어포를 파는 아주머니들과 나는 어느덧 눈으로 친해져 있었다. 특별히 인사를 주고받지는 않았지만 아침이면 다리를 건너가고 또 오후면 건너오고 하는 동안 그이들은 그이들대로 나를 눈여겨보고 나는 나대로 그녀들을 마음에 담았다. 아주머니들은 나를 보고 저 여자가 멀리서 혼자 여행 왔구나, 여러 날 묵네, 했을 것이고, 나는 아주머니들에게는 남편이 있나, 아이들은 몇 살일까, 하루에 얼마를 벌까, 짐작하곤 했다.

공원에서 내려와 유람선 선착장으로 내려갔다. 유람선은 타 보지 않았지만 매표소 부근으로는 여러 번 지나다닌 적이 있었다. 매표소 부근에서 노닥거리던 남자들이 나를 바라보며 키들키들 웃었다. 저희들끼리 의미 있는 눈짓을 주고받는 게 느껴졌다. 유람선 회사의 바깥 직원들이었다. 저 여자 또 지나간다, 하는 뜻이었다. 여수에 머문 지 사나흘쯤 되자 내 동선상의 거의 모든 사람들이 나를 알아보았다. 길가의 장수들이나 동백섬 부근의 음식점 주인과 종업원들, 공원에서 일하는 사람들, 사진사, 청소부, 모터보트장의 사람들, 유람선 회사의 사람들까지 나를 알아보며 보일 듯 말 듯 얼굴 근육을 움직였다. 여수는 확실히 서울에 비하면 작은 도시였다. 나라는 존재의 이름과 이력은 모르겠지만 눈에 보이는 실체와 혼자 여행 왔다는 사실, 모터보트를 혼자 탔다는 것, 뭔가 사연이 있는 듯하다는 느낌이 신기한 정보로 떠다니는 것 같았다. 나는 매표소 앞으로 걸어갔다. 유람선은 40분쯤 후에 떠나는 걸로 적혀 있었다. 나는 표를 한 장 샀다. 내가 그늘에 앉아 기다리고 있을 때 젊은 직원이 다가와서 불쑥 자판기 커피를 내밀고 갔다. 나는 그들의 키들거림이 야유가 아니라 우호적인 관심이었음을 비로소 깨달았다. 낯선 이방인에 대한 호의를 그들 나름으로는 그렇게밖에 표현할 수 없나 보았다. 커피의 맛은 구수했고 먼 나라에서 온 향내가 났다. 나는 에티오피아나 자메이카에서 커피를 땄을 손길을 생각했다. 출렁이는 바닷물을 바라보며 자판기 커피를 한 모금 한 모금 흘려 넘겼다. 사람들은 참으로 넓게 이어져 있었다.

유람선이 들어왔다. 기다리던 사람들이 하나둘 일어나서 줄을 섰다. 나도 줄 끝에 섰다.

유람선과 부두 사이의 널판자에 서서 사람들을 안전하게 유람선으로 밀어 넣던 청년이 나를 보고 싱긋 웃었다. 아까 커피를 갖다주었던 청년이었다.

"잘 마셨어요."

"아, 네."

그는 내 손을 더욱 꽉 잡아 안전하게 유람선에 내려 놓았다. 그러고는 "얘기 잘해 놓았어요." 하고 말했다.

"네?"

나는 무슨 말인지 알아듣지 못했다. 뒷사람들에 밀려 배로 들어가지 않을 수 없었다.

"이리 오세요. 이리 오세요."

배 안에 있던 다른 청년이 나한테 눈짓을 주며 따라오라는 시늉을 했다. 아까 그 청년 옆에 있었던, 역시 유람선 회사 직원이었다. 나는 영문도 모르고 그를 따라갔다. 그는 나를 배 앞쪽으로 데리고 가 선장실 문을 열고 들어가게 했다. 하얀 정복 차림의 남자가 다가왔다.

"선장입니다."

그가 악수를 청했다. 얼굴이 넓적했고 사람 좋아 보였다.

"아, 네."

나도 같이 꾸벅 인사를 하며 악수를 받았다.

"여기 앉으십시오."

그가 권하는 의자에 앉아 주위를 살펴보았다. 선장실은 훤하고 넓었다. 무대 비슷하게 특히 옆으로 길었다. 나는 생전 처음으로 배의 선장실이란 델 들어가 본 것이다. 내가 앉은 의자는 선장실 가운데 단상처럼 설치된

키 잡는 곳 바로 옆이었다. 이들은 이미 나에 대해 자기들끼리 다 얘기를 나눈 것 같았고, 특별히 잘 구경시켜 주자고 의논한 것 같았다. 놀라웠지만 기분이 나쁘지는 않았다.

배가 출발했다.

선장은 천천히 키를 움직이면서 안내 방송을 하고 사이사이 새로운 경치가 나타날 때마다 나에게 설명을 해 주었다. 이리 와서 이렇게 보라 하기도 하고 배가 흔들릴 테니 다시 앉으라고도 했다. 움직이는 경치를 배 안에서 정면으로 바라보며 가는 것은 색다른 경험이었다.

나는 선장실에서 귀빈 대접을 받으면서 오동도와 여수항, 돌산도 일대를 해상 구경했다.

선장실을 나오면서 어떻게 했는지는 기억이 나지 않는다.

배를 내릴 때 커피를 갖다주었던 청년이 손을 꽉 잡아 육지로 옮겨 주며 절친한 사이처럼 웃었다.

그들과 나는 정서적으로 한 동아리가 되어 있었다.

지금도 그들의 호의가 따사롭게 떠오르곤 한다.

여러 날 되자 이 도시에 아는 사람들이 퍼져 있다는 생각이 들었다. 든든했다. 나는 저녁에도 외출하고 밤바다에도 나가 보았다.

밤에도 바다에는 사람이 끊이지 않았다.

더러 횟집 근처에서 소란스러운 소리가 나기도 했다.

누군가는 싸우고, 누군가는 화해를 시켰다.

바다 가운데로 길게 뻗어 나간 방파제로 나갔다. 그 끝에 서서 검은 수평선을 바라보았다. 철썩, 처얼썩, 처르르……. 바다는 살아 있는 검은 생물처럼 꿈틀댔다. 내 뒤로 사람들이 스쳐 지나갔다. 산책 나온 가족들, 아베크족들, 소년들…… 나는 그들을 돌아보곤 하다가 방파제 중간쯤의 굄돌 끝에 내려가 앉은 남자를 발견했다. 그는 바다를 향한 채 완강하게 뒤를 돌아보지 않았다. 아이들이 까르륵대며 뛰어가고 엄마나 아빠가 아이들을 소리쳐 부르고 소년들이 툭탁거리며 지나가도 절대로 뒤를 돌아보지 않았다. 자기 자신에 함몰되어 있는 게 분명했다. 사선으로 반대쪽 굄돌 끝에도 다른 남자가 하나 앉아 있었다. 그도 등이 완강해 보였는데, 그의 옆에는 영업 사원들이 들고 다니는 각진 서류 가방과 맥주 캔이 놓여 있었다. 나는 두 사람을 번갈아 비교해 쳐다보았다. 먼젓번 남자의 손에는 자세히 보니 작은 종이컵이 들려 있었다. 앞에 소주병이 놓여 있는 것 같았다. 그들은 더 이상 바라볼 것도 없을 터인 바다를 언제까지나 무한정 바라보고 있었다. 둘 다 자기 생각에 빠져서. 두 사람 다 세상을, 사람들을 거부하고 있는 것 같았다. 어째서 저런 사람들은 저렇게 바다를 바라보고 있을까? 사람들을, 세상을 거부하는 사람들은 어째서 이쪽에 등을 대고 물을 바라보나?

바다가 우리의 근원이어서일까?

저들은 생명의 시원을 바라보고 있는 걸까?

세상과 사람들에 다쳐서 어찌할 수 없을 때 나 또한 바다로 왔나?

철썩, 처얼썩, 처르르…….

바다는 쉼 없이 출렁거렸다.

돌아올 때는 비행기를 탔다.

시간이 제법 흘렀고, 나는 내 자리로 환원해야 했다.

여수역으로 가니 새마을호의 표가 이미 매진되어 있었다. 아침 차는 서울로 볼일을 보러 가는 사람들 때문에 늘 그렇다고 했다.

나는 택시를 타고 공항으로 가자고 했다. 어떤 남자가 쫓아오며 공항 가는 길이냐고 물었다. 그도 새마을호를 타러 왔다가 낭패를 본 모양이었다.

나는 같이 타고 가기로 했다. 그가 앞자리에 탔다.

택시가 출발했다.

시내를 벗어나자 진초록의 산야가 이어졌다. 피었다 진 흔적은 남아 있었지만 어느새 밤꽃은 거의 사그라져 있었다.

차가 속력을 냈다.

구불구불 한참 달리다 보니 운전기사 쪽으로 비스듬히 밀려 나온 가방이 어딘지 낯익었다. 어제 방파제에서 본 그 가방 같았다. 남자의 몸집이 그렇다는 걸 말해 주었다. 바다를 바라보며 맥주를 마시던 남자였다.

9시 30분 여수공항발 보잉 737기에 올랐다.

나란히 표를 샀으므로 우리는 바로 옆자리에 앉았다.

기내의 분위기가 어느 정도 정돈되었을 때 나는 그를 슬쩍 쳐다보았다. 수염이 꺼칠했다.

"어제 방파제에서 맥주 마셨죠?"

그는 깜짝 놀란 듯 나를 바라보았다. 잠시 눈동자가 꿈꾸는 듯 무엇인가를 더듬었다. 그러더니 "예, 아……" 하고 대답했다.

"바다를 그렇게 바라보며 술을 마시면 뭐가 좀 나아지나요?"

나는 웃으면서 농담처럼 얘기를 이었다.

"예, 아……"

그는 똑같이 대답하며 자기도 멋쩍게 웃었다.

우리는 더러더러 얘기를 주고받았다.

그는 회사원이었다. 대기업이나 그에 준하는 회사 같았다. 회사가 여의도에 있다고 했다. 나이는 서른쯤? 아니, 그보다 어리거나 많은지도 몰랐다. 나는 남자 나이를 늘 헷갈려하니까. 하여간 얘기는 통하지 않았다. 그는 시골 가서 농사나 짓고 싶었는데 그러지도 못하고 다시 서울로 올라간다고 혼잣말처럼 더듬거렸다. 얘기 도중 '지방대학 나온 놈'이라는 말을 자조적으로 세 번이

나 섞었다. 나는 그가 아마도 서울 여의도의 회사에서 울타리를 제대로 치지 못한 모양이라고 생각했다.

비행기가 구름 사이로 높이 날고 있었다.

그는 무슨 이야긴가를 자꾸 하려 했다. 모처럼 신원을 알 수 없는, 몰라도 되는 누이 같은 상대를 만나 아무 얘기나 지껄이고 싶은 모양이었다. 그러나 말소리도 분명치 않고 하려는 얘기의 핵심도 명확하지 않아 잘 알아들을 수 없었다. 비행기의 소음도 방해를 했고 더 이상 얼굴을 맞댈 수 없는 사이여서 소통이 원활하지 않았다. 나는 건성으로 알아들은 척했다. 어느 순간 '하수리'라는 말이 귀에 들어왔다. 나는 깜짝 놀라 의자 등받이를 앞으로 끌어당기며 물었다.

"하수리에 사세요?"

"네, 집이 하수리예요."

"2003년에 서울로 편입된 그 하수리 말예요? 언제부터요?"

"태어나서부터 지금까지요."

"지방대학 나오셨다면서요?"

"예, 아버지를 따라가 지방에서 학교를 다녔지만요. 할머니는 쭉 하수리에 계셨거든요."

"아니 지금도 집이 하수리란 말예요?"

"예. 그게 어때서요?"

"아뇨. 제가 하수리에서 학교를 다녀서요."

"하수리에서요?"

이렇게 반가울 수가! 우리는 손뼉이라도 마주칠 듯 서로 눈을 빛내며 바라보았다.

"네, 여학교를요. 중고등학교 6년간이나요."

"그럼 J여고 말인가요?"

"네, 바로 그 학교요."

"아, 내가 바로 그 학교 길 건너에 있는 초등학교를 다 녔는데…… 그러면 내가 초등학교 다닐 때……."

우리는 시간과 공간을 하수리라는 공통분모로 꿰어 보느라고 정신이 없었다. 내가 여고 시험을 칠 때 그는 목덜미가 새카만 조무래기 모습으로 J여고 교문에 달라 붙어 있던 엿을 떼어 먹었고, 내가 그 학교를 졸업할 때 그는 건너편 초등학교에 입학했으며, 내가 첫아이를 낳아 하수리 친정에 갔을 때 그는 하수리 중앙공원 안의 테니스장에서 테니스를 쳤다는 게 드러났다.

너무나 반가웠다.

피가 뜨겁게 온몸으로 돌았다.

특히 첫아이를 낳고 하수리에 갔을 때가 목메일 듯 떠올랐다. 첫아이를 낳았지만 나는 행복하지 않았다. 남편은 다른 사랑에 빠져 있었고, 당시 나는 아이를 안고 공원에 나가 견딜 수 없는 심정을 달래곤 했다. 훗날 그가 자기 존재를 찾아 헤매고 있었다는 것을 알았지만, 그 여정이 평생 지속될 수밖에 없다는 것을 깨달아

갔지만. 그즈음이 여름방학 때였을까? 갓난아기를 안은 채 동물 우리를 돌아가노라면 커다란 히말라야시더 나무들 아래 테니스장이 있었다. 그 안에서 테니스 치는 사람들을 우두커니 바라보기도 했었다. 물론 그중에 고등학생이 있는 줄은 몰랐지만.

따지고 보면 아무 일도 아닌데, 그 무렵 그가 그 테니스장 안에 있었다는 사실이, 내가 너무도 불행할 때 그가 내 근방에 있었다는 사실이 뜨거운 감격으로 다가왔다. 가슴이 마구 뛰었다. 우리는 서로 모르는 사이였지만 어느 한때 가까운 곳에서 숨 쉬었고, 혹은 그 무렵 여러 번 스쳤을지도 몰랐다.

어느 한 시점, 어느 한 공간에 같이 있었다는 느낌이 그와 나를 친밀하게 해 주었다.

시골에 가서 농사나 짓고 싶다던 그의 불분명한 말이 갑자기 이해되어 왔다. 하수리에서 태어나 지방대학을 나와 서울 여의도의 대기업에서 일하다 보면 그런 생각이 들 법했다. 그런 생각을 하지 않는다면 오히려 이상했다.

사람에게는 이해자가 필요했다.

나는 그것을 절실히 느꼈다.

사랑이 필요한 게 아니라, 도와주는 사람이 필요한 게 아니라, 그보다 먼저 내 입장을, 내 상황을, 아니 나를 알아주는 사람이 필요했다. 그래서 사람들은 서로 애써 공통점들을 발견하려 하고 소통하려 몸부림치는 모양이었다. 나도 지금 그에게 공연히 하수리의 버스 정류장이며 극장, 삼거리당구장 주인 얘기를 하고, J여고 앞의 빙수집과 도랑 얘기를 하고, 그 앞 골목에는 쥐구멍이 남쪽에서 북서쪽으로 나 있었다는 것까지 꿰맞추며 통하려고 애쓰고 있었다.

사방에서 팔 벌린 사람들의 몸짓이 보였다.

여기저기서 소통하려고 애쓰는, 허우적거리는 팔들이 보였다.

사람의 외로움은 정녕 혼자 있어서 생기는 것이 아니었다. 그것은 타인과 소통할 수 없어서, 타인에게서 자신을 납득받지 못해서 생기는 것이었다. 왜 학연이며 지연이며 혈연이 질기게 사람들 사이를 누비는지, 왜 사람들이 그토록 눈곱만 한 공통점이라도 찾으려고 애쓰는지, 왜 끼리끼리 울타리를 짓는지 알 것 같았다.

연회색 퀼로트스커트와 흰 블라우스, 감색 하이힐의 촉감이 되살아난다. 나는 그 여행 내내 블라우스를 빨아 입으며 그 차림으로 다녔다. 오래 신어 젖은 오징어처럼 부드러워진 구두긴 했지만 운동화를 사 신을 생각도 못하고 그냥 다녔다. 하이힐을 신고 백두산에 오른 사람도 있다는 생각을 하며.

집집마다 옥상에 노란 물탱크가 있던 도시, 여수.

그곳에서의 우연한 만남들.

통성명도 하지 않은, 스치듯 호의를 베풀어 준 사람들.

그들을 통해 나는 따뜻함과 용기를 얻었다. 그 여행 이후로 다시 서울 생활을 꾸려 갈 수 있었으니까.

바닷가나 섬사람들에 대해 가지고 있던 생각도 바뀌었다.

어려서 우리 집에는 강단이라는 이름의 일하는 아이가 있었다. 집안이 어려워 진도인지 완도인지에서 알음알음으로 우리 집에 온 아이였다. 청소도 하고 부엌일도 거들고 심부름도 하곤 했는데, 어쩌다 부아가 나면 도무지 말을 안 듣고 고개를 45도로 튼 채 한나절이나 뻗대었다. 절대로 우리를 바라보지 않았다. 정말 우스웠다. 어른들의 말도, 언니 오빠들의 말도, 그 누구의 말도 듣지 않았다. 밥도 먹지 않았다. 나는 그걸 이해할 수 없었다. 아버지가 말씀하셨다.

"바닷가 사람들이나 섬사람들은 아주 다르단다. 그들은 매일매일 무섭게 출렁대는 파도와 싸우면서 살거든. 아침에 아버지가 배를 타고 고기 잡으러 나가서 저녁에 돌아오지 않으면 그대로 제사를 지내야 해. 얼마나 기막힌 일이니? 그런 걸 노상 보고 자라기 때문에 속이 돌처럼 단단해. 너희들은 절대 강단이를 상대하거나 이길 수 없어. 우리 식구 모두 말야. 그러니 가만 놔둬. 저 혼자 풀리게."

그 뒤로 나는 바다를 무섭고 강한 이미지로 각인해왔다. 미술 시간에 그림을 그려도 바다는 검푸른색으로 칠했다. 그러나 여수에 다녀온 뒤로 바다는 많이 부드러워졌다. 달빛 밝은 고요한 바다로 오시오, 저 은파를 넘어서 함께 저어 가요…… 다시 어린 시절의 은빛 파도가 부서지기 시작했다. 잔잔한 호수에 바람 없고오오, 사공의 노 소리 그윽한데……

훗날 태국의 산호섬에 가 보고 바다가 이렇게 예쁜 에메랄드빛일 수도 있구나 감탄한 적이 있다. 내 마음속의 여수는 어느덧 에메랄드빛이 되었다.

새롭게 다시 떠올릴 때마다 물의 울컥함, 물의 부드러움이 가미되곤 한다.

나는 일어나서 장롱 위의 노란색 오리발을 꺼냈다.

베란다로 가지고 나가서 먼지를 털었다.

걸레를 빨아 안팎으로 깨끗이 닦은 다음 양말을 찾아 신고 오리발을 신었다. 물속에서 오리발을 신고 유영할 때 마찰 때문에 발에 물집이 생겨 늘 양말을 신고 오리발을 신었었다.

오리발을 신은 채 거실을 거닐어 보았다. 발 앞으로 길게 뻗어 나간 물갈퀴 때문에 잘 걸어지지 않았다. 뒷걸음질을 해 보았다. 물살이 스르르 내 앞으로 빠져나갔다. 나는 출렁출렁 바닷물 속에 떠 있었다.

소파로 가서 누웠다.

티브이를 틀었다.

손으로는 티브이를 틀었지만 발을 까딱거려 발길질을 했다. 안개 속의 푸른 대양을 나는 가로질러 가고 있었다.

친절한 금화 씨

1

그날 아침 훈은 등을 사러 갔다.

마트가 문을 여는 시간을 가늠해 노란색 줄무늬 셔츠를 꺼내 입고 갔다. 그 셔츠는 서랍장 맨 아래 칸에 들어 있었는데, 오래전에 아내가 집에 있었을 때, 부부 사이가 봄날 같았을 때 입었던 옷이다. 아마도 그가 가지고 있는 옷들 중 가장 산뜻한 것일 것이다.

새벽녘에 눈을 떴을 때, 여느 때와 기분이 달랐다. 멀리서 시간의 경과를 알리는 종소리가 두웅둥 들려온 것 같았다. 이제 바닥을 확실히 짚은 듯한, 몸의 중심이 머리에서 발로 내려간 것 같은, 더 이상 내려갈 곳은 없고

늪의 구석구석을 뒹굴 만큼 뒹굴어 다녔다는 느낌이 온몸에 퍼져 있었다. 그 느낌은 낯설었지만 분지 속의 평야처럼 안온했다. 모든 걸 포기하고 내려놓은 다음에 가지게 되는 편안함인지도 몰랐다. 그는 맑은 수액이 한 방울 한 방울 모세혈관으로 도는 것을 느꼈다.

왜 이런 느낌이 들었을까 따져 보았다.

전날 밤 늦게 그리스 상황에 대한 다큐멘터리를 보다가 잠이 들어서인 것도 같았다. 그리스에서는 수많은 고학력자들이 실업 속을 헤매다 노숙자나 거지가 되어 있었다. 그들은 매일매일 생존의 공포에 떨며 마지막 자존심마저 뭉개고 쓰레기처럼 살고 있었고, 극빈을 견디다 못해 자살한 사람이 6000명이 넘었다. 그 나라가 왜 그렇게 되었는지 전문가들이 뒤늦게 폭로한 바에 따르면 국민 중 상위 1퍼센트가 48.6퍼센트의 부를 소유하고 있었고, IMF로부터 구제금융을 받긴 했지만 그중 99퍼센트를 몰염치한 은행들이 가져갔고, 자본가들의 뇌물로 먹고사는 정치권이 그렇게 하도록 내버려 두었다는 것이다. 충격이었다. 일반 국민들은 어느 나라 국민 못지않게 열심히 살아왔지만 아무 잘못도 없이 유럽의 강국들로부터 게으르다 능멸을 당하며 완전히 끝판으로 내쫓기고 있었다. 정확히 짚어 말하면 그리스보다도 유럽연합의 책임이 더 컸다. 그리스의 운명을 바꾼 굵직굵직한 결정들에는 유럽 주요국들의 제 나라 정치 상황이 밀접하게 관련되어 있었다. 제일 폐부를 찔렀던 말은 그리스는 이미 빚이 너무 많아 협상 능력이 없다는 것이었다. 협상 능력이 없다는 것은 협상 대상이 되지 못한다는 것인데, 우리나라 서민의 경우를 예로 들면 빚이 3000만 원 정도면 은행과 협상이 가능하지만 1억이 넘으면 아예 협상 대상조차 되지 못하고 결국 은행이 시키는 대로 할 수밖에 없다는 것. 잠이 쏟아져서 다큐멘터리를 끝까지 보지는 못했지만 이 말이 잠자는 내내 구렁이처럼 그를 친친 휘감았다. 그는 아랫니 윗니를 죽어라 맞부딪치며 괴롭게 버텼다 그 자신이 그리스 실업자들과 동일시되었고, 두려움이 피톨들에 엉겨 붙었다. 이대로 있다가는 자신도 우리나라에서 하위 1퍼센트에 속하게 될 거고, 긴긴 인생을 저당잡힌 채 노예처럼 살아갈 수밖에 없을 터였다. 이런 경각심이 그동안 나른하게 흘러가던 일상에 돌풍을 일게 했다. 그는 자기가 할 수 있는 일을 생각했다. 모든 게 적당치 않았다. 그는 언젠가 제의받은 적이 있는 '노동'을 생각했다. 노동…… 내가 그걸 할 수 있을까.

눈을 뜨자 천장 모서리에 벽지가 떨어져 덜렁거리는 게 보였다. 겨울에 난방이 들어올 때 건조해진 벽지가 갈라져 터졌는데, 그것이 점점 더 찢어지고 있었다. 그러나 그는 그런 걸 의식 못 하고 살아왔다.

훈은 일어나서 전등을 켰다. 너무 침침했다. 세 개의

형광등 중 두 개가 나가 있었다. 그는 그 사실도 모르고 있었다. 방 안은 마치 굴속 같았다.

훈은 타월을 물에 적셔 꾹 짜 가지고 와서 방바닥을 닦았다. 타월이 금방 새카매졌다.

'청소를 전혀 하지 않고 살았군!'

그는 자기 자신에게 뇌까렸다. 이 집에 자신이 아닌 다른 사람이 살고 있었던 것 같았다. 시커멓게 변한 타월을 빨려고 욕실로 들어갔다. 욕실 등도 하나가 나가 있었다. 두 개가 나란히 쌍둥이처럼 붙어 있었는데 하나가 꺼져 있었다.

주방으로 가니 주방 등도 수명이 다한 듯 희미했다. 전등들이 단체로 파업을 하고 있었다.

'이 집에 이사 올 때 등들을 새로 달았었나? 전 주인이 쓰던 것을 그대로 사용했나?'

기억이 나지 않았다. 이렇게 등들이 한꺼번에 나간 것을 보면 아마도 이어받아 사용한 것 같았다. 한꺼번에 나가지는 않았을 테고 시간차를 두고 하나 하나씩 나갔을 것이다.

온 집 안이 폐허였다.

얼마나 시간이 흐른 걸까?

억겁의 세월이 발밑에 강처럼 깔려 있었다.

훈은 그 물렁한 시간을 꾸우욱 밟았다.

주방으로 가서 차분하게 아침을 지어 정식으로 식탁에 차렸다. 끼니를 제대로 챙겨 먹은 지가 몇 해는 된 것 같았다.

마트가 문을 여는 시간을 기다렸다. 지루해서 장롱과 서랍장을 일없이 뒤져 보았다. 정리할 것투성이였다. 옷들을 반 이상 대폭 버리고 입을 만한 것들만 다시 세탁해 넣어 둬야 할 것 같았다. 서랍장 맨 아래 칸에 노란색 줄무늬 셔츠가 구겨진 채 박혀 있었다. 귀여웠다. 훈은 얼른 그 옷을 꺼내 거울 앞으로 가서 얼굴 아래에 대 보았다. 안색이 환해졌다. 훈은 그 셔츠를 탈탈 털어 의자 등받이에 걸쳐 놓았다.

면도를 하고 스킨로션을 바르고 그 옷을 입었다. 셔츠는 구깃구깃했으나 곧 몸에 감겨 자연스럽게 퍼졌다.

신발장 앞에서 전신거울에 자신을 비춰 보았다. 키 큰 막대 허수아비가 서 있었다. 발끝부터 머리끝까지 허술하고 우스꽝스러웠다.

"멀대 같군."

자라면서 숱하게 들어 왔던 별명이 입에서 튀어나왔다. 몸무게가 2~3킬로그램은 더 준 것 같았다. 마흔아홉이라는 나이가 믿기지 않았다.

"내년이면 쉰이야."

그는 자신에게 속삭였다.

쉰.

지천명이라는 나이.

하늘의 뜻을 아는 나이라는데, 하늘의 뜻은커녕 땅의 뜻도 전혀 알 수 없었다. 그런 채로 시작도 못 하고 종말을 향해 가고 있는 꼴이었다.

집을 나섰다.

오전의 공기는 신선했고, 햇살은 투명했다. 그는 눈이 부셔서 손차양을 하고 걸었다. 일찍 장 보러 나온 주부들의 얼굴은 누렇고 부숭부숭했다. 그날 해치워야 할 일에 대한 부담감과 해내야만 하는 책임감이 고스란히 안색에 드러나 있었다.

마트에 들어가 36와트짜리 막대형 형광등을 두 개 샀다.

집으로 돌아와 형광등을 달기 위해 의자를 갖다 놓고 올라섰다. 갑자기 높은 시선에서 방 안을 조망하자 잡다한 것들이 그득 쌓여 있는 게 보였다. 그는 눈길을 천장으로 올렸다. 등의 뿌연 덮개를 떼어 내자 막대형 형광등 세 개가 나란히 그를 내려다보았다. 그중 두 개가 나갔다고 생각했는데 자세히 보니 형광등들은 멀쩡했다. 두 개의 끝부분이 약간 거무스레하게 변했을 뿐이었다. 방문 앞의 스위치로 가서 불을 켜 보았다. 5초가량의 시간이 흐른 뒤 번쩍번쩍 몸부림을 치다가 한 개의 형광등이 들어왔다. 다시 의자에 올라서서 불이 들어오지 않는 형광등 두 개를 살폈다. 외관은 새 것이나 다름

없었고 붙어 있는 접속 상태도 견고했다. 안쪽에 박혀 있는 스타터 전구가 나간 게 아닌가 여겨졌다. 그는 스타터 전구를 돌려 빼 보았다. 부슬부슬 플라스틱 가루가 얼굴로 떨어졌다. 등이 너무 오래되어 스타터 전구를 둘러싼 집이 삭은 모양이었다. 난감했다. 스타터 전구를 사 오면 복구할 수 있을까? 훈은 스타터 전구로 흘러 들어간 가느다란 전선들을 건드리지 않고 내려왔다.

거실로 나갔다.

지난 6개월간 밤낮없이 그의 몸을 받아 낸 소파가 움푹 파인 채 그를 관성으로 유혹했다. 그는 급히 베란다로 나가서 차라리 담배를 피워 물었다. 버스 정류장에서 집으로 올 때 철물점 옆에 있던 전파사가 떠올랐다.

그는 전파사로 갔다.

전문가의 조언이 필요했다.

전파사 주인은 요즘은 스타터 전구가 생산되지 않는다고 했다.

생산되지 않는다고? 그건 너무하지 않은가? 집에 엄연히 스타터 전구가 달려 있는데? 훈은 세월 저쪽에서 튀어나온 석기시대 사람처럼 당황했다.

"전부 엘이디등으로 바뀌었다니까요. 형광등도 거의 없어졌어요. 저거 보세요, 형광등은 이제 몇 개 없잖아요."

전파사 주인이 가리키는 선반에는 정말 엘이디등만

가득 쌓여 있었고, 형광등은 서너 개에 불과했다.

"초크 전구 없어진 지는 꽤 오래됐는데요. 집에 있는 등이 굉장히 오래된 건가 보네요."

전파사 주인은 훈을 원시인 취급하며 아예 쳐다보지도 않고 다른 물건들을 정리했다.

"그럼 어떻게 하죠?"

훈은 사정하는 투로 물었다.

"엘이디등으로 바꾸셔야죠. 방법이 없어요. 초크 전구가 달린 등이라면 등 자체를 바꿔야 해요."

그는 어쩔 수 없이 새 등의 가격을 지불했고, 전파사 주인이 뒤따라와 엘이디등을 달았다.

새것은 역시 좋았다. 게다가 신기술이었으므로 더 밝고 깔끔했다.

"이건 전기 요금도 얼마 안 나와요. 반도 안 나온다니까요. 전구를 갈아 끼울 필요도 없고요."

"전구를 안 갈아 끼워요?"

"네, 여간해서 나가지 않아요."

"나가면요?"

"안 나간다니까요. 나가면 전등 수명이 다한 거예요. 몇 년 안엔 안 나가요. 그러니 모든 등들을 하나씩 하나씩 바꾸세요. 한꺼번에 바꾸면 비용이 너무 많이 드니까."

기술은 눈부시게 진화하고 있었다. 가만히 엎드려 있

다가는 흔적도 없이 도태되고 마는 세상이었다.

　방이 환해지자 누추한 것들이 더욱 드러났다. 그는 하루 종일 여기저기 벽지를 덧붙이고, 정리 정돈을 하고, 전구를 갈아 끼우고, 청소를 했다.

　저녁이 되었다.

　훈은 말끔해진 기분으로 불을 모두 켜 놓고 거실에 앉아 있었다.

　어머니에게 전화를 해 볼까?

　그런 생각이 들었다. 국어 교사였던 어머니는 정년퇴직해서 혼자 살고 있었다. 아버지는 월남전에 참전해 무공훈장까지 받은 근육질의 마초 남자였지만 시도하는 사업마다 결과가 좋지 않았고, 평생 어머니의 눈치를 보았고, 노년에 어머니와 헤어져 파출부를 하던 여자와 살고 있었다. 어머니는 배신당하고 모욕당한 분노를 안정적이면서 액수도 꽤 되는 자기 연금과 결합시켜 철옹성 같은 프라이드 제국을 지었다. 그 왕국 안에서 어머니는 훈의 이혼과 실직을 결코 인정하지 않았다. 어머니 평생의 노력이 허사가 된 것에 대해 아직도 화산처럼 화를 품고 있었다.

　어머니는 형과는 사이가 좋았다.

　훈은 어머니에게 전화하려던 마음을 접었다. 어머니는 훈의 목소리를 듣자마자 "집에 오면 어디가 덧나니? 독약 줄까 봐 안 와? 손가락 병났어? 휴대폰 버튼도 못

눌러?" 하고 거친 말을 퍼부을 게 뻔했다. 그다음에는 의사인 형이 어떤 논문을 어떤 국제적 의학 전문지에 발표했고, 이러고 저런 효도를 했으며, 어머니와 함께 어디에 갔다 왔다는 등의 말을 늘어놓을 터였다. 훈은 어머니에게서 어떠한 말도 듣고 싶지 않았다. 어떠한 참견도 받고 싶지 않았다. 죽는 한이 있어도 도움을 청하지 않을 작정이었다. 공연히 전화를 함으로써 쓸데없는 오해를 살 수도 있었다. 도와달라는 사인을 보낸 것으로 오인받는다면 치욕 중의 치욕이었다.

휴대폰의 주소록을 내리 훑어보고 또 올려 훑어보았으나 200명이 넘는 이름들 중 전화하고 싶은 데가 없었다.

컴퓨터를 켜고 그 안에 잠기면 오늘은 해결되지만 컴퓨터를 끌 때 헛헛할 것이다. 오늘 같은 날은 왠지 양심에 가책이 될 것 같았다.

다른 무언가가 필요했다. 절실하게. 이렇게 환하고, 정리 정돈이 되어 있고, 양지바른 곳에서는…… 더 활력 있거나 더 재미있는 무엇이 필요했다. 메마르고 의미 없이 흘러가는 일상은 이제 어울리지 않았다.

생음악 소리가 들려왔다. 부드러운 선율이었다. 굵고 가라앉은…… 마음을 깊이 울리는…… 그건 첼로 연주였다. 그는 소리를 따라갔다. 아파트 안에 있는, 그가 사는 동 바로 앞에 있는 여자고등학교에서 나는 소리였다.

음악실 문을 열어 놓고 연습을 하는 것 같았다. 훈은 베란다 문을 열고 한참 동안 첼로 연주를 감상했다. 곡목은 알 수 없었지만 마음이 아련해지며 옛 생각이 났다. 아내와 연애하던 시절……. 그리운 소리였다.

첼로를 켤 수 있다면!

2

훈은 기타 강좌를 신청했다. 구청 문화센터에서 운영하는 클래스였다. 이력서를 여기저기 뿌려 대기를 포기한 이래 서류를 작성하는 건 처음이었다. 인터넷 강좌들이 넘쳐 났지만 사람들 사이로 직접 들어가 보고 싶었다. 나락을 헤매 다닌 본능이 그러라고 시켰다. 낯모르는 사람들일 테니 어떻게든 해 볼 수 있을 것 같았다. 예금이 바닥 날 때까지 버티는 중이었으므로 비싼 수강료를 내고 사설 학원에 가는 것도 꺼려졌다.

어떤 결과를 가져올지 알 수 없는 이 시도가 전등이 모두 나가 버린 자기 인생에 스타터 전구 같은 역할을 해 주었으면 하고 훈은 바랐다.

그는 새로운 국면을 맞고 싶었다.

여차하면 노동을 해서라도.

노동을 생각하자 가슴이 무거워졌다.

'내가 과연 그걸 할 수 있을까?'

막노동을 하는 걸 아내나 직장 사람들, 어머니나 형이 보면 뭐라고 할까? 여긴 그리스가 아니고 한국인데. 내가 속한 세계를 완전히 떠나 살 수 있을까?

헤어진 아내는 바이올린 연주자였다. 그녀는 아름다웠고, 욕망을 불꽃처럼 감추고 있었다. 훈은 아내가 바이올린을 연주할 때마다 항상 저 소리는 좀 심하다고 느끼곤 했다. 강렬하고 현란하긴 하지만 신경을 긁는 구석이 있었고, 그때마다 현이 끊어질까 봐 조마조마했다. 보다 화려한 생활을 꿈꾸던 아내의 기대에 부응하지 못하고 있다는 자각이 불안을 키워 가는 중이었다. 아내는 남편의 외조가 부족해 그 유명한 누구누구들처럼 되지 못한다고 직접적으로 퍼부어 댔고, 키만 멀대같이 큰 훈을 따라다닌 것을 천추의 한으로 여기고 있었다. 그녀는 엉뚱한 일을 트집 잡아 말도 안 되게 분풀이를 하곤 했다. 본인의 재능과 노력이 뛰어나야지 어째서 성공하지 못한 것을 주변의 탓으로 돌린단 말인가? 훈은 그저 출근하고 그저 퇴근했지만 감정이 쌓여 갔고, 바이올린보다 첼로 소리가 푸근하게 귀에 들어왔고, 은연중 첼로 연주자들을 마음에 두기 시작했다. 미샤 마이스키, 스테판 하우저, 파블로 카잘스, 요요마, 정명화, 장한나…… 훈은 체질적으로 바이올린 소리보다 첼로 소리가 더 마음에 들었지만 이 취향 역시 아내와의 갈등에 기름을 붓는 꼴이 되었다. 아내는 집을 나가 버렸다. 아내의 뒤에 재력가가 있다는 것을 안 것은 한참 뒤의 일이었다.

첼로 소리를 좋아했지만 현실적으로 첼로를 배우기는 어려웠다. 기타는 고등학교 시절 튕겨 본 적이 있었고, 마침 집에 기타가 있었다.

구청은 걸어서 10분쯤 되는 거리에 있었다.

수요일 저녁 7시에 훈은 구청 문화센터로 갔다.

기타 교습반에 등록한 사람은 모두 아홉 명이었다. 여자가 네 명, 남자가 다섯 명이었는데, 10대나 20대는 없었다. 남자 중의 세 명은 훈보다도 더 나이가 들어 보였다.

나이 든 사람들의 집단에 끼어 보니 산뜻함이 없는 대신 약간의 편안함이 있었다.

강사는 대머리를 베레모로 감춘 50대 남자였다.

그는 기타 각 부위의 명칭과 줄 감기, 튜닝하기에 대해 자세히 설명했다. 기타 잡는 법, 악보 보는 법, 운지법에 대해서도.

수강생들이 모두 메모를 했고, 기타를 꺼내 무릎에 올려놓았다. 강사가 자세들을 고쳐 주었다. 목이 아프지 않도록 악보대의 높이와 경사를 조정하게 했다.

오른손과 왼손의 자세에 대한 설명이 이어졌다. 줄을 잘못 건드려 튕겨져 나온 불협화음들이 못난이 인형처럼 교실 바닥으로 굴러다녔다.

수업 시간은 금방 지나갔다.

강사는 다음 시간에는 기타의 음계와 오른손 주법,
C, D, A 코드의 운지법을 익히겠다고 했다. 그런 다음
아르페지오 원형 연습을 하겠다고.

여자들이 휴우, 한숨을 내쉬었다. 따라가기 어렵다는
표현 같았다.

강사는 모두들 기타를 내려놓게 한 다음 교실 뒤쪽
빈 곳에 한 줄로 서게 했다. 나중까지 앉아 있던 훈은 쭈
뼛쭈뼛 맨 뒤에 가서 섰다. 강사는 맨 앞에 선 키 작은
여자와 맨 뒤에 선 키 큰 훈을 둥글게 이어 붙여 원형 대
열을 만들었다. 그런 다음 다들 한 방향으로 서게 하여
앞사람의 어깨를 주물러 주라고 했다. 훈 뒤에 서 있던
작은 여자가 훈의 어깨를 탁탁탁 두드렸다. 손이 매웠
다. 그녀는 훈더러 키를 좀 낮추라고 하더니 본격적으로
등세모근을 주무르고 날개 뼈 부위를 둥글게, 둥글게
마사지했다. 마사지를 어디서 해 봤거나 많이 받아 본
모양이었다. 강사는 기타를 오래 치면 허리와 등, 목의
근육이 굳어져 그걸 풀어 줘야 한다고 했지만 실은 수강
생들 사이의 서먹함을 없애고 친근한 분위기를 유도해
내려는 것 같았다. 이번에는 돌아서서 뒷사람을 안마해
주라고 했다. 훈도 돌아서서 키 작은 여자의 어깨를 톡
톡톡 두드렸다. 쑥스러워 더 이상 하지 않았다.

수업이 끝났다.

모두들 인사하고 우우 문화센터 건물을 나갔다.

훈은 주차장을 질러 집 쪽으로 향했다. 편의점 불빛이 사라지고 골목의 어둠이 그의 몸을 휩쌌다. 기척이 좀 이상해서 돌아보니 기타 교실에 있었던 작은 여자가 쫄랑쫄랑 따라오고 있었다. 이쪽이 집인가? 그는 길을 비켜 주려고 했다. 그녀가 몇 걸음 다가와 폴싹 뛰어올라 그의 입에 입 맞추었다. 훈은 깜짝 놀라 저도 모르게 한 발짝 뒤로 짚으며 몸을 버텼다. 하마터면 나자빠질 뻔했다. 이게 뭐지? 정신을 수습하지 못하고 있었다.

"키스하게 해 줘서 고마워요!"

명랑한 말이 날아왔다. 나비 같았다. 봄 나비는 오던 길로 되돌아 팔랑팔랑 날아가고 있었다.

"미국 영화에서 봤는데 나도 한번 해 보고 싶었거든요. 키 큰 남자를 가까이서는 처음 보았어요."

나비가 날아가던 자세에서 몸을 반쯤 틀어 자신의 돌발적인 행동을 설명했다. 아주 작고 날개에 한두 개 검은 점이 있는 배추흰나비 같았다. 훈은 어안이 벙벙해서 그 자리에 한참을 서 있었다. 미국 영화를? 뭐 처음 보았단 말인가? 뭔가가 석연치 않았다.

그녀가 골목 끝으로 사라졌다.

훈은 집으로 돌아왔다.

기분이 나쁘지는 않았다. 봉변당했다고도 생각되지

않았다. 이상한 일이었다. 그는 지금까지 '들이대는' 여자들을 경멸해 왔고, 그런 여자들에게 좋지 않은 선입견이랄까 고정관념을 가지고 있었다. 그럼에도 거부감이 일지 않은 건 예외적인 일이었다.

여자들은 훈에게 늘 '쿨하다'고 말하곤 했다. 훈이 생각해도 자신의 특징은 '기럭지'가 길다는 것과 남의 일에 간섭하지 않는다는 것 정도일 것이다. 훈은 누군가와 친밀한 관계로 발전하는 것이 싫었다. 혼자 있는 것이 훨씬 편하므로 남에게 적극적으로 다가가지 않았고, 가까웠던 사람이 멀어져도 별다른 행동을 취하지 않았다. 이런 것을 아마 '쿨하다'고 말하는 것 같았다. 좋은 의미로는 끈끈하게 달라붙지 않는다는 뜻일지 모른다. 요즘 어린 세대들은 이 단어를 현대적이고 세련된 것이라고 믿는 모양이다. 그러나 확실히 말할 수 있는 것은 훈은 17년간의 직장 생활에서 인간관계가 밀접하지 못했기 때문에 밀려났다. 업무상 능력이 부족했다고는 도저히 상상할 수 없다. 그는 일만큼은 철저히 해냈고, 그런 사실을 회사 안 사람들이 모두 알고 있었다. 결정적인 날 총알받이가 되어 사표를 쓰면서 깨달은 거지만 사교적 수완이 있거나 권모술수에 능하거나 남을 이용해 업적을 올리는 사람들이 세상 도처에 깔려 있었고, 그들은 연대를 맺어 서로서로 이익을 도모했다. 소위 '쿨한' 인간으로서는 그런 사람들의 맞수가 될 수 없었다.

티브이를 켰다.

인생의 승자들이 나와 깔깔 웃고 떼굴떼굴 구르고 법석을 쳤다.

뉴스채널로 돌렸다.

김대중 평화재단의 이희호 여사가 전세기 편으로 평양을 방문한다는 내용이 전해지고 있었다. 김정은 국방위원장과의 면담이 이루어질지가 큰 관심사라고 했다. 휠체어를 탄 노령의 이희호 여사가 공항을 떠나는 모습이 화면에 떠 있었다. 남편의 유지를 잇기 위해서인가? 걷지도 못하고 노환도 있을지 모르는데 북한에 가서 괜찮으려나? 아흔이 넘으면 어떤 생각이 들까?

훈은 양말을 벗었다.

아나운서의 말 중에 유독 거슬리는 발음이 거듭 귀를 긁었다. 그는 양말을 신경질적으로 던졌다. 사건 사고를 알리는 코너인가 보았다. '사건'도 그렇지만 특히 '사고'의 '사'자를 아나운서는 지나치게 짧게 발음했다. 그래서 '교통사고'의 '사고'가 아니라 '사적인 창고,' 즉 '개인의 곳간'으로 들렸다. 짜증이 났다. 국어의 장음과 단음에 대해 전혀 감각이 없는 사람이었다. 저런 사람이 아나운서가 되다니! 요즘은 나이 든 아나운서 중에도 '한(恨)'을 짧게 발음해 '한(漢)나라' 혹은 한 개 두 개의 '한'으로 들리게 하는 사람이 있었다. '피고인'의 '피'를, '구습(舊習)'의 '구'를, '간암(肝癌)'의 '간'을 짧게 발음하는 방송인이 수두룩했다. 뜻을 모르지 않을 때가 많았지만 점점 더 심해지고 감각조차 없어지는 게 안타까웠다. 요리사는 '간 마늘'의 '간'을 짧게 발음해 '이미 상해 버린', '소금에 간한'의 뜻으로 전달했고, 철학자는 '시간(時間)'의 '시'를 길게 발음해 '시체를 간음'한다는 뜻으로 들리게 했다. 훈은 아나운서도 아니고 국어학자도 아니건만 유독 이런 데 신경이 쓰였다. 국어 교사의 아들로 늘 지적받으며 자랐기 때문일 것이다. 이 상태대로라면 국어의 장음과 단음은 완전히 없어질 테고, 얼마 안 가 그런 특질이 있었다는 것조차 묻혀 버릴 것이다. 완전히 사라지면…… 시대의 추세라면…… 별수 없는 것일까? 의미의 혼란이 가중되고 아름다운 우리말의 어감이 사라질 텐데? 외국인이 와서 우리말을 하는 것처럼 들릴 텐데? 물론 먹고사는 일은 달라지지 않을 것이다. 그렇다고 가만히 있어야 할까? 국립국어원에 건의를 할까? 그들에게는 무슨 방법이 있을까?

모든 게 속수무책이었다.

찝찝한 채로 잠자리에 들었다.

얕은 잠으로 올라올 때마다 배추흰나비가 팔랑팔랑 날아갔다. 나비는 다른 나비들에 비해 아주 작았고, 날개에 검은 반점이 몇 개 나 있었다. 훈은 뒷발질을 치기도 하고 옆으로 피하기도 하며 배추흰나비가 몸에 닿지 않게 하려고 했다. 그의 몸을 몇 바퀴 맴돌던 배추흰나비가 벌판 끝으로 날아갔다. 훈은 나비를 쫓아갔다. 하얀 나비가 어느새 하얀 테니스공이 되어 통, 통, 통 튀어갔다. 그는 공을 쫓아가며 손바닥으로 바운드했다. 바운드가 잦아들지 않도록 계속 따라가며 튀기는데도 점점 더 잦아들고 있었다. 안타까웠다.

잠이 깼다.

새벽 3시였다.

작은 여자가 다가와 뛰어올라 입맞춤했던 일이 떠올랐다. 입술을 만져 보았다. 촉감은 남아 있지 않았다. 워낙 순간적인 일이라 그런 걸 느낄 겨를조차 없었다. 미국 영화라…… 훈은 생각했다. 대체 어떤 영화일까? 어떤 영화에서 키 작은 여배우가 키 큰 남자 배우에게 뛰어올라 입을 맞추었을까? 어떤 내용의 영화일까? 『맘마미아』에 나왔던 어맨다 사이프리드가 떠올랐다. 물론 그 영화에 그런 장면은 없었다. 이름은 기억나지 않지만 약혼자와 치고받고 싸우다가 체포된 키 작은 여배우도 있었다. 그녀는 줄리아 로버츠의 조카라고 했다. 하이틴 영화에 주로 나오던 바네사 뭐라나 하는 여배우도 떠올랐다.

어쩐지 그런 여배우들 쪽이 아닌 것 같았다. 어쩌면 옛날 영화인지도 모른다는 생각이 들었다. 촌스럽고 작은 여자가 '미국 영화'라고 신기해하며 흉내 낸 것을 보면.

수십 년 전의 감각을 흠앙하는 여자.

미국 영화 본 것이 의미가 되는 여자.

무얼 하는 여자이기에 기타를 배우러 왔을까?

그녀의 외모는 생각나지 않았다.

3

작은 여자에게는 사람을 무장해제시키는 재주가 있
었다. 그건 놀라운 장점이었다. 관계들이 실타래처럼 헝
클어진, 사회라는 정글에서 살아가는 그녀 특유의 무기
인 것 같았다. 그녀는 누구에게나 금방 다가가서 그 사
람의 마음을 수년간 입은 잠옷처럼 편하게 해 놓았다.
훈으로서는 처음 겪는, 경이로운 개성이었다.

기타 교실 안의 모든 사람들이 그녀에게 마음을 푹
놓고 말을 걸고, 웃고, 떠들고, 부탁하고, 때로는 응석을
부리기까지 했다.

남자들만 그런 게 아니었다. 여자들도 타인이라는 경
계를 허물고 그녀를 내 집 식구 대하듯 했다. 뒤집어 말
하면 너무 작고 허름하고 만만해서 아예 경쟁이 되지 않
는다는 심리도 깔려 있는 것 같았다.

강사조차 그녀를 바라보며 수업을 시작했고, 그녀를
바라보며 수업을 끝냈다. 정리 정돈을 부탁한다든지 사
무실에 가서 출석 카드를 가져다 달라는 식의 심부름

을 노상 시켰다. 반장을 뽑았는데도 늘 그녀에게 부탁을
했다.

그녀는 기타 교실에 온 네 명의 여자들 중 가장 입음
새가 허름했다. 옷의 품질도 품질이려니와 안목이 촌스
러웠고 또한 새 옷이 별로 없었다. 게다가 교육 정도도
낮은 것 같았고, 말할 때 억양도 좀 야릇했다. 표준말은
표준말인데, 서울 사람은 물론 아니고, 서울과 가까운
경기도나 충청도, 강원도 출신도 아니었다. 훈은 곧 그
녀가 이북 사투리를 감추고 있다는 사실을 알아차렸다.
말은 표준어로 하는데 가끔 억양이 불거져 나왔다. 탈
북한 사람인가 보다고 훈은 짐작했다. 이름이 김금화인
것을 보면 거의 확실했다. 올해나 작년에 넘어온 것 같
지는 않았고, 이곳 생활에 상당히 적응이 되어 있었다.
그런 배경을 짐작하자 석연치 않은 느낌들이 조금씩 풀
렸다.

김금화의 기타 솜씨는 젬병이었다.

클래스에서 단 한 명 낙제를 시켜야 한다면 바로 그
녀가 대상이었다. 일단 악보를 볼 줄 몰랐고, 기초가 너
무 없어서 어디서부터 시작해야 할지 알 수 없었다. 강
사도 그녀에게 기타 연주를 시키는 것은 무리라고 마음
으로 포기한 것 같았다. 그러나 정작 그녀는 꽤나 열심
이었다. 자기 자신이 어디쯤에 와 있는 줄도 모르고 무
턱대고 끼어들어 '삑사리'를 내고 연주를 망쳤다. 그런

데도 모두들 허허 웃고 넘어갔다. 누구하고나 끈끈하게 밀착되어 있는 '관계'가 역할을 했다.

한 가지 더 놀라운 것은 그녀의 나이가 어리다는 사실이었다. 그녀는 믿을 수 없게도 서른셋이라고 했다. 기타 교실에 처음 왔을 때, 20~30대는 없다고 생각했는데 그녀가 바로 유일한 30대였다. 남자들은 횡재 만난 듯 이구동성으로 '꽃띠'라고 힝힝 좋아했다.

훈은 금화에게 특별한 티를 내지 않았다. 네가 첫날 나를 따라와 이런저런 행동을 하지 않았느냐고 상기시키지 않았다. 훈의 성격이기도 했고, 그런 걸 따져 관계를 도모할 마음이 없었다. 금화도 그런 일 따위는 없었다는 듯이 훈을 예사롭게 대했다. 훈은 혹시 그녀가 건망증 환자가 아닐까, 자신의 행동을 기억 못 하는 정신질환자가 아닐까 의심하기도 했다. 그러나 이상한 징후를 발견할 수 없었다. 다른 사람들에게와 똑같이 훈에게 말을 걸었고, 웃었고, 어깨를 쳤고, 뒷목을 간질였다. 훈은 자기가 '단지 키가 커서', 그녀가 '미국 영화를 본 감흥에 젖어 있을 때' 하필 옆에 있었기 때문에 공격당한 것이라고 마음에 정리해 넣었다.

단합 대회 겸 친목 모임을 갖자고들 이야기가 돌았다. 수업이 밤 9시에 끝나니 그 뒤에 모임을 가지면 너무 늦지 않겠느냐고 여자들이 걱정했다. 그러나 다른 날을 택해 약속을 따로 잡는 것도 모두에게 시간적 부담이 될 터라 그냥 수요일 수업이 끝난 뒤에 소주 한잔 하기로 했다.

수요일 밤 수업이 끝나고 구청 뒷골목의 '어느 멋진 날에 포차'로 몰려갔다. 포장마차를 흉내 낸 술집이었다.

"'어느 멋진 날에'가 뭐야? '어느 멋진 날의'지."

훈이 투덜거렸다.

"'멋진 날의'가 맞아요?"

금화가 귀 밝게 알아듣고 되물었다.

"그럼, 그래야 맞지. 소유격인데. '어느 멋진 날에'라고 하면 부사잖아. 뒤에 오는 '포차'를 수식할 수 없지."

"왜 수식할 수 없어요?"

"그거야 '포차'가 명사니까. 부사어 다음에는 용언이 와야지."

"그런 걸 어떻게 다 알죠?"

"누구나 아는 거야. 말을 안 해서 그렇지."

"국어 선생님?"

"아니 우리 어머니가 국어 선생님이셨지. 지금은 아니지만."

금화가 '아, 그렇구나!' 하는 눈길로 훈을 바라보았다. 그녀는 훈 옆에 앉았다. 탁자 아래로 그녀의 작은 발이 보였다. 그녀는 하얀 샌들을 신고 있었는데, 작은 발톱들에 진홍색 매니큐어가 점점이 칠해져 있었다. 귀여웠다. 훈은 그 발을 탁자 아래로 이따금 내려다보았다.

"언제 왔어요?"

훈이 금화에게 물었다.

"네?"

그녀의 동공이 커다래졌다.

"언제 넘어왔어요?"

"아, 아하!"

그녀가 고개를 숙였다. 잠시 사이가 흘러갔다. 그녀가 다시 고개를 들었다. 입매의 근육이 굳어져 있었다.

"9년 됐어요."

그녀의 얼굴에는 이제까지와는 사뭇 다른 표정이 어려 있었다. 세찬 걸기 같은 것이 표면장력처럼 얼굴 겉면을 탱탱하게 조이고 있는 느낌이었다. 그러나 그 안쪽에서 쓸쓸함과 외로움이 넘칠 듯 넘칠 듯 찰랑거렸다. 위태로워 보였다.

처한 상황은 달랐지만 가라앉은 외로움만은 훈에게도 익숙한 것이었다. 훈은 뭐라고 조금이나마 위로해 주고 싶었다. 그러나 적당한 말이 떠오르지 않아 입술만 달싹거렸다.

"둘이서만 속닥거리지 말고 금화 아줌마 이리 좀 와봐."

"금화, 금화, 금화 씨, 내 잔 받으쇼."

그녀가 일어나서 웃으며 다른 남자들 사이로 갔다.

"꼬마 아줌마 정말 작긴 작네. 아예 땅에 붙었어."

"땅에 붙은 건 괜찮은데 아줌마는 아냐."

"아, 아줌마 아니었어?"

"아니지. 방년 서른셋, 꽃띠인데."

"꽃띠인지는 모르지만 방년은 아니다. 그건 춘향이 나이인데."

"방년은 아니야?"

그녀가 뜻을 묻듯이 훈을 건너다보았다. 누구의 무슨 말에나 속없이 웃고 엉기는 예의 표정이 살아나 있었다. 그건 그녀가 평생 쓰고 있는 가면 같았다.

"금꽃이야? 금돈이야? 어째서 금화라고 지었어?"

"둘 다지. 금꽃에 금돈!"

"완전 부자네."

"그럼! 내가 최고 부자야."

그들은 연이어 소주를 시켰고, 돼지껍데기와 닭발을 먹었고, 갈 사람은 갔고, 2차에 3차까지 이어졌다. 모두들 완전히 취했다. 금화가 털보 아저씨와 청바지를 제치고 훈 옆으로 왔다.

"방년이 뭐야?"

취중에도 그것이 마음에 걸렸던 모양이었다.

"스무 살 안팎의 나이. 근데 춘향이가 그 단어를 써서 이팔청춘 열여섯, 혹은 열여덟 그렇게들 알고 있지."

"내가 쓰면 안 되긴 안 되겠네."

그녀가 순순히 인정했다.

그들은 호프집을 나와 팔짱을 끼고 거리를 걸었다. 뒤에 누가 남았는지 계산을 누가 했는지 상관하지 않았다. 거리에는 불빛들이 많이 꺼져 있었다. 밤이 깊어 가는 중이었다.

"미국 영화 어떤 거 봤는데?"

훈이 금화에게 물었다. 뿌연 가로등 불빛에 그녀의 얼굴이 드러났다. 이제 가면을 벗은 얼굴이었다. 첫날의 야릇한 일이 그들 사이에 환기되었다. 그녀는 자기 행동을 잊지 않고 있었다. 그러나 본보기가 된 영화의 제목을 생각해 내지는 못했다. 기타 교실에 오던 날 낮에 그녀는 처음 텔레비전 리모컨으로 브이오디라는 걸 눌러 봤고, 무료 영화를 봤다고 했다. 금화는 서양 배우들에 대해서도 전혀 몰랐다. 훈은 엘리자베스 테일러쯤의 옛 여배우가 그 시절 영화에서 키 큰 남자 배우에게 뛰어올라 키스하는 장면이 있지 않았을까 짐작했다. 그 장면이 엔딩 화면이었다니까. 그런 결말은 옛 영화의 정석이었다. 아무튼 그녀는 넋을 잃고 바라보았고, 자신이 행복에 떠내려가는 것 같았다고 했다.

그들은 팔짱을 더욱 친밀하게 끼었다.

새벽 3~4시쯤에 금화는 취한 채 훈의 삶 속으로 들어왔다.

4

이게 어떻게 되는 건가, 이래도 되나 하고 망설일 틈
도 없이 금화는 오래된 식구처럼 훈의 곁을 지켰다.

그녀는 능숙하게 밥상을 차렸다.

한시도 쉬는 법이 없었다.

집 안은 완전히 달라졌다.

훈도 마늘과 쑥을 먹고 이제야 굴속에서 나와 사람
이 된 것 같았다.

두 사람은 햇빛 아래서 식사를 했다.

상 한가운데에 이상한 물건이 놓여 있었다. 가운데가
움푹 파인 서양식 수프 접시에 대추나무 가지가 하나
눕혀지듯 꽂혀 있었다. 줄기를 중심으로 양쪽으로 어긋
나 붙어 있는 대추나무 잎사귀들이 반짝반짝 윤을 내고
있었고, 사이사이에 파란 풋대추가 대여섯 알 달려 있
었다. 식용이라고 하기에는 수프 접시 가운데 물이 있을
뿐 아무 조리가 되어 있지 않았고, 장식이라고 하기에도
접시 한쪽으로만 한 개의 잎줄기가 누워 있는 꼴이 밸런
스도 언밸런스도 아니어서 우스꽝스러웠다.

"이게 뭐야? 먹는 건 아니지?"

훈이 농담처럼 물었다. 음식 맛도, 음식의 종류도,
사실 모든 것들이 너무나 달랐다. 아프리카나 유럽 사
람보다도 더 이질적이었다.

"장식이야, 꽃처럼. 좋은 식당에는 식탁에 꽃 장식이 있잖아."

"으응."

그렇게 받았지만 훈은 "이게 예뻐?"라고 묻고 싶었다. 장식이라면 예쁘거나 멋있거나 다른 무슨 끄는 맛이 있어야 했다. 그 어느 것도 아닌 듯했지만 훈은 더 묻지 않았다. 그녀가 멋쩍어하거나 무시당한다고 여길지 몰랐기 때문이다. 그녀라는 개인을 알아 간다는 것은 낯선 대륙을 탐험하는 것만큼이나 어려웠다.

"엊그제 태풍이 불었잖아. 바람이 좀 심하게 불었어? 분리수거하러 나가 보니까 우리 동 뒤에 서 있는 대추나무가 뿌리째 뽑혀 쓰러져 있는 거야. 너무 아깝고 불쌍해서……."

"그 대추나무 가지야?"

"응. 대추가 얼마나 다닥다닥 많이 달렸었다고? 가을에 따면 몇 가마니도 넘었을걸? 아마 열매 무게 때문에 쓰러졌을 거야. 다른 나무들은 그대로 다 서서 바람을 견디고 있었으니까. 너무도 아까워서 경비한테 가서 말했는데 방법이 없다고 하더라고. 관리소장이랑 다 와서 보고 갔는데 일으켜 세워 살릴 수가 없다나 봐. 오늘 내려가서 보니까 나무를 톱으로 마구 잘라 트럭에 싣고 간 모양이야. 나무가 서 있던 빈 구덩이에 가지 몇 개가 떨어져 있기에 아까워서 주워 가지고 왔지."

훈은 열매나 수확물에 대한 애착이 우리하고는 다르구나 하고 느꼈다.

금화는 상을 치우고 난 뒤 그 대추나무 가지를 제대로 컵에 세워 꽂으려고 했다. 그러나 균형이 맞지 않아 밑동이 번번이 하늘로 솟았다.

"애써서 그렇게 꽂아 놓아도 대추가 익지는 않을걸."

"익혀서 따 먹으려는 게 아냐. 너무도 아깝고 안타까워서…… 이 마음을 뭐라 말할 수가 없어."

그녀가 자기 가슴을 탕탕 쳤다.

금화가 아무리 애를 써서 세우고 세워도 대추나무 가지는 컵에 꽂아지지 않았다. 열매의 무게 때문에 가지 자체가 뒤집어지고 아래로 처지고 컵에서 빠져나와 나동그라졌다. 이 컵 저 컵을 꺼내 씨름하던 그녀가 나중에는 결국 열매를 죄다 따 버렸다.

"이거 봐, 이제 꽂아지잖아! 한 개 따니까 가벼워져 몸을 추스르다가, 두 개 따니까 훨씬 가벼워져 몸을 좀 가누고, 다 따 버리니까 이렇게 꼿꼿이 서네. 자식이란 게 이런 거지. 이렇게 어미에게 부담이 되는 거야."

식물을 보고 어미와 자식 관계를 비유하는 게 적절한지 훈은 잠시 생각하다가 금화 자신과 부모를 떠올리나 보다 그렇게만 짐작했다.

부엌일을 마친 그녀가 대추나무 가지가 꽂힌 컵을 들고 거실로 나와 장식대 위에 놓았다.

"처음부터 물어보고 싶었는데 저 그림은 뭐야? 사자가 여자 옆에 왜 서 있어? 잡아먹는 건 아닌가 봐?"

"으응. 잡아먹는 건 아니지."

장식대 위 벽에 걸려있는 그림은 앙리 루소의 「잠든 집시」였다. 배경은 사막이고, 아마도 새벽일 듯하고, 고운 옷을 입은 집시가 깊이 잠들어 있는데, 만돌린 비슷한 악기와 물병이 곁에 놓여 있고, 아름다운 갈기에 형형한 눈빛을 지닌 커다란 수사자가 여자를 지키고 있었다. 이유는 설명할 수 없지만 이 그림을 보면 훈은 마음이 평온해졌다. 사막의 부드러운 색감, 청남색 하늘에 떠 있는 달, 집시의 고운 옷, 마실 것과 음률, 무엇보다도 믿을 만한 사자 옆에서 깊이 잠든 집시의 곤한 표정……. 훈은 설명해 보려고 했지만 어떻게 설명해야 할지 알 수 없었다. 예술 작품의 감상을 설명으로 들이댈 수는 없는 일 아닌가. 샤갈이나 마티스, 몬드리안, 칸딘스키에 대해서, 또 청전이나 운보, 수화, 이중섭에 대해서 그녀와 얘기하기는 어려웠다. 아니, 얘기할 수도 있을 것이다. 인내심을 가지면. 그러나 진정한 대화는 아니었다.

"그냥 느끼는 대로 느끼는 거야. 뭐든. 사람마다 다르게 느끼는 거지."

"오빠는 어떻게 느껴?"

"나는 우선 색감이 좋아. 집시의 얼굴도 그렇고. 모든 게 마음에 들어. 처음 이 그림을 봤을 때 이상하게 마음이 안정됐어. 따듯한 물에 잠긴 것 같은……. 나를 완전히 맡길 수 있는 사자가 옆에 있는 것 같은……. 근데 먼지라도 닦아 줘야겠네. 아무리 복제화지만."

"이 여자가 집시로구나! 구슬로 점치는 이상한 여자들. 근데 복제화가 뭐예요?"

"진짜 그림이 아니라 사진 찍어 인쇄한 거. 원래는 여러 장 찍은 판화를 말하는 거지만."

그녀는 판화에 대해서도 물었다. 언제나 물음에 끝이 없었다. 두 사람 다 미진한 채 끝을 내는 수밖에 없었다.

훈은 걸레를 가져다가 그림 액자를 닦았다. 「잠든 집시」는 유리 속에서도 색이 많이 바래어 있었다.

그녀가 텔레비전을 틀었다.

도미니카공화국 사람들이 사탕수수를 수확하는 장면이 떠 있었다. 2초도 안 되어 그녀가 리모컨을 다른 채널로 눌렀다. 순천에서 아홉 살 초등학생을 상대로 벌어진 인질극이 종료되었다는 뉴스가 나왔다. 그녀가 또다시 리모컨을 꾹꾹 눌렀다. "어제 중국이 전격적으로 위안화의 가치를 내렸는데요, 이로써 글로벌 시장에 막대한 영향을 받았습니다." 그런 사설이 흘러나왔다. 방송에서 어떻게 저렇게 말을 하나, 훈은 혀를 찼다. '글로벌 시장에'라고 시작했으면 '영향을 끼쳤습니다'나 '영향을 미쳤습니다'라고 뒷말을 받아야지, '받았습니다'를 쓰려면 앞에서 '글로벌 시장이'라고 주격조사를 써야지……. 금화는 뉴스 내용에 몰입해 있었다. 중국에 관한 거라면 그녀는 무엇이든 귀를 쫑긋 세웠다. 아마도 중국에서 얼마 동안 지내다 온 것 같았고, 그래서 중국에 관심이 많은 것 같았다.

금화가 드디어 원하는 채널을 찾았다. 그녀는 연속극 같은 걸 보지 않고 아이들이 나오는 프로그램만 보았다. 쌍둥이나 삼둥이의 아빠가 슈퍼맨이 되어 이틀간 아이들을 돌보는 내용을 지겹도록 보고 또 보았다. 그 프로가 끝나면 채널을 수십 개 눌러 말 안 듣는 아이가 전문가의 조언으로 말 잘 듣는 아이로 변해 가는 과정을 지켜보았다. 금화는 행복에 젖어 눈물을 질금거리며 그 프로들을 연이어 보았다. 이미 본 것도 다섯 번 일곱 번 계속 보았다. 그녀는 십자수를 놓을 때도 집 모양만 수놓았다. 완성된 수십 개의 십자수가 전부 집이었다. 훈의 눈에는 비슷비슷해 보였지만 이 집은 굴뚝이 있고 저 집은 지붕이 더 경사졌고 혹은 창문이 네모거나 아치형이고 하는 식으로 수많은 집들이 그녀의 의식을 점령하고 있었다. 아이를 낳고 집을 갖는 게 꿈이라는 걸 짐작할 수 있었다.

금화가 훈의 머리를 자기 무릎에 올려놓고 머리칼 사이로 손가락을 뻗어 넣어 이리저리 빗었다. 훈은 간지럽고 졸음이 왔다. 그녀는 자기 머리에서 집게 핀을 빼내 훈의 머리 여기저기에 꽂아 보며 깔깔깔 웃었다. 인형을 가지고 놀듯이 그녀는 훈의 얼굴을 가지고 놀았다. 훈은 눈을 감았다. 아슴아슴 잠이 쏟아졌다. 이런 살가움을 맛보는 건 처음이었다. 그는 어린 시절에도 어머니에게서도 이런 느낌을 받아보지 못했다. 어머니는 그를 낳고 최초로 젖꼭지를 물리던 장면을 거의 신성시하며 되풀이해 들려주곤 했다. 그 시절 어머니가 신봉하던 교육론은 벤저민 스폭 박사의 육아 이론이었다. 어머니 전 세대까지는 대가족제였고, 육아에 대해 신경 쓸 겨를이 없었고, 끽해야 어른들의 조언을 듣는 정도였다. 운 좋게도 현대 교육을 받은 어머니는 성경 다음으로 많이 팔렸다는 스폭 박사의 『육아 전서』를 끼고 시집왔고, 엄마 젖은 영양분이 부족하고 우유가 완전식품이므로 우유를 먹여야 아기의 뇌와 신체가 건강하게 발육할 수 있다는 주장에 따라 전적으로 우유만 먹이기로 결심했다. 그래서 어머니는 두 아이에게 초유조차 먹이지 않았다. 특히 중요한 건 최초의 수유 행위였다. 아기가 태어난 직후 최초로 젖꼭지를 물리는 순간이 그 아이의 일생을 결정짓는다고 했다. 어머니는 아기 입 근처에 우유병을 갖다 대지 않고 멀찍이 떨어져 쥐고 있으면서 아기가 스스로 입술을 죽 내밀고 사방을 찾아 헤매다 우유병의 꼭지를 찾아 물게 했다. 어머니는 의식을 치르듯 그 행위를 엄숙하게 치렀고, 결국 두 아이 다 스스로 젖꼭지를 찾아 물었다. 반대로 아기는 가만히 있고 어머니가 젖꼭지를 가져다 편하게 물려준 경우 그 아이는 평생 남이 해 주는 것만 바라는 수동적인 삶을 산다고 했다. 또 아기는 엎드려 재워야 뒤통수가 예뻐진다는 설에 따라 훈과 형 모두를 엎어 재웠다. 그들 형제는 뒤통수는 둥그렇게 나왔지만 대신 앞니가 튀어나왔고, 사춘기 시절 치아교정을 받아야 했다. 엎드려 자다가 질식해 죽은 아기들이 속출함에 따라 이 육아 이론은 도전을 받았고 지금은 거의 외면당하고 있지만 어머니는 늘 훈을 보고 "그토록 능동적으로 키웠는데도 경쟁에 지고 있다니!"라며 한탄했다. 어쨌거나 어머니와 스폭 박사의 연대로 아기 중심 육아법에 거버 이유식을 먹고 자란 훈과 형은 뒤통수와 치아만 빼고는 완전히 다른 사람이 되었다. 형은 공부를 잘해 의대에 갔고, 훈은 키만 쓸데없이 커졌고, 온갖 것에 다 흥미를 갖다가 결국 인문대 '아무 과'에 갔다. 어머니는 형을 성공한 것으로, 훈을 실패한 것으로 여겼다. 훈은 자라는 내내 심리적으로 비비댈 언덕이 없었다. 어머니는 매사에 다그치고 검사하고 벌주는 사람이었지 심정적으로 훈의 편을 들어주지 않았다. 어머니하고의 관계가 더욱 나빠진 것은 몇 년 전 어머니와 형과 훈 셋이서 일본 여행을 갔다 와서부터였다. 서울에서도 가끔씩만 마주치던 세 사람이 여행지에서 24시간 같이 있게 되자 모두들 '본연의 자기'가 나왔고, 수시로 감정이 상했고, 그때마다 어머니가 형의 편을 들며 훈을 몰아세웠다. 화가 난 훈은 참지 못하고 혼자 비행기를 타고 돌아와 버렸다. 가족관계는 그렇게 균열에 머물러 있었다.

"저녁에 뭐 해 먹을까?"

멀리에서처럼 금화의 말소리가 들렸다. 훈은 생각에서 깨어났다.

"라면?"

기지개를 켜며 말했다.

"에이, 안 되지. 밥을 먹어야지. 쌀 있는데."

그녀가 주방으로 갔다. 쌀 씻는 소리, 야채 씻는 소리, 냉장고 문 여닫는 소리가 들려왔다.

그들은 하루에 두 번 식사를 했다. '아점'과 다소 이른 저녁. 오전 11시와 오후 5시가 식사 시간이었다.

된비지찌개에 야채 모듬 쌈이 차려졌다. 비지찌개와 두부밥은 금화가 좋아하는 음식이었다. 그녀가 만드는 음식은 솔직히 맛이 없었다. 그러나 훈은 그런 걸 따질 계제가 아니었다.

설거지는 훈이 했다.

금화는 편의점에서 아르바이트를 하기 위해 6시쯤 출근해야 했다. 아르바이트 시간이 저녁으로 정해졌다고 했다. 그녀는 심야에 돌아왔다.

금화가 화장품 통을 안고 화장을 하기 시작했다. 얼굴 화장을 마친 뒤에 손에도 꼼꼼히 로션을 발랐다. 그녀는 특히 손이 거칠었다. 북한과 중국에서 일을 많이 한 모양이라고 훈은 생각했다. 안쓰러웠다. 얼굴에도 목에도 깊은 주름들이 있어 서른셋으로 보이지 않았다. 어느 때는 열대여섯 살 더 많은 훈의 또래로 보이거나 그 이상으로 보이기도 했다.

깊은 주름과 거친 손.

훈은 곁눈으로 그녀를 바라보았다. 연민과 사랑을 섞어.

5

장미식당은 고깃집이었다.

규식 선배를 오랜만에 만나는 것이긴 했다. 통화 끝에 선배가 대뜸 고깃집으로 나오라고 한 것이 반갑기도 하면서 신경에 쓰이기도 했다. 훈은 카드를 가져왔나 확인했다. 여차하면 자신이 계산을 해야 할지도 몰랐다. 아니, 부탁을 하는 입장이니 당연히 내야 할 것이다.

8시 10분이 좀 지나 김규식이 들어왔다. 새카맣고, 바짝 말라 있었다. 훈은 선배를 향해 손을 번쩍 들었다. 그들은 고등학교 시절 산악부 선후배 사이였다.

"어쩐 일이냐?"

두 사람은 악수를 하자마자 자리에 앉았다. 살집이

전혀 없는 김규식의 몸에서 힘과 늠름함이 느껴졌다.

김규식이 안주인을 불러 소갈비를 시켰다.

숯불이 오고, 석쇠 위에서 갈비가 지글지글 익어 갔다. 김규식이 익은 고기를 잘라 훈의 접시에 놓아주었다.

"좋은 소식 없어?"

"좋은 소식은요. 집에서 굴만 팠죠. 형은요?"

"나? 난 일만 했지."

김규식은 체육대학을 나왔고, 지금까지 결혼을 하시 않은 채 혼자 살고 있었다.

"형, 나도 그 일 할래요. 잘할 수 있을지 염려되긴 하지만."

"무슨 변화 있었냐?"

김규식이 커다란 고깃점을 입에 넣으며 훈을 건너다보았다.

"오랫동안 망설여 왔는데 이제…… 확실히 결정했어요."

"확고해?"

"네."

"그럼 해 보지 뭐. 진짜 직업이 될지 안 될지는 해 본 다음에 정하고."

김규식은 2주 후에 합류하자고 했다. 지금은 거제도 선박 회사에서 새 배에 칠을 하고 있는데 거의 다 끝나 가는 단계라고 했다. 2주 뒤에는 새로 지은 고층아파트

외벽에 페인트칠을 하는 일이 시작된다고 했다.

"그 일은 서울 근교야. 출퇴근할 수 있어."

"힘들지요?"

"물론 힘들지. 아마 처음에는 초주검이 될걸. 각오해야지."

"형은 얼마 동안 힘들었어요?"

"5~6년까지도 부담이 됐지. 지금은 아주 괜찮아. 다른 직업으로 바꿔 준대도 안 바꿀 거야."

"몇 년째예요?"

"12년."

"……"

"비 오는 날 놀고, 겨울에 석 달 죽 놀아. 아주 좋아. 빙벽등반하러 다니고 산악스키 타고…… 그 재미에 이 직업 못 떠나. 외국에는 이런 직업 가진 클라이머들 많아."

"뭐 준비해 가야 되죠?"

"체력 충분히 충전하고…… 그냥 와. 나한테 다 있으니까. 의자처럼 생긴 기구 같은 걸 만들어 사용하지. 거기 앉든지 서서 작업해. 줄에 매달려서."

"일은 늘 있어요?"

"일은 넘쳐. 위험부담이 커서 지원자가 많지 않아. 20층, 30층 되는 고공에서 줄에 매달려 페인트칠하려 해 봐. 보통 사람은 못 해. 그래서 일당이 센 거지."

"페인트 냄새 많이 나죠?"

"새 아파트 외벽에 칠하는 페인트는 품질이 좋은 거야. 그걸 사용하도록 법으로 정해져 있어. 기존 아파트를 다시 칠할 때도 그런 걸 써야 하지만 가격 때문에 안 쓰는 경우가 많지. 비용이 몇 배 차이 나니까. 싸구려 페인트 작업은 그야말로 지옥이지. 우리가 쓰는 건 냄새 많이 나지 않아. 그래도 초보자는 칠하는 기술이 없기 때문에 많이 힘들 거야."

"기술을 익히는 데 얼마나 걸릴까요?"

"솜씨와 머리가 중요해. 혼자 하는 일을 즐기고 책임감이 있는 사람은 금방 배우고 일당도 세게 정해져. 해 놓은 결과를 보고 금방 알거든. 넌 아마 잘할 거다. 산에 다닐 때 매듭도 잘 묶고 등반 솜씨도 좋았잖아."

"그럴까요?"

"어쨌든 속은 편해. 자기 할당량만 하면 되니까. 일한 만큼 매일 받는 거고. 윗사람도 아랫사람도 없어. 있대 봐야 말로 나이대접해 주는 정도고 일의 진행을 위해 반장이니 팀장이니 호칭이 있지만 실상 완전히 평등해. 이 정도로 속 편한 직업은 예술가 말고는 없을 거다."

"네에."

"몸만 적응하면 노동은 신성하다는 걸 알게 돼."

낮에 죽도록 일하고 밤에 소주로 울분을 푸는 막노동자의 애환이 풍기지 않아 다행이었다.

6

각오는 했지만 훈은 반송장이 되어 돌아왔다.

그래도 다음 날 또 일하러 나갔다.

죽든지 살든지 이 일에서 결판을 내야 했다. 이런저런 회사에 경력 사원으로 취업하는 게 불가능하다는 걸 이미 체험한 뒤였다. 특별히 운이 틔어 번듯한 회사에 들어간다고 해도 결국 인간관계 때문에 어려움을 겪을 게 뻔했다. 언젠가는 구석으로 몰릴 것이고, 눈 뜬 채 생매장될지도 몰랐다. 네가 약하면 세상은 널 산 채로 집어삼키지! 훈은 래퍼처럼 그 말을 씹어뱉곤 했다. 마음은 그렇게 단단히 먹었지만 매일매일 육체가 견디지 못하고 신음을 질러 댔다. 팔이 붓고 허리가 펴지지 않았고, 꼬리뼈가 아파 제대로 앉을 수도 없었다. 일주일이 지나자 눈이 충혈되고 잇몸에서 피가 흘렀다.

그래도 훈은 일하러 나갔다.

저녁에 돌아와서는 밤새도록 끙끙 앓았다. 열이 나면 심야에 일어나서 아스피린을 두 번 세 번 먹었다.

그러다가 훈은 소곤거리는 금화의 통화를 듣게 되었다. 그 순간 세상이 무너져 내렸다. 금화가 일하러 나가는 곳은 편의점이 아니라 노래방이었다! 금화가 노래방 도우미로 일한다는 사실보다 그 사실을 숨긴 것이 더 충격이었다. 그는 캐묻지 않을 수 없었다. 금화는 편의점

알바를 하다가 얼마 전에 바뀐 거라고 건성 대답했다. 그러나 다른 이야기 도중 훈을 처음 만난 수요일이 노래방 휴일이었다고 했고 그래서 기타 교실에 갈 수 있었다고 했다. 그러니까 훈을 만났을 때 이미 그녀는 확실히 노래방에 나가고 있었다. 금화는 거짓말을 하면서도 성의가 없었고 앞뒤 계산도 없었다.

속고 있다는 것을 안 이래 훈의 귀는 예민해졌다.

마음의 기둥이 뽑혀 이리 흔들리고 저리 흔들렸다.

검은 불안이 가슴에서 화마처럼 널름거렸다.

열린 귀는 명민하게 첩보 활동을 지속했다.

훈은 나날이 여러 가지를 점점 더 알게 되었다. 금화는 중국으로 송금을 하고 있었고, 그 사실을 숨겼고, 중국에 누가 있는지에 대해 끊임없이 거짓말을 해 댔다. 훈은 제발, 제발, 제발 하는 심정으로 금화가 그 어디쯤에서 멈추기를 바랐다. 그녀를 정말 믿고 싶었다. 하지만 그녀는 어머니에게 보낸다고 했다가, 언니에게 보낸다고 했다가, 또 사촌 언니라고도 했고, 아이 옷을 보내는 걸 들키자 조카 것이라고 했다. 번번이 얘기가 달라졌고 하도 현란하게 진화를 하고 있어서 거짓인지 비밀인지 정작 중국에 누가 있는지 알 수 없었다.

가장 큰 비극은 지금 훈이 그녀의 손길을 절실히 필요로 하고 있다는 점이었다. 이제 훈은 그녀 없는 삶을 상상하기 힘들었다. 화가 나고 분노가 쌓이는데도 그녀의 버릇들, 곡물이 익는 듯한 냄새, 그녀가 거느린 공기에서 벗어날 수 없었다. 혀를 쏙 내밀고 눈을 흘긴다든지 손가락을 정수리에 대고 머리칼을 뱅뱅 튼다든지 엉터리 노래를 흥얼거리는 따위가 자신을 이렇게 얽어맬 줄 몰랐다. 도마 두드리는 소리, 반짝이 꽃핀들, 앙증맞은 발톱, 부드러운 뱃살에서 도저히 놓여날 수 없었다. 격에 맞지 않는 밥상과 맛없는 음식들마저 물리치기 어려웠다. 훈은 그동안 자신이 너무도 외로웠다는 것을 절감했다. 어쨌든 이전의 삶으로는 되돌아갈 수가 없었다. 한번 맛본 사람 품의 따스함은 그의 더듬이를 마비시켰다. 그는 이제 무릎 꿇고 빌어서라도 그녀를 붙잡아 앉히고 싶었다. 이건 정말 예상치 못한 일이었다. '쿨한' 그의 성격으로서는 있을 수 없는 일이었다. 그는 아마 처음에는 살짝 그녀를 얕봤는지도 모른다. 그런데 막상 관계를 맺고 보니 그게 아니었다. 사람과 사람 사이에는 우열이 존재하지 않았다. 우리 모두에게는 무수한 요철들이 존재했고 그 돌출과 파임이 어떻게 물리느냐가 관건이었다.

훈은 잠을 이루지 못했다.

와중에 생일을 맞았다.

드디어 쉰 살이 된 것이다.

백세 시대라는 말이 있지만 인생의 중반을 넘어서 내리막길로 떨어지기 시작했다는 자각이 그를 울적하게 했다.

다행히도 금화는 사람의 나이에 대해서는 별생각이 없어 보였다. 거친 세상살이를 해 온 탓인지 보통 사람들이 흔히 갖는 상식이나 편견을 우습게 보는 구석이 있었다.

금화가 끓여 준 미역국을 먹고 나서, 두 사람은 나란히 앉아 텔레비전을 보았다. 금화는 십자수 바구니를 끌어당겨 새로운 집을 짓기 시작했고 훈은 방영되고 있는 다큐멘터리에 빠져들었다. 미국의 젊은이가 여행 중 마약 운반에 걸려들어 터키에서 중형을 사는 이야기였다. 잠깐의 실수로 선진국 청년이 악명 높은 제삼세계의 교도소에서 바퀴벌레보다도 못한 청년 시절을 보내는 이야기가 가슴으로 쑥 들어왔다. 저렇게 될 수도 있구나! 믿기지 않았다. 마약과 관련되어 있는 데다 말도 통하지 않아 무조건 갇힌 젊은이한테 자유는 완전히 증발되었다. 한 번의 기회가 있었지만 본국으로의 연락마저 제대로 이루어지지 않았다. 그는 무슬림 방식의 무지막지한 징벌 앞에 속수무책이었다. 드라마로 재구성해 전개하는 이야기 사이사이로 세월이 흐른 뒤 실제 주인공이 현시점에서 당시 일을 회상하고 있었다. 그 구성이 현실감을 더해 주며 보는 이를 더욱 끌어당겼다. 풀려 나긴 풀려났네, 몇 년 살았을까? 미국에 돌아가 보통의 삶을 살고 있나 보다, 겨우 안도하며 이야기를 따라갔다. 서양 사람이어서 정확히 나이를 짐작하기 어려웠지만 40대 중반쯤이 되지 않았나 싶은 실제 주인공은 좀 삭은 듯 분위기가 가라앉아 있었지만 유머와 여유가 있었고, 초월적인 인생관을 지니고 있었다. 담담한 어조로, 때로는 웃음 섞어 지난날을 술회하는 그 분위기가 인상적이었다. 당시 이스탄불 공항에서의 '그 순간'에 대해서도 그는 마치 남의 이야기처럼, 농담처럼 이야기를 풀어 나갔다. 스물한 살이었던 그는 여행지에서 돈이 떨어졌고, 낯선 남자가 다가왔고, 아차차 하는 사이에 예상치 못한 일이 벌어졌고…… 엄청난 결과가 그를 덮쳤다. 그에 상응하는 대가를 그는 지옥 속에서 터무니없이 오래 치렀다. 그러나 지금에 와서는 그 모든 것이 운명 혹은 인생의 일부라고 생각하고 있었다. 훈은 그의 인생과 자신의 인생을 대비해 보고 있었다. 그는 엉뚱한 일로 인생이 꺾였고 자신은 보통의 삶 속에서 경로를 그르쳤는데 그는 초월한 자의 여유 같은 걸 두르고 있었다. 자신은 초라한 초조 속에 살고 있는데 말이다. 내가 고생을 덜해서 그런가, 그런 생각마저 들었다. 저런 극단적인 추락, 극단적인 고통을 겪은 자만이 현실과 현상을 넘어설 수 있는 건가.

갑자기 금화가 리모컨을 집어 들어 다른 채널로 꾹꾹 눌렀다.

"뭐야? 지금 보고 있는데."

훈이 놀라서 그녀를 쳐다보았다. 그녀는 다른 채널로 또 꾹꾹꾹 눌렀다. 그는 리모컨을 빼앗으려 했다. 그녀의 손아귀는 억셌다.

"무슨 짓이야?"

훈의 눈동자가 험해졌다. 그녀는 자기가 원하는 프로를 찾지 못하자 리모컨을 던져 버렸다.

"테레비도 내 마음대로 못 봐?"

오히려 적반하장이었다.

"그거 지금 내가 보고 있다고 했잖아."

"그런 거 자꾸 봐서 뭘 해? 마음만 컴컴해지는데."

훈은 침을 삼켰다.

얼른 대답이 나오지 않았다.

물론 이런 내용이 금화의 마음에 들지 않았을 수도 있다. 그렇지만…… 자기가 일어나 다른 데로 가거나, 다른 채널로 돌리자고 말할 수도 있다……. 그런데 꼭 면전에서 이렇게 망쳐 놔야 하나. 상대의 기분은 전혀 생각지 않고.

그녀의 단순함, 무식함, 확실함에 대처할 방도가 떠오르지 않았다. 그녀는 실질적인 도움을 주는 것만 가치로 여겼다. 그게 아니면 깨 쏟아지는 재미라도 있어야 했다. 사람마다 재미를 느끼는 내용이나 지점이 다르다는 걸 전달할 재간이 없었다. 이런 종류의 얘기들은 그녀에겐 수용 불가능한 영역이었다. 그녀는 자신이 겪은 것에서만 천하 진리를 스스로 도출했다. 그리고 그것을 철벽으로 믿었다. 문화나 교양, 사람살이, 타인의 부정적 경험을 통해서도 무언가를 느끼거나 얻을 수 있고 자신을 돌아볼 수 있다고 얘기해 봐야 코웃음 칠 터였다. 그녀는 자신의 철학 위에서 너무 직설적이고 행동적이었다. 생각이나 사색, 고민 같은 단어들은 그녀의 사전에 없었다. 아니 지워 버렸다. 훈은 그녀를 변화시킬 능력이 없었다. 그건 다른 은하계로 가서 생을 다시 시작하는 것만큼이나 어려웠다.

금화는 화장품 통을 가져다가 톡톡톡 얼굴 화장을 시작했다. 훈의 기분은 상관없었다.

훈은 베란다로 나갔다.

등 뒤에서 금화의 얼굴 두드리는 소리가, 거울을 마주 보며 짓고 있을 표정이, 화장품 냄새가 불쾌하게 느껴져 왔다. 반감이 물감 번지듯이 확 번졌다. 그것이 가슴에 쌓인 불씨들로 점화되었고, 불길로 치솟았다.

"노래방 그만둬!"

훈은 돌아서서 버럭 소리를 질렀다. 그녀가 저렇게 화장을 하고 나가서 노래방에서 겪을 일들이 지옥도처럼 펼쳐졌다.

"자기가 뭔데 나한테 이래라저래라 해?"

그녀가 콧방귀를 날렸다.

"나 말고 또 다른 남자 따라가서 매일매일 입맞춤해?

그러려고 거기 나가는 거지?"

훈은 이죽거렸다. 자신이 치는 대사가 너무도 유치하고 한심했다.

"그래, 나는 매일 다섯 명, 여섯 명의 남자한테 그러고 있다!"

그녀가 약을 바짝 올렸다.

"중국에는 도대체 누가 있는 거야? 진짜로 말해 봐!"

거실로 들어온 훈이 금화의 멱살을 잡고 분통을 터뜨렸다. 화장품 바구니가 바닥에 나뒹굴었다. 그는 그걸 발로 걷어찼다. 이러면 안 되는데, 하면서도 감정이 사정없이 그를 끌고 갔다. '애증'이라는 단어가 떠올랐다. 왜 정반대 뜻의 '애' 자와 '증' 자가 바로 옆에 붙어 있나 했더니 바로 이런 것이었다.

"중국에 누가 있든 말든 자기가 책임질 거야?"

금화의 눈에 파란 불이 켜졌다. 그녀가 미친개처럼 짖었다.

"나는 노래방이든 뭐든 돈만 주면 다 할 수밖에 없어! 배고프면 무슨 생각이 나는지 알기나 해? 머리통에 총구가 들이대지면 사람이 어떻게 되는지 아느냐고?"

그녀가 펑펑 울었다. 어디에 그렇게 눈물이 숨어 있었는지 푸짐하게 오래 울었다. 울다 울다 끝자락에 푸념처럼 지껄였다.

"그래, 난 무식하고, 북한에서 왔고, 돈 없고, 과거 험하고…… 다른 데 아무 데도 취직이 되지 않아. 난 50만 명인지 70만 명인지가 굶어 죽은 그 우라질 '고난의 행군' 시절에 북한에서 자랐어. 굶지 않기 위해, 목숨을 부지하기 위해 못 할 일이 없었지. 난 꽃제비 노릇도 했고, 두만강을 건너다 엄마와 언니가 죽었고, 중국에 도착하자마자 인신매매 조직에 팔려 갔어. 목숨 걸고 그 생활에서 도망쳤지만 믿었던 아줌마가 또다시 돈을 받고 나를 팔아 찢어지게 가난한 중국 농부에게 갈 수밖에 없었어. 그리고 아들을 낳았지. 병원에도 못 가고, 탯줄도 내 손으로 잘랐어. 그런 일들이 열여섯 살에서 스물세 살 사이에 다 일어난 거야. 난 매일매일 단지 살려고 했을 뿐이야. 죽으려고 했던 적도 얼마나 많았는지 알아? 어쩌다가 죽지 못했던 것뿐이라고! 내가 뭘 잘못했어? 어떻게 하란 말이야?"

훈은 충격을 받았다. 대강 짐작하고 있었지만 이렇게 날것으로 한꺼번에 들으니 어지러웠다.

그는 눈을 감았다.

현실을 인정할 수 없었다.

이건 아니었다.

어떻게 이런 일이 사람한테 일어났단 말인가…….

두만강 푸른 물을 헤엄치는 세 여인의 모습이 떠올랐다. 총소리가 뒤이어 들려왔다. 어머니와 언니가 피투성이가 되었는데도 돌아올 수도 없는 어린 그녀가 산목숨을 철벅거리며 저쪽 연안에 닿는 모습이 그의 뇌를 잠식했다. 마음 깊은 곳에서 수초들이 흔들렸다. 그녀 잘못이 아니었다. 그녀는 불쌍한 희생자였다. 수초들이 기포를 내뿜으며 서로 애무하듯 부드럽게 어루만졌다. 연민과 사랑이 그를 적셨다.

"그래, 그래, 그래……."

그는 그녀를 끌어안았다. 손바닥으로 그녀의 등을 연신 다독거렸다. 그는 그녀의 순결을 원하는 게 아니었다. 진실을 원하는 것이었다.

"아이 때문에 중국에 계속 연락하는 거야?"

"응, 그 애 때문이지. 아이가 없는 사람은 몰라."

"그 아이를 데려오자. 그 아이를 데려다 우리가 잘 키우자."

훈은 그의 모든 일생을 내밀어 그녀의 모성을 품어안았다. 이렇게 너그러운 건 생애 처음이었다. 온몸이 온천물에 잠긴 것 같았다. 머리통의 모공들마저 뜨겁게 열려 하늘을, 우주를 흡입했다. 개운했다. 과거와 현재와 미래가 정화되는 느낌이었다. 자신의 신성한 노동으로 건강하게 아이를 키우는 상상에 그는 숭고해지기까지 했다.

두 사람은 얼싸안고 엉엉 울었다.

7

금화는 서두르지 않았다.

이상했다.

훈이 아이를 데려오자고 한 이상 날아갈 듯 반기며 곧장 추진할 줄 알았는데 행동하는 기미가 없었다.

"왜 서류를 하지 않아? 서류가 필요할 것 같은데. 아님 우선 데려오는 건가?"

훈이 기다리다 못 해 물었다.

"으응."

금화는 그러고 그만이었다.

훈이 다시 재우쳐 묻자 "차차……." 하고 또 그만이 었다.

"무슨 사정이 있어? 말해 봐. 하나도 숨기지 말고."

훈이 다그쳤다.

"그게 그렇게 간단하지가 않아."

금화가 부엌으로 나갔다. 대답을 회피한다는 인상이 들었다.

"왜? 뭐 때문에?"

훈이 쫓아가며 물었다.

"뭐 때문이냐구?"

다시 한번 물었다. 그러나 금화는 입을 꾹 다물었다. 애먼 그릇들을 꺼내 마른행주질 치고 차곡차곡 다시 넣기를 반복했다.

"얘길 해. 뭘 알아야 풀어 나가지."

훈이 달랬다. 부드러운 목소리로 반복해서 달래자 금화가 뒤돌아서서 훈의 눈을 지그시 올려다보았다. 정말 얘기해도 괜찮겠느냐는 듯.

"내 결심은 변함이 없어. 정말이야. 어떤 일이 있어도 그 애를 데려다 잘 키울 거야."

훈은 안심시켰다.

금화는 시선을 떨구었다.

그녀는 망설였다. 20~30초쯤 흘러간 뒤 그녀가 먼 데 한 점을 바라보며 말했다.

"다른 사람이 한 사람 걸려 있어."

"누구? 그게 누군데?"

"……."

"어머님이나 처형은 중간에 그렇게 되셨다면서."

"애 아빠."

의외의 대답이 들려왔다.

"애 아빠? 애 아빠가 왜?"

"아이만을 보내 주지 않아."

"그럼?"

"자기도 오겠대."

"여길? 그 사람은 중국 사람이잖아."

"그렇지만 애 아빠고, 내 남편이지."

"남편? 과거의 남편이었잖아? 지금은 아니잖아?"

"그 사람은 그렇게 생각 안 해. 내가 돈 벌러 간 줄로 알아."

"그럼 자긴? 자기도 그 사람이 아직 남편이야?"

"그게……."

그녀가 한숨을 쉬었다. 시선이 다시 멀리 한 점으로 가 있었다. 그 순간 훈은 깨달았다. 철컥, 쇠문이 닫히고 있었다. 금화는 아직 남편에게 속해 있는 것 같았다. 적어도 훈은 그녀에게 애 아빠 이상이 아니었다. 훈의 바람과 상관없이 그녀는 지금 훈에게로 완전히 넘어와 있지 않았다. 비참했다. 서글펐다.

무엇이 그녀를 저 북쪽으로 이끌고 있을까?

한번 인연을 맺었다는 고전적 가치관 때문인가? 정서적인 건가? 끈끈한 부부의 정인가?

부부의 정이란 무엇일까?

어째서 자신은 결혼 경험이 있는데도 이런 걸 전혀 알지 못하고 있을까? 아이를 낳아 같이 키운 사이와 그렇지 않은 사이의 차이일까?

"날 이용했군."

훈이 비참하게 내뱉었다.

"이용? 자기가 내게 해 준 게 뭐가 있다고? 난 아무도 이용하지 않아. 난 내 힘으로 뼈 빠지게 일해서 살아."

"대체 어떻게 하려고? 어떻게 하길 바라는데?"

훈은 금화를 똑바로 쳐다보았다.

"몰라, 몰라. 나도 모르겠어. 난 그저 여기 있고 싶어서 있는 거야. 자기랑 함께 있는 게 좋아서. 나도 어떻게 해야 할지 모르겠어."

"아이만 데려올 방법이 없어?"

"그 애만 어떻게 데려와? 법적으로 중국 아이인데. 아비가 시퍼렇게 살아 안 보내 주는데."

"그럼 도대체 어떻게 하자는 거야?"

그녀의 눈망울이 멍해졌다. 눈물이 고인 듯 안개가 낀 듯 겹으로 가라앉더니 슬프고 우아한 기운을 띠었다. 그녀답지 않았다. 그 순간 훈은 다시 한번 깨닫고 있었다. 그녀는 결정을 내리지 못하고 있었고 행동하지 못하고 있었지만 속마음은 두 사람을 다 데려오고 싶은 것이었다. 훈과 함께 있는 것이 좋기도 하지만 아이와 아이 아빠를 함께 데려오고 싶기도 한 그녀의 마음. 이것이 흔히 말하는 양가감정인가. 이성으로 해결되지 않는, 논리로 해결할 수 없는 마의 수렁. 아이 때문에 아이 아빠를 더불어 데려오고 싶은 건지, 아이 아빠에 대한 사랑이나 연민인지, 가난하고 누추했을지언정 어린 나이에 시작한 첫 결혼 생활에 대한 순정인지 정확히 알 수 없었다.

그녀의 혼란을 감지하자 훈은 나락으로, 절망으로 떨어졌다. 아이 아빠를 데려오면 대체 어떻게 되는가…….

아이 아빠까지 서울에 와서 살게 된다면…… 금화는 어떻게 살며, 훈은 또 어떻게 되는가……. 마의 수렁에 빠진 건 바로 자신이었다.

그는 창밖을 내다보았다.

진실을 원했지만 그것을 마주 보기 어려웠다.

밖에는 바람이 불고 있었다.

훈은 그동안 절제해 왔던 담배를 피워 물었다. 시간이 얼마나 지나면 내 이성이 제대로 작동하려나? 지금은 그것이 제 본분을 잃고 진창에 쭈그려 박혀 있었다. 그놈의 '쿨한' 성격 때문에 그는 스스로에게 맞는 상대를 고르지 못하고 늘 적극적으로 대시해 오는 여자들과만 사귀어 그녀들의 문제에 이렇게 속수무책으로 끌려들었다. 문제없는 사람은 없겠지만 이건 문제가 너무 심각했다. '쿨하다'는 게 무엇인가 생각해 보았다. 타고난 성격이라는 것도 유전적 디엔에이보다는 유아기의 환경이나 어머니하고의 애착 관계에서 거의 다 비롯된다고 들었다. 금화하고의 사이가 공중부양 되자 비로소 어머니의 얼굴이 커다랗게 떠올랐다.

나와 어머니의 관계는 대체 어디까지 온 것일까?

이걸 그대로 두고 다른 관계들로 옮겨 갈 수 있을까?

성공적으로 다른 관계들을 맺어 나갈 수 있을까?

그는 형과도, 친구들과도, 직장 생활과도 부딪친 채로 머물러 있었다.

윙윙 바람 소리 속으로 아이들의 동요 소리가 들려왔다.

— 어디까지 왔나, 동산까지 왔다. 어디까지 왔나, 개울까지 왔다. 어디까지 왔나, 우물까지 왔다…….

누구네 집 티브이에서 나는 소리인가, 아이들이 마당에서 노는 소리인가?

아파트 마당을 내려다보았지만 아이들은 보이지 않았다. 하긴 요즘 아이들이 그런 놀이를 할 것 같지 않았다. 모든 소리는 그의 과거에서, 유년에서 들려오고 있었다. 나무들이 세찬 바람에 쏠려 한쪽으로 격렬한 춤을 추며 뿌리로만 버티고 있었다. 금화가 말하던 대추나무처럼 뽑히지 않을까 걱정되었다. 서 있는 자리에서 도망도 못 가고 안간힘을 쓰고 있는 나무가 자신인 것만 같았다.

정말 내 인생은 어디까지 온 것일까?

시간적으로는 인생의 반을 넘어서고 있었다. 육신은 중반을 넘어 황갈색의 가을로 접어드는데 다른 건 어디까지 왔을까? 나의 사랑은? 나의 관계들은? 어머니랑은? 형이랑은?

직업에서는? 노동에서는?

금화는 그녀의 인생에서 어디까지 온 것일까?

그녀는 아이 아빠와 나 사이의 어디쯤에 와 있을까?

나는 어디까지 그녀를, 타인을, 북에서 온 사람을 받

아들일 수 있을까?

— 어디까지 왔나?

— 아직, 아직 멀었다!

아이들의 얄미운 대꾸가 메아리처럼 귓전에 맴돌았다.

생쥐와 낙타

멀리서 보면 그 아파트는 공동주택이라기보다 하나의 성 같았다. 중첩된 산의 연봉들이 새가 내려앉듯 끝나는 지점에 신기루처럼 서 있는 점이 그러했고, 타워형으로 입체감을 주며 올라가다 꼭대기쯤에 이르러 종이학의 날개마냥 이리저리 지붕을 접은 꼴이 그러했다.

허기진 낙타 몰골의 중년 여자가 아파트 앞에 나타난 것은 가을이었다.

그녀는 등산복 차림인 채로 불타는 단풍을 배경으로 지고 어정어정 걸어가서는, '여기에 왜 이런 건물이 서 있지?' 하는 얼굴로 8층짜리 아파트를 올려다보았다. 그러고는 각 집의 베란다 밖으로 얼굴을 내민 화분들과 아파트 화단에 심긴 나무들, 놀이터에 앉아 있는 어린

아이들에 유심히 눈길을 주었다. 한참 만에 도리질을 치고 그녀는 진입했던 곳과 반대되는 방향으로 걸어갔다. 모퉁이를 돌아서자마자 아파트 옆구리에서 약수가 철철 솟아나고 있었다. 그녀는 또 한 번 놀라 잠시 그 자리에 서 있었다. 이윽고 물가로 다가간 그녀가 죽 놓여 있는 플라스틱 바가지들 중 주황색 바가지를 골라 약수를 꿀컥꿀컥 떠 마셨다.

겨울이 지나고 봄이 왔을 때, 여자가 2톤 트럭의 조수석에 타고 다시 나타났다. 그녀의 품에는 스패니얼 종의 강아지가 한 마리 안겨 있었다. 그녀는 그 성의 702호에 소리 없이 입성했다.

얼마간은 아무 일이 없었다.

여자는 별로 외출을 하지 않았고, 그래서 사람들 눈에 띄는 일도 없었다. 나날이 짙은 갈색 털로 갈아입는 강아지와 더불어 여자는 무위하게 하루하루를 흘려보냈다. 아침이면 일어나서 강아지 밥을 주고, 자신을 위해서는 커피를 타 마시고, 사과나 오이를 우적우적 씹기도 하고, 빵 조각이나 국수, 라면 같은 것으로 허술하게 끼니를 때웠다. 여자는 의식적으로 책을 읽지 않았다. 애초에 그따위에 코를 박은 자신의 인생을 용서할 수 없었다. 그토록 목을 맸건만 끝내 응답하지 않은 대학 사회에 이제 분노조차 일지 않았다. 현관 구석에 쌓아 놓은, 차마 버리지 못하고 가져온 몇 권의 전공 서적을 볼 때마다 귀가 크고 명치 밑에 점이 있는 남자의 모습이 어른거렸다. 그는 오랫동안 그녀의 연인이었다. 적어도 15~16년 동안. 그러나 그는 그녀와 달리 가까스로 응답을 받았고, 태도가 사뭇 달라졌고, 야릇하게도 책을 사 모으는 일을 죄악시하는 나이 어린 여자와 결혼했다. 글씨를 가끔 읽는 건 어쩔 수 없지만 책이라는 물건을 돈 주고 사다가 책장에 꽂아 놓는 행위는 자신이 지적이란 걸 남에게 보이기 위한 위선이 아니냐고 나이 어린 여자는 진심으로 물었단다. 집에 책이 많으면 생활하는 데 불편하고 이사할 때 무지 골칫거리가 아니냐고. 그 발상이 귀엽다며 박장대소하던 그가 책 대신 옷과 화장품으로 무장한 페로몬에 푹 빠지고 만 것을 그녀는 책 속에서 떠돌아다니느라 너무 늦게 알았다. 아니, 그게 아니었을지도 모른다. 그는 아마 꽃다운 나이에 무릎을 꿇었으리라. 그녀는 도저히 그의 새로운 사랑을 인정할 수 없었고, 갖은 짓을 다해 그를 되돌리려 했고, 자살 소동까지 벌이며 그를 협박했다. 그러면 그럴수록 그는 더욱 냉랭해져 갔다. 안 되는 일은 아무리 용을 써도 안 된다는 것을 깨달았을 때는 이미 해가 다 진 뒤였다. 지금 생각하면 어처구니없고 창피하기 짝이 없는 일이었다. 관 뚜껑을 닫을 때 일생 중 가장 용서할 수 없는 일을 고르라면 아마도 당시에 벌인 추태를 꼽을 것이었다. 그녀는 끝까지 다 가 봤고, 후회할 무엇도 남아 있지 않앗다. 인생에서 가장 중요한 두 가지를 몇 달 간격으로 통째 잃은 그녀는 보따리장수를 내팽개쳤고, 마른 나무 뿌리처럼 되었고, 생의가 사라졌다. 몸에 수액이 다시 돈다는 것은 불가능했다. 그런 지경에서, 우연히 길을 걷다가, 쇼윈도에 웅크리고 있는 강아지를 보았다. 여러 마리가 털실 뭉치처럼 뭉쳐 서로 베고 안고 포근하게 자고 있었는데, 그들과 동떨어져서 오직 한 마리가 구석에서 바들바들 떨며 움직거리고 있었다. 아직 살아 있다는 증거였다. 순간 앙가슴에서 물방울 같은 것이 몽글몽글 솟았고, 그것이 솟고 또 솟아 내를 이루어 온몸으로 퍼져 나갔고, 손끝 발끝이 저리고 정신이 혼미함에도 물방울은 멈추지 않고 점점 더 넘치게 솟아나 그녀의 전신을 적셨다. 이전에는 경험해 보지 못한 이상한 정감이 그동안 대상을 찾지 못하고 갇혀 있던 농축된 애정이요 간절한 소통의 욕구라는 것을 그녀는 당시에는 깨닫지 못했다. 무의식이란 놈이 나락의 끝에서 어떤 경우에도 절대로 자신을 배반할 리 없는 대상을 때맞추어 찾아낸 셈이었다. 눈도 뜨지 못하고 바들거리는 강아지에 눈을 준 채 그녀는 저도 모르게 가게로 들어섰고, 사겠다는 의식도 없이 녀석을 품에 안고 집으로 왔다. 거실에 내려놓고 나서야 자기가 얼마나 큰일을 저질렀는지, 앞으로 얼마나 골치 아픈 일들이 속출할 것인지 걱정이 되었다. 그 걱정으로부터 그녀의 삶은 깨어났다. 최소한의 움직임이 매 순간 그녀를 필요로 하고 있었다. 그녀는 느릿느릿 강아지 똥을 치우고, 아침저녁으로 밥을 주고, 녀석이 물어뜯어 놓은 신발들을 신장 위로 올렸다. 드디어 강아지를 훈련시키지 않을 수 없었고, 개 사육에 관한 책을 사러 서점에 가지 않을 수 없었고, 『반려견 기르기』라는 책을 사 가지고 나오다 서점 계단 위에 걸린 푸른 하늘을 올려다보았다. 가을 하늘은 코발트색 물감을 풀어 놓은 것 같았다. 그 짙푸름이 그녀의 몸에 듬뿍 내려와 묻었다. 예기치 않은 자연의 방문이 거북해서 그녀는 허리를 뒤틀었다. 동작을 멈추었을 때, 갑자기 세상이 보였다! 운동복을 입은 사람들이 박진감 있게 거리를 활보하고 있었다. 그들의 모습 너머로 가을 과실들이 솔솔 향기를 풍겨 왔다. 돌아오는 길에 그녀는 시장에 들러 사과와 배와 감을 샀다. 과일을 이가 시도록 먹고 나서 등산복을 찾아 입고 산행에 나섰다. 산은 온통 단풍으로 불타고 있었다. 중첩된 산의 연봉들이 새가 내려앉듯 내려앉은 지점에 하얀 건물이 우뚝 솟아 있었다. 세상과 동떨어져 홀로 솟은 모습이 신기루 같았고, 마법 소설이 시작되는 것 같았다. 저게 실물일까 환상일까 의아해하며 여자는 첨탑 가까이로 갔다. 그 건물은 놀랍게도 아파트였다. 조붓하게 솟은 건물을 둘러보고 나서 여자는 지은 지 얼마 안 된다는 사실을 알아차렸다. 여기에서라면, 하고 여자는 생각했다. 여기에서라면 얼마가 될지 모르는 여생을 누구의 눈에도 띄지 않고 소리 없이 살아갈 수 있을 것 같았다.

귀찮은 과정을 몇 단계 거치고 여자는 이사 왔다.

반듯하고 널찍한 길이 옥수수밭 사이로 나 있었다. 여자는 날마다 거실에서 베란다를 통해 정면으로 내다보이는 그 길에 눈길을 주었다. 사람들도 별로 다니지 않는데 포장이 되어 있었다. 아파트를 지으려고 건설회사에서 닦아 놓은 것일까? 몇백 명인지 모르는 주민들을 위하여 정부 당국에서 힘써 준 것일까? 반듯하고 단아한 길이 그녀의 마음에 자리 잡았다.

소파에 누워 하늘을 올려다보았다. 부드러운 구름들이 느릿느릿 모양을 바꾸었다. 저게 이베리아반도인가……. 짙푸른 물결 위에 이비사와 마요르카, 조금 더 큰 코르시카섬이 떠 있고, 긴 장화와 장화 코가 나타나고, 신들의 나라와 크레타섬이 보였다. 넓적한 주머니 같은 터키 상공에서 끈으로 잘록 졸라맨 보스포루스로 날아갈 즈음 구름들이 꽃 이파리로, 조개더미로 흩어졌다. 바람이 빠르게 흐르고 있었다. 그것이 수천 킬로미터 아래 지상에서도 물결처럼 감지되었다. 그녀는 비행기를 타고 지중해 상공을 떠돌던 환각에서 깨어났다. 자신의 몸은 거실 소파에 해삼처럼 녹아 눌어붙어 있었다. 그녀는 머리, 등, 허리 순서로 몸을 떼어 일어나 앉았다. 그러고는 흘러내린 머리칼을 쓸어 올렸다. 쓸데없는 망상에 질식당하지 않기 위해서였다. 아직도 온몸이 구름 파편들 사이로 너울너울 흘러가는 것 같았다. 지중해는 흩어져 버렸고, 아쉬움이 여운으로 남았다. 이 아쉬움의 정체가 무엇일까에 대한 생각과 지중해라는 지명이 동시에 의식으로 들어오면서 씁쓸해졌다. 우울함이 빠른 속도로 그녀의 혈관을 타고 퍼져 나갔다.

그녀는 벌떡 일어나 거울 앞으로 다가가 흐트러진 머리카락을 다시 쓸어 올렸다. 흘러가는 구름 따위를 보며 지중해를 연상하다니, 나약한 마음을 짓밟아 버리고 싶었다. 그러나 이런 마음이 기회만 있으면 그녀를 잠식했고, 순두부 같은 그것이 사실은 그녀 자신이었다.

지중해.

그녀는 그곳에 가 본 적이 없었다.

신혼여행을 가리라고 둘이서 약속했던 이비사섬. 모처럼 유럽에 갔을 때도 일부러 가지 않고 아껴 두었던 곳이다.

그녀는 옷을 입고 신발을 신고 나섰다.

옥수수밭 사잇길로 들어섰다. 또 하나의 자기가 거실에서 자신을 내려다보고 있었다. 그녀는 어깨를 젖히고 똑바로 걸었다. 초록 대열이 꾸물꾸물 다가왔다. 그녀는 길옆으로 비켜섰다. 얼굴에 흙칠을 한 군인들이었다. 철모에 나뭇가지를 꽂고 완전무장을 하고 있었다. 그들이 옥수수밭을 지나 건너편 산길로 올라갔다. 마지막 병사가 나무들 사이로 모습을 감출 때까지 그녀는 멈추어서서 바라보았다. 그들의 행렬이 보이지 않게 산으로 구물구물 올라갔다. 한참 만에야 그녀는 '아, 아하, 저기에 군부대가 있구나!' 하고 깨달았다. 산의 정수리에 매일 밤 굵은 불빛들이 켜졌었고, 12시쯤 그 불이 꺼졌었다. 거기에 병사들이 있었다는 깨달음은 망망대해에서 배를 만난 것만큼이나 반가웠다. 내 반경 몇 킬로미터 지점에 집을 떠난 병사들이 식구들을 그리워하며 고된 잠을 잔다는 사실이 위안이 되었다. 여자는 한참 동안 병사들의 산등성이를 바라보았다.

아랫동네로 향했다.

한적한 들판을 15분가량 내려가자 철물점이 나타났다. 라면 봉지에 못을 싸 주던 집이었다. 이사 온 다음 날 못을 사러 갔는데 그 집의 딸인 듯한 아가씨가 모아둔 라면 봉지 중 하나를 꺼내어 그 안 은박지에 못을 넣어 야무지게 접어 주었었다. 라면 봉지를 이렇게도 사용하네, 참 알맞은 활용이야, 못이 녹슬지도 않고 좋겠어……. 그러면서도 웃음이 솟아서 입을 틀어막고 철물점을 나왔었다. 라면 봉지에 못이라니, 원.

방앗간과 문방구와 정육점이 띄엄띄엄 지나갔다. 노란 햇빛이 길에 머물러 있었고, 조용했고, 시간이 느리게 흐르는 것 같았다.

여자는 도로 맨 아래까지 갔다. 거기엔 허름한 슈퍼마켓이 앞을 가로막고 있었다. 지갑을 가지고 나오지 않은 것을 뒤늦게 깨달았지만 그냥 들어가서 둘러볼 참이었다. 이사 온 뒤 몇 번 들러서 생필품을 샀던 곳이었다. 오늘은 셔터 문이 닫혀 있었다. 셔터 가운데에 종이쪽지가 나붙어 펄럭였다. 여자는 다가가서 읽어 보았다.

'저희는 4월 28일부로 문을 닫게 되었습니다. 그동안 이용해 주셔서 고맙습니다.'

넘치지도 않고 모자라지도 않는 선의가 느껴졌다. 그동안 이용해 주셔서 고맙습니다. 서너 번밖에 이용하지 않았지만 자신도 고맙다는 인사의 대상이 되고 있었다. 쩌르르 가슴 가운데에 물기가 돌았다. 4월 28일이라면 그저께였다. 그저께 문을 닫았구나! 허전했고, 좀 의외라는 느낌이 지나갔다. 이건 폐업했다는 얘기였고, 안 해도 좋을 인사였다. 대개 이런 인사는 영업소를 이전할 때 그 옮겨 가는 장소를 알리기 위해 쓰이기 마련이었다. 옮겨 간 그곳으로 찾아와서 다시 물건을 사 달라는 잠정적인 부탁 없이 순수하게 고맙다고 인사하는 쪽지는 처음 보았다. 여자는 단어들 사이에서 더 하고 싶은 말, 회한, 여의치 않음, 쓸쓸함 등을 느꼈다. 지하의 슈퍼마켓 안이 떠올랐다. 음습했고, 좁았고, 영업이 잘 안된다는 것을 체감할 수 있었다. 건어물은 오래되어 누렇게 찌들었고, 야채와 과일은 시들시들 말라 가고 있었다. 싱싱함을 잃은 물건들을 매일매일 애써 다시 손질해 진열하던 남자의 얼굴이 떠올랐다. '이용해 주셔서 고맙다'라는 평이한 인사말처럼 묵묵하고 수굿한 남자였다. 아마도 열심히 일했겠지만 필경 이 업에서 망한 것이리라. 실패…… 오후의 햇살을 밟고 돌아오며 여자는 실패자의 얼굴을 다시 한번 그려 보았다.

"오늘 저녁 정각 8시에 401호에서 반상회가 있습니다. 한 집도 빠짐없이 전부 참석해 주시기 바랍니다."

두 번이나 거듭 방송이 있은 뒤 그것도 모자라 경비에게서 인터폰이 왔다. 반상회에 참석할 거냐는 확인 연락이었다.

참석하겠다고 여자는 책임 없이 대답했다.

대답할 당시에는 물론 갈 생각이 아니었다. 안 가겠다고 하면 얘기가 길어지고, 권유에 이어 꼭 참석해야 하는 이유 같은 것들이 지루하게 들먹여지는 게 싫어서였다.

강아지 밥을 주고 티브이를 틀었다.

모든 프로가 재미없었다.

반상회에나 가 볼까? 간지럽게도 그런 생각이 들었다. 산 위의 병사들과 슈퍼마켓을 폐업해 버린 남자의 모습이 그녀의 가슴을 은은하게 데웠다.

이 동네도 다 사람 사는 동네야.

아파트의 입주자들은 죽을 때까지 자신과 상관없을

것 같았다. 그러나 한편 궁금증이 일기도 했다. 어떤 사람들일까? 그녀 자신이야 그러저러해서 이곳을 찾아왔지만, 애초 이곳에 둥지를 튼 사람들은 어떤 인물들일까? 어떤 일들을 하고 살며, 어떤 얼굴들을 하고 있을까?

아파트의 왼쪽은 큰 산의 자락이었다. 산속에서 버섯을 따거나 약초를 캐는 사람들이 여기에 살 것 같지는 않았다. 아파트의 오른쪽과 앞쪽은 황토 흙이 벌건 들녘이었다. 비닐이 하얗게 덮인 밭두둑에서 농작물이 자라고 있었지만 아파트의 주민 대부분은 농사꾼이 아닌 것 같았다. 그렇다면? 주변 경관에 아랑곳없이 아파트가 고층으로 우뚝 솟아 있는 점이 처음부터 이상했다. 그녀로서는 그 조건이 마음에 들어 이사 온 터이므로 다른 건 따져 보지 않았을 뿐이다. 택시로 10여 분 거리에 은산읍이 있었지만 대중교통이 불편하고 걸어 나가기에는 꽤나 멀었다. 은산읍에서 생업에 종사하는 사람들이 이 아파트에 입주했을 것 같지도 않았다. 은산읍에도 아파트가 많으니까. 여자는 불현듯 이곳에 사는 사람들의 개인사에 관심이 갔다.

정각 8시에 401호에서 반상회를 한다는 방송이 다시 요란하게 흘러나왔다.

여자는 겉옷을 걸쳤다.

강아지는 가물가물 제 방석 위에서 잠을 청하고 있

었다.

이사 온 이래 화장을 해 본 적이 없으므로 맨얼굴인 채로 현관을 나섰다.

4층으로 내려가 보니 401호의 현관문이 빠끔히 열려 있었다.

여자는 문을 열고 들어갔다. 순간 등줄기가 뻣뻣해지며 가슴이 졸아들었다. 일종의 위압감이었다. 현관에서 마주 보이는 벽에 어마어마한, 그런 느낌이 드는 장식장이 버티고 있었다. 10여 명의 얼굴들이 자신을 쳐다보고 있었다. 여자는 목례를 하며 거실 구석에 가 앉았다.

"저, 이사 오신 분?"

얼굴이 아주 작은, 생쥐 같은 여자가 물었다.

"네."

"몇 호에?"

"702호요. 지난달에 이사 왔어요."

"아, 그랬구나!"

여자들의 시선이 물러갔다. 여자는 집 안을 훑어보았다. 장식장뿐만 아니라 거실 한 벽을 꽉 채우고 있는 소파도 장식장과 한 세트로 어마어마한 느낌을 주었다. 그렇다고 느낀 것은 그것들이 내뿜고 있는 요란함 때문이었다. 소파와 장식장의 테두리를 장식하고 있는 현란한 조각, 진갈색 칠의 광채, 녹록지 않은 가죽의 질, 가구의 규모 같은 것들이 그것을 선택한 이의 천박함에도 불구하고 무시할 수 없는 기운을 풍겨 냈다. 요는, 이 집에 들어오는 사람의 기를 확 꺾는, 누구든 간에 입을 다물라는 위세였다.

여자는 자신이 이들을, 이들의 생활을 은연중 얕보고 있었다는 것을 깨달았다. '이런 촌구석에 뭐⋯⋯.' 하는 생각이 자기도 모르게 배어 있었는지도 몰랐다. 그래서 짐짓 여유까지도 있었고, 반상회에 와 보자는 생각도 했음이 분명했다.

여자는 입을 다물고 가만히 좌중을 살펴보았다.

이들의 여유는 땅에서 비롯된 것임이 곧 감지되었다. 이들 대부분은 읍내 남쪽의 농경지 주인들이었는데, 거기에 공장이 들어서면서 대대적인 보상을 받은 모양이었고, 이 아파트도 보상의 일환으로 지어져 분양된 것 같았다. 뿐만 아니라 지금도 묘원을 하거나 주말농장 등을 경영하면서 땅으로 자신감을 복 터지게 채운 사람들이었다.

첫 번째 안건은 불우이웃돕기였다.

이상한 것은 불우이웃돕기라는 것이 무슨 병역 의무 비슷한 것으로, 절대 이의를 달아서는 안 되는 사항으로 자리 잡고 있다는 사실이었다. 땅으로 경제적 여유를 얻었으니 남을 돕는 것이 당연하다고 할 수도 있겠으나, 거기에는 잔소리 말라는 강요와, 훈장을 타고 싶은 집행부의 야심이 팽배해 있었다. 그 중심은 물론 생쥐처럼 생긴 반장이었다. 반원 전부가 그녀의 입김에 감히 감 놔라 배 놔라 하지 못하고 있었다.

"돈을 걷어서 어디다 쓰는데요?"

여자는 묻지 않을 수 없었다. 트집 잡는 듯한 말투를 숨기느라 딸기를 한 점 집어 먹었다.

"불우이웃을 돕지요. 어디다 쓰다니요?"

기가 막힌다는 듯이 생쥐가 기분 나쁜 표정을 지었다.

"어떤 불우이웃이요?"

"불우이웃이면 불우이웃이지 어떤 불우이웃이 어디 있어요? 우리보다 불쌍한 사람들이요!"

"요번 돈을 걷어서 어디다 쓰느냐고요?"

"요번이요? 그러니까……."

생쥐는 말이 막히는지 한참 생각하다가 상 위의 공책으로 시선을 떨어뜨렸다.

"그러니까…… 지난번에 알뜰 시장 개최해서 번 돈하고 합쳐서…… 그게 뭐더라, 그래, 맞아요. 결식아동 도울 차례예요."

"번번이 다른 대상을 돕나요? 누구를 도울 건지 정해지지도 않은 상태에서 매번 돈을 먼저 걷나요?"

"결식아동이라니까요! 요 아래 학교요!"

생쥐가 버럭 소리를 질렀다. 여자는 입을 다물었다. 모든 반원들이 자신을 쳐다보고 있었다. 불우이웃돕기에 대해서 따지다니, 하는 얼굴들이었다.

"근데요, 그 알뜰 시장이요. 좀 조용히 팔라고 하면 안 될까요? 장사들이 너무너무 소리를 질러서 아기가 자꾸 잠을 깨요."

꽃무늬 블라우스를 입은 새댁이 눈치를 보며 말했다.

"그 사람들도 물건 팔아야 하니까 이거저거 사라고 좀 외치겠지요. 그렇지만 우리는 한 사람이라도 더 불러들여 수입을 올려야 하잖아요. 방송해 주고 한 점포당 하루 7만 원씩 받는데 그게 어디예요? 그냥 거저 생기는 건데. 가만히 앉아서 말예요. 아, 땅을 죙일 파 봐요. 돈 한 푼이 생기나. 밑돈을 자꾸 모아야 불우이웃을 돕지. 부녀회에서 다 통과된 거라고요!"

알뜰 시장을 아파트 마당에 유치해서 자릿세를 받는 것까지는 이해가 갔다. 생쥐 말마따나 가만히 앉아서 거저 수입이 생기는 거니까. 그리고 그 대단한 불우이웃 돕기를 해야 하니까. 그렇지만 그런 걸 유치함으로 해서 갓난아기가 시끄러워 자꾸 깬다지 않는가. 그렇다면 주민들에게 주는 피해와 자릿세의 이득 사이에서 고민이란 걸 해 봐야 하지 않을까. 또 상인들은 결국 아파트 주민에게 물건을 파는 것일 터였다. 물건값에는 이미 자릿세가 반영되어 있을 것이다. 그렇다면 시중보다 비싼 물건을 견물생심을 노리고 들이대 충동적으로 과소비하도록 유도하는 게 아닌가. 불우이웃을 돕는다는 것이 아무리 좋은 덕목이라 해도 여긴 불우이웃을 돕기 위해

결성된 모임이 아니라 아파트 주민들이 안락하게 살아야 할 생활 터전이었다.

그러나 여자는 가만히 있었다. 아직은 사정을 자세히 모르니까. 중뿔나게 나설 처지가 아니었다. 가슴속에서 피가 넘실대는 것을 여자는 느꼈다. 이것은 어제와 다른 변화였다. 어제까지만 해도 여자는 남의 삶에 관심이 없었다. 자신의 삶도 포기한 상태였다. 그러나 부당한 것, 맹목적인 강요 앞에서 그것을 확 뒤집고 싶은 욕구가 본능처럼 솟았다. 철벽을 무너뜨렸을 때 느낄 쾌감이 상상만 해도 짜릿했다.

"그리고 개 말인데요. 이번 달부터 벌금 받읍시다. 이미 공고했으니까요."

여자는 귀를 세웠다.

"5만 원씩 받는 거요. 그러니까 몇 집이더라?"

"101호하고 502호하고 두 집이에요. 오늘 두 집 다 참석 안 했네."

"그 집들이 늘 참석을 안 해."

"반상회 참석 안 한 벌금하고 같이 받아 버려요!"

반상회에 참석하지 않으면 또 얼마인지 벌금이 있는 모양이었고, 개를 키우면 한 달에 5만 원씩 벌금을 내는 모양이었다.

"잘 받을 수 있을까요?"

자신 없는 목소리가 물었다.

"무조건 받아요! 아파트에서 무슨 개를 키워?"

"거 받아 씁시다! 우린 돈이 많이 필요해요. 여름에 경비 보너스도 줘야 하고, 부녀회 수입도 올려야 하고. 5만 원은 너무 적어요. 7만 원으로 올리든가 아예 10만 원으로 하든가."

여자는 어안이 벙벙하다 못해 화가 났다. 경비 보너스 같은 경상비를 주민의 벌금으로 충당하려 하다니? 부녀회 수입을 올리기 위해 억지로 벌금을 받아 내려는 발상이 놀라워 간이 떨렸다. 그러나 입을 뗄 수가 없었다. 모두들 합세해서 아파트에서 개를 키우는 행위에 대해 성토하고 있었고, 개를 키우는 사람들은 마땅히 주택으로 이사 가야 한다고 몰아붙이는 험한 태세였다. 개에 대해, 아니 개 키우는 사람에 대해 거의 증오 수준의 감정들을 지니고 있었다. 이건 놀라운 발견이었다. 어찌나 침을 튀기며 목소리들을 높이는지 끼어들 여지가 없었다.

그러나 자세히 보니 떠드는 축은 고작 서너 명이었다. 나머지는 그저 듣고만 있었다. 떠드는 이들의 공통적인 의견은 개란 놈은 짐승이고 더럽고 시끄럽게 짖어 대고 냄새가 나며 수시로 똥오줌을 싸고 털을 풀풀 날리는 비위생적인 존재라는 것. 그래서 집 안에서 사람과 함께 살 수 없으며 더구나 아파트에서는 절대 불가하다는 것이었다. 그들은 모두 나이 든 50~60대의 아주머니들이었는데 어떤 형태로든 개에 대해 원한이 있는 것 같았다. 또한 그들이 알고 있는 개는 옛날 농촌에서 집 지키라고 매 놓았다가 복날 잡아먹는 개였다. 그들이 본 것은 평생 목줄에 묶여 앉은자리에서 똥 싸고 오줌 싸다가 어느 날 인간의 입으로 들어가는 날고기였다. 애완동물 혹은 반려동물이라는 개념 자체가 그녀들에게는 없었다.

"개한테 물린 적 있지요?"

여자는 느닷없이 끼어들었다. 촉새처럼. 자기도 모르게 튀어나온 말이었다. 내가 이렇게 채신이 없었나? 속으로 놀랐다. 일부러 생쥐를 지목해 쳐다보았다. 떠들던 축들은 물론 참석한 이들 모두가 여자를 뜨악하게 바라보았다.

"이곳 분위기 좀 그러네요. 개는 오래전부터 사람과 함께 살아왔잖아요. 개인적으로 개와 원한이 있어 좋지 않은 감정을 품을 수는 있다고 생각해요. 그렇다면 심리 상담을 받든지 혼자 조용히 해결해야지 남들이 개를 키운다고 벌금을 물려요? 요즘 집 안에서 키우는 개는 전혀 달라요. 반려동물이라는 말 들어도 못 보셨어요? 저는 개를 키우는데 그 벌금 못 냅니다."

"못 내다니, 우리가 다수결로 정했는데?"

"그 다수결 저 없을 때 하신 거잖아요. 저는 못 냅니다."

여자는 일어섰다. 이렇게 선언하고 가지 않으면 나중에 곤란해질지도 몰랐다. 당신이 있는 자리에서 의결하지 않았느냐고 족쇄를 채우면 할 말이 없었다.

"대체 몇 살이에요?"

굵은 목소리가 갈고리처럼 날아와 그녀를 낚아챘다.

"못 밝힐 것도 없지요. 저는 마흔둘입니다."

여자는 떳떳이 고개를 들었다. 먹을 만큼 먹었다는, 나를 애로 보았느냐는 표정을 지었다. 세상을 향한, 오랜만의 대항이었다. 그녀가 차분한 동작으로 신발을 신고 문을 열고 나올 때까지 좌중은 조용했다. 그러나 현관문이 스르르 닫힐 즈음 험악한 분위기가 쫓아 나왔다.

"저거 고등학교나 나왔겠어? 다수결이 뭔지도 모르니."

"여기가 어딘데 공식 석상에서 함부로 대들어? 교양 없이."

"싸가지 없는 것 같으니라고! 마흔둘밖에 안 처먹은 게 백여덟 살은 되어 보이잖아?"

그다음은 왁자그르르 웃음바다였다.

여자는 걸음을 떼 놓았다.

엘리베이터를 타지 않고 천천히 걸어 올라가 702호의 현관문을 지그시 땄다. 쇠가 맞물려 돌아가는 소리를 울림까지 다 듣고서 문을 열었다.

집 안은 괴괴했다.

거실로 타박타박 들어가서 거울 앞에 섰다. 초췌한 얼굴에 퀭한 눈, 움푹 팬 볼, 생기 없는 피부…… 노인처럼 앞으로 수그러진 자세……. 거울 속의 자신은 정말 나이 들어 보였다. 스스로 보아도 믿어지지 않을 만큼. 50대라고 해도, 60대라고 해도 믿을 정도였다. 이것이 잠깐이나마 삶의 끈을 놓아 버린 결과일까. 그녀는 눈을 크게 치뜨고 입을 미키마우스처럼 벌려 생긋 웃어 보았다. 역시 마흔둘이었고, 결혼하지 않은 티가 웃음 끝에 남아 있었다. 이런 나를 백여덟 살이라고? 악담도 유분수지! 분한 기운이 뒤늦게 솟구쳤다. 철벽을 무너뜨리고 싶은 욕구에 분한 마음까지 겹쳐 심장이 화끈거렸다. 더운 기운이 손끝 발끝으로 퍼져 나갔다. 온몸이 빠알갛게 충혈되었다. 오징어를 이송할 때 천적을 한 마리 넣는다고 했던가. 그러면 스트레스 때문에 한 마리도 죽지 않고 목적지까지 간다는 것이다. 반목과 대치! 그것이 생물의 생존조건인지도 몰랐다.

여자는 거울에서 물러나 부엌으로 갔다.

착실하게 식사 준비를 했다.

그들은 가만히 있지 않을 것이다. 그들은 다수고, 강자고, 어쨌든 이 아파트에서 권력을 쥐고 있으니까.

여자는 인터폰을 들어 아까 설핏 들었던 101호, 502호와 통화를 시도했다. 개를 키운다던 집들이었다. 그녀는 여러 차례 연락해서 개를 키우는 집들끼리의 협

동 라인을 형성했다. 그녀는 오늘 반상회에서 일어났던 일들을 설명하고, 그동안의 정보를 전해 듣고, 그것들을 종합해서 개 키우는 사람의 입장을 부각시켰다. 개를 키우는 것도 키우지 않는 것과 마찬가지로 정당한 권리라고. 101호 여자는 적극적으로 투쟁을 약속했고, 502호 여자는 한 발 뒤로 물러나 소극적인 태도를 취했다. 이유는 자기네 개가 주인이 없는 사이 너무 짖어서 사람들로부터 원성을 사고 있으므로 액수만 좀 낮춰 주면 차라리 벌금을 내고 실컷 짖게 하고 싶다는 것이었다. 그 입장도 이해가 가긴 했다. 어쨌든 우리가 투쟁할 동안 보조를 맞추어 주어야만 벌금액이 낮아질 수 있다고 설득했다.

502호의 어중간한 입장이 마음에 걸렸다. 502호가 일단 벌금을 내 버리면, 그것도 그녀의 자유니까, 그 경우를 들먹이며 더 억지를 써 올 것이다.

그러나 뭐 별수 없었다. 101호하고 두 집만이라도, 아니 혼자서라도 이 투쟁에서 싸워 이기고 싶었다.

여자는 늦은 저녁상을 차렸다. 새로 지은 밥을 푸고, 찌개와 김치, 나물, 생선구이를 올려 제대로 된 밥상을 자기 자신한테 진상했다. 실로 오랜만의 일이었다. 엄밀히 말하면 10여 년 만의 일이었다. 그동안 학위를 따느라, 보따리장수를 하느라 늘 바쁘고 여유 없어 밥상의 격식 같은 것은 생각해 보지도 못하고 간편하고 값싼 것

으로 자신을 대접했었다. 이제 적과의 대치 상태에 들어
갔으니 잘 먹어야 했다. 어쩐지 이 싸움은 해 볼 만하다
는 생각이 들었다. 불행한 부모와의, 인정사정없는 대학
들과의, 방자한 학생들과의, 떠올리기도 싫은 옛 남자와
의 싸움과는 달라서 여기서는 그녀도 제법 악을 써 볼
수 있을 것 같았다. 내가 또 질까 보냐! 철벽을 무너뜨리
고 상대를 한 방 먹였을 때의 쾌감을 상상만 해도 흥분
되었다.

과연 반목과 갈등은 사는 힘이었다.

신이 존재하는데 자신이 모든 싸움에서 질 리는 없
었다.

저쪽은 다수지만 나는 교육 수준이 높지 않느냐는
자만이 고개를 들었다.

무자비하게 싸움을 벌여 백여덟 살이라고 악담을 퍼
부은 마귀할멈들에게 창칼을 날리고 싶었다.

설거지를 끝내고 컴퓨터를 켰다. 그녀는 정보의 바다
를 헤엄쳐 다녔다. 컴퓨터 안에서라면 그녀들보다 여자
가 우세했다. 세상의 지혜는 지금 다 컴퓨터 안에 있었
다. 비슷한 갈등들이 심심치 않게 올라와 있었다. 여자
는 개를 키우는 사람들과 소통하느라 날이 밝는 줄 몰
랐다.

급습이로구나!

문을 열자 확 그런 느낌이 들었다.

반상회에서 돌아온 지 만 하루도 지나지 않았는데 이렇게나 빨리, 이런 형태로 쳐들어올 줄은 몰랐다.

다섯 명의 여자들이 여자네 집 현관문을 빙 둘러싸고 살벌한 기세로 서 있었다. 한판 하러 온 것이 분명했다. 701호 현관문과 702호 현관문 사이의 공간을 전부 차지하고 띄엄띄엄 서 있는 구도가 마치 전장의 U자 포진 같았다. 다리 벌린 자세들, 부피 있는 몸집, 차갑고 냉랭한 눈빛, 양쪽으로 앙다문 입매들…… 선전포고였다. 여자는 솔직히 겁이 났다. 그러나 물러설 수 없었다.

"무슨 일이세요?"

짐짓 평상의 어조로 물었다.

"아빠 있으세요?"

생쥐가 안에 남편이 있느냐고 턱짓으로 조용히 확인했다.

"네."

순간적으로 여자는 그렇게 대답했다. 5대 1의 대치 상황에서 남편이 없다는, 아직 결혼도 하지 않았다는, 그래서 혼자 살고 있으며 지금 이 집에 아무도 없다는 상황을 알릴 필요가 없었다. 이건 방어의 기술이었다.

"그럼 얘기 좀 하게 잠깐 이리 나와요."

나이 든 아주머니들이라 남편이 있는 데서는 다투기 꺼려지는 모양이었다.

"그냥 말씀하세요. 여기서요."

여자는 발치에서 맴도는 강아지를 들어 품에 안고 다른 한 손으로는 열린 현관문의 실린더를 꽉 잡았다. 두 다리도 알맞게 벌려 안정감을 확보했다.

"우리 아파트에서는 개를 안 키우도록 돼 있어요. 그러니까 개를 꼭 키우려면 주택으로 이사 가세요."

"이사요? 이사가 장난이에요? 제가 이 아파트를 얻어 이사 올 때 어떤 서류나 안내에도 개를 키우지 못한다는 조항이 없었어요. 부동산에서도 그런 얘기 하지 않았고요. 그런데 이제 와서 개를 키우지 말라니, 그럼 키우던 개를 갖다 버려요?"

"그건 댁에서 알아서 할 일이지. 우린 다수결로 정했어. 다수결로 말야."

"다수결이면 다인가요? 다수결이면 살인을 해도 된다고요?"

'살인'이라는 뜻하지 않은 단어에 그녀들은 놀라 서로 얼굴을 마주 보았다. 난감함이 그녀들의 얼굴로 돌아다녔다. '다수결'이라는 말은 이 민주국가에서 남을 내 뜻대로 할 수 있는 최고의 무기였다. 그런데 그 말이 '살인'이라는 흉측스러운 단어와 연맹하자 강력한 효용에 금이 갔다. 그러나 아직은 그 유일무이하고 매력적이며 절대적인 무기를 놓을 수가 없는 모양이었다.

"그럼 벌금을 내! 다수결로 정했으니까!"

"아, 참, 다수결이 성립되려면 저도 그 투표에 참석했어야죠! 그렇지 않나요? 주민 전부가 참석해서 개를 키우면 벌금을 낸다는 데 모두가 찬성했어야죠! 그러지 않았잖아요?"

"당신 오기 전에 다 찬성했어."

"제가 오기 전에 한 건 저한텐 무효지요. 이사 올 때 아무 조건도 없었으니. 그리고 참, 개 키우는 사람들은 찬성하지 않았을 거 아녜요?"

"그 사람들은 반상회에도 안 나오는데 뭐."

"오죽하면 안 나갔겠어요? 분위기가 이렇게 험악하니."

"우리가 직접 선거는 하지 않았잖아. 그냥 부녀회에서 정했지. 그럼 어떻게 되는 거야?"

"어쨌든 정한 거잖아. 그게 다수결이지."

"부녀회에서 정했든 반상회에서 정했든 개 키우지 않는 사람들끼리 모여 개 키우는 사람들한테 벌금을 물리자고 정한 거잖아요? 그게 말이 돼요? 피아노를 치지 않는 사람들끼리 모여 피아노 치는 사람들한테 벌금을 물리는 거나 똑같잖아요. 아이들이 없는 집들끼리 모여 아이들이 있는 집들한테 벌금을 물리는 거나요."

"어디 애들하고 개를 비교해?"

"똑같죠. 상대방에겐 똑같아요."

"저런! 저런! 저런!"

부엉이처럼 생긴 아주머니가 앞으로 나서며 주먹으로 여자를 후려치려는 시늉을 했다. 만물의 영장인 인간의 아이들을 개와 동급으로 비교했으므로 도저히 참을 수 없는 모양이었다.

"이거 보세요. 난 동 대푠데 보자 보자 하니 듣기 사납기 그지없네. 공동주택에서는 개를 못 키운다는 걸 어찌 모른단 말이요?"

점잖은 목소리가 나섰다. 지금까지는 입을 다물고 있던, 머리를 뒤로 묶은 아주머니였다. 공동주택이라는 문자를 쓰는 걸 보니 먹물이 조금 묻은 것 같았다.

"그런 말이 어디 쓰여 있어요? 전 국민의 60퍼센트가 아파트에 사는데. 그 많은 사람들 모두가 아무것도 못 하나요? 남에게 피해를 주느냐 안 주느냐를 따져야지 개 키우는 것 자체를 문제 삼으면 안 되잖아요."

"건설교통부에서도 개를 키우지 못하도록 공문을 내려보냈어!"

'건설교통부'에다 '공문'이라는 말까지 튀어나왔다. 여자는 잠깐 아찔했다. 이건 먹물 수준이 아니었다. 공적인 일과 관련 있는 인물일지도 몰랐다. 그렇다면 수준에는 수준을 맞추어야 했다.

"아, 그 공문, 제가 정확히 알아요. 공문이 아니라 시안이지요. 말하자면 법령이요. '공동주택 관리령'이라는 거요. 제 5조 3항 중 네 번째에 '가축을 사육함으로

써 공동 주거생활에 피해를 미치는 행위'라는 대목 말이죠? 거기선 '공동생활에 피해를 미치는 행위'가 주요 관건인데 무식한 인간들이 '가축을 사육함으로써'라는 수식어만 따로 떼어내 제멋대로 해석해서 문제 삼는 거요. 그런 해석 때문에 건교부에서도 뒤에 해명안을 붙여 놓았어요. 그렇죠? '가축을 사육함으로써'가 문제가 아니라고요. 자세히 읽어 보셨다면 모를 리가 없을 텐데요."

여자는 속으로 자신의 머리에 감탄, 감탄하고 있었다. 인터넷을 나비처럼 날아다녔지만 어쩌면 이렇게 대처를 잘한단 말인가. 필요한 것은 모두 선명히 기억났다. 아니, 기억난다는 자각도 없이 적재적소에서 단어들이 귀신같이 조합되었다. 물론 해당 항목이어서 유심히 보긴 했었다. 그러나 딱딱한 문자의 해독이 이렇게 현란한 칼질을 해 댈 줄은 몰랐다. 여자는 오랜만에 자신의 두뇌와 순발력에 실로 최고 점수를 주었다.

"무식한 인간이라고?"

동 대표의 얼굴이 일그러졌다. '가축을 사육함으로써'라는 수식어를 임의로 해석한 장본인이 분명했다. 동 대표가 분해서 씨근거리며 입술을 씰룩씰룩하자 다른 이들이 거들었다.

"법 박사 나왔네!"

"우리가 우리 아파트에서 다수결로 정했다는데도!"

여자의 칼날이 또다시 번뜩였다.

"그런 건 '규약'인데요, 상위법인 '공동주택 관리령'에 근거가 없으므로 효력이 없어요. 원래 서면 결의를 하도록 돼 있기도 하구요. 그렇게 하지 않았잖아요? 독일 같은 곳에선 아예 건물을 지을 당시 인허가 단계에서 개를 키울 수 없다든지 아이들이 있는 사람은 입주할 수 없다든지 하는 부대조건을 명시하고 그것이 전국의 모든 부동산 정보에 상세히 실려 있어요. 이름표처럼요. 그걸 보고 사람들은 자기가 살 공동주택을 선택하는 거죠. 개를 못 키우는 공동주택보다 아이들을 못 키우는 공동주택이 더 많아요."

여자는 독일에서 살다 온 사람처럼 말했다.

"아이들을 못 키우는 데가 더 많대!"

"말도 안 돼!"

아주머니들이 서로 쳐다보며 어이없어했다.

"꼭 벌금을 받고 싶으시다면 아파트 마빡에라도 써 놓으셨어야죠. 모든 부동산에 알려 놓았어야 하고요. 등기부등본에도 명기했어야 하지 않나요?"

"등기부등본에 그걸 어떻게 써?"

"그럼 이 아파트에 이사 오는 사람들이 그 사실을 어떻게 알죠?"

"우리가 지금 이렇게 알리잖아!"

"부당하다고 제가 항변하잖아요?"

"말이 안 통하네, 원. 귓구멍이 막혔나."

"귓구멍 안 막혔고요. 아주 잘 뚫렸어요. 그 잘 뚫린 귀로 한 말씀 드리자면요. 양쪽이 이렇게 충돌하면, 규약에서 해결이 안 되면 조례로 가는 거고, 조례에서도 해결이 안 되면 법령으로 가는 거고, 법에서도 안 되면 가장 상위법인 헌법으로 가는 건데요. 헌법은 모든 법을 다 포괄하는 가장 큰 법이지요. 거기에 '개인의 행복추구권'이라는 게 있어요. 들어 보셨죠? 거기에 따르면 저는 이 집 현관문 닫고 제 집 안에서 뭐든 할 권리와 자유가 있어요. 구렁이를 키우든 앵무새를 키우든 내 맘이라고요."

"구렁이를 키워도 된대!"

"남에게 피해를 주지 않는다면요. 저는 아직 아무에게도 피해를 주지 않았어요. 제게 벌금을 기필코 받으시려거든 우리 개가 당신들을 물었다든지, 그런데도 제가 치료도 안 해 주고 나 몰라라 한다든지, 우리 개가 석 달 열흘을 쉬지 않고 짖어 그 이유로 누가 정신병에 걸렸고 정신과의사가 그 원인을 우리 개 때문이라고 확증했다든지, 우리 개가 현관 밖으로 나가 복도며 마당에 마구 똥오줌을 싸고 그걸 제가 치우지 않아 아파트가 악취로 덮여 살 수 없다든지 하는 걸 증명하세요. 그것도 한두 번이 아니라 여러 번이요. 그래야만 문제 삼을 수 있을걸요."

"세상에나, 말이 청산유수네."

"말로는 이길 자가 없겠어."

"네, 전 말 잘해요. 말로 벌어먹고 살았으니까요. 그래요, 말 나온 김에 진짜 얘기를 한번 해 볼까요? 솔직히 이웃이란 게 뭐예요? 저는 처음 이사 왔다고 기대를 가지고 반상회에 갔는데 보자마자 말도 안 되는 일로 벌금 내라고 했잖아요? 그것도 모자라 이렇게 직접 돈을 받으러 오고요. 이게 이웃에게 할 대접이에요? 세상에는 개를 좋아하는 사람도 있고 싫어하는 사람도 있지요. 좋아하든 싫어하든 그건 자기 문제고 적어도 남의 사생활을 인정해 줘야 하지 않나요? 이웃이 개를 키우든, 피아노를 더러 치든, 혹은 노모를 모시고 살든지요. 그런 것에 대해 이웃이니까 참아 줘야 하는 최저 선이 있을 텐데요. 윗집의 학생이 피아노과에 입학하기 위해 두세 달 간 피아노 소리가 좀 더 난다고 해서 당장 고발을 하거나 벌금을 물리나요? 옆집 노모가 치매에 걸려 귀찮은 일이 더러 생겨도 이웃이니까 넘어가 주잖아요? 그래서 그 노인이 돌아가셨을 때 명복도 빌고 병구완한 이웃의 어깨를 다독거려 주지 않나요? 물론 그런 것까지를 기대한 건 아니에요. 그렇지만 적어도 남의 사생활은 존중해 줘야지요. 자기와 다르다고 해서 이렇게 떼로 벌금을 받으러 다니셔야 해요?"

"떼로 다닌대."

"우릴 아주 깡패로 취급하는구먼."

"그런 게 아니면 뭐예요? 지금 다섯 분이 함께 몰려오셔서 제게 공포감 조성하시는 거잖아요?"

"공포감?"

"공포감 조성하고 협박하는 거지 이게 뭐예요?"

"저것이 정말?"

"입을 그냥 콱 다물게 해!"

아주머니들은 흥분했고, 어차피 논리로는 대응이 되지 않자 비례해 억지와 막말, 욕설까지 퍼부었다. 여자는 입이 말랐다. 이제는 그만해야 한다는 신호였다. 인터넷 덕분에 참 많이도 지껄였다.

"어쨌든 저는 벌금 못 냅니다. 이제 문 닫겠습니다."

여자는 결심하고 실린더를 확 잡아당겼다. 문이 닫혔다.

"저래서 이 나라는 독재를 해야 된다니까! 입만 까졌지 도대체 말을 들어먹어야야 원."

"개를 키우는데 어떻게 남에게 피해를 안 줘? 컹컹 짖고 위아래 집까지 냄새나고."

"군사독재 때가 좋았어. 그냥 선 딱 긋고 깨끗했잖아. 이러면 이렇고 저러면 저렇고. 저런 것들 청송 감호소에 보내고 말야. 모든 게 질서가 잡히고 반듯했는데. 토를 다는 것들도 없고."

"그나저나 큰일 났네. 대한민국에서 제일 깨끗한 아

파트를 만들려 했는데 협조는커녕 저따위로 구니."

"아니 어떻게 다수결을 무시해? 저거 아주 맹추 아
냐?"

"괘씸하고 배워 먹은 거 없는 것 같으니라고. 어른도
몰라보고 예의범절 없이 고개 발딱 들고."

그들이 분노하는 소리가 문밖에서 계속 들려왔다.

쓰레기를 버리고 돌아서는데 몇 사람이 우중우중 서
있는 게 보였다. 생쥐를 비롯해 어제 집으로 찾아온 아
주머니들이 섞여 서 있었다. 여자는 모른 척 그냥 지나
쳤다. 싸움은 엄청난 에너지를 필요로 했다. 그녀는 어
제 문을 닫고 들어와 중병 환자처럼 까부라졌다. 밤새도
록 부들부들 떨리는 증세가 간헐적으로 찾아왔고, 다
음에 어떤 식으로 공격해 오면 이런 식으로 받아쳐야지
하는 궁리로 잠을 이룰 수 없었다. 그래서 오늘까지도
녹초가 된 상태였다. 그들도 확신이 흔들렸다는 것을 분
위기로 감지할 수 있었다. 끝판에 막말과 욕설로 악을
썼지만 그들 대부분은 이쪽의 논리에 충격을 받은 것 같
았다.

"저, 이리 와 봐요. 엘리베이터에 오줌 싸 놓은 것 봤
어?"

생쥐였다.

"아, 그게 오줌이에요? 무슨 물이 엎질러져 있나 했는

데."

"오줌이야, 오줌. 오전에도 그랬어. 내가 청소 아줌마한테 치우라고 했는데 지금 또 싸 놓은 거야."

"누가 싸 놓았을까요?"

그들은 대답 없이 모두 여자를 쳐다보았다. 여자는 뒤늦게 깨달았다. 여자네 개가 싸지 않았느냐는 얼굴들이었다.

"우리 개는 아니에요. 우리 개는 바깥에 나온 적도 없어요."

그것으로는 미흡했다. 아주머니들 모두 의심을 거두지 않았다.

"모르셔서 그렇지 반려견들은 아무 데서나 오줌을 싸지 않아요. 습관화된 자기 공간에서만 누지 이렇게 흔들리는 불안정한 공간에서는 일부러 누이려 해도 못 눠요. 그리고 우리 개는 작아서 오줌 양이 한 모금도 안 돼요."

"……"

"사실 오줌인지 확실치도 않잖아요. 혹시 주스나 다른 것일지도."

"오줌이야!"

"그럼 애들 오줌인지도 모르잖아요. 애들이 장난으로 눴거나 아니면 어른들이……."

남자 어른이 그런 데서 바지 지퍼를 내리고 오줌을

누는 장면이 상상되지 않았지만 결과를 놓고 추리해 가자면 그런 것도 가능했다. 배달원이나 학생, 어느 집 청년이 일부러 그랬을지도 모르지 않는가. 그게 정말 오줌이라면.

"사람이 쌌다면 옆에 튄 게 있을 텐데 옆 벽면에 튄 자국이 전혀 없어!"

"그런 건 모르겠고요. 하여간 우리 개는 아니에요. 우리 개는 문밖에 나오지도 않았으니까."

"그럼 101호가 쌌다는 말이야? 그 집은 엘리베이터를 타지도 않는데. 개 혼자 여기 들어가 싼단 말야?"

"그걸 제가 어떻게 알아요? 모든 게 추측이고 억측이잖아요? 정말로 저게 오줌인지, 또 개 오줌인지 사람 오줌인지, 옆으로 튄 자국이 육안으로가 아니라 현미경으로 봐도 없는지 확실히 모르잖아요. 정말 튄 자국이 없고 그게 사람 오줌이라면 여자어린아이나 여자 어른이 누었을 수도 있지요. 남자도 어떤 방법으로 안 튀게 눌수도 있겠지요. 시시티브이 같은 것으로 잡아내지 않는 이상 누가 눴다고 지목할 수 없잖아요?"

"시시티브이가 바로 현관 입구에 있어요. 엘리베이터 안에만 없지."

"그때 엘리베이터 안에도 설치하자니까 반대들을 하더니!"

"현관으로 드나든 사람을 전부 조사해 보면 혹시 단

서를 잡을지도 모르겠네요. 의심되는 시간 동안 우리 개는 나오지도 들어가지도 않았으니 무조건 우리 개한 테 덮어씌울 게 아니라 테이프를 돌려 보세요. 자세히. 그런 다음에 얘기하세요."

여자는 다른 아주머니들한테 목례를 보내고 집으로 올라왔다.

집 안으로 들어서자 다시 가슴이 뛰었다. 이대로는 안 될 것 같았다. 흑백논리로 무장한 생쥐가 또 무슨 짓 을 저지를지, 무슨 누명을 씌울지 불안했다. 온몸의 피 톨들이 비상사태에 돌입했고, 불뚝불뚝 핏줄을 휘젓고 다녔다.

여자는 관할 파출소 전화번호를 알아내 휴대폰 주 소록에 올려 놓았다. 그리고 컴퓨터를 켜고 인터넷으로 들어갔다.

수많은 방법과 해답들이 거기 깨알같이 올라와 있 었다.

여자는 동물보호협회에 공문을 요청했다. 아파트 관 리소장과 반장인 생쥐 앞으로, 또 동 대표 앞으로. 동물 보호협회의 공문에는 여럿이 이 세상을 함께 잘 살아가 자는 회유 섞인 말들과 반려견을 키우는 사람들한테 벌 금을 받으러 다니는 행위는 오히려 이쪽으로부터 고소 를 당할 수도 있다는 언급이 포함되어 있었다.

안개가 자욱이 낀 숲 속을 생쥐가 걸어오고 있었다. 저승사자처럼 검은 옷을 입고 손에는 둥그런 핸드백을 들고 있었다.

여자는 조마조마한 마음으로 생쥐를 기다렸다.

생쥐가 도포 자락을 펄럭이며 가까이 다가와 한 손을 내밀었다. 여자는 마지못해 악수를 받으면서 생쥐의 다른 손을 바라보았다. 거기에 들려 있는 것은 핸드백이 아니라 끈 달린 깡통이었다. 그것을 알아보는 순간 뒷골이 섬뜩했다. 똥물이구나! 여자네 집 안에 끼얹기 위해 가져온 것이 분명했다. 각오는 했지만 똥물을 치울 일이 끔찍했다. 어떻게 해서든 깡통을 빼앗아 멀리 던져 버려야 했다. 여자는 생쥐와 나란히 걸으며 기회를 보았다.

"당신 대학 나왔지?"

생쥐의 화법은 조금 생뚱맞았는데, 의외로 친근한 기운이 도는 것도 같았다.

"당신이 오기 전까지 내 왕국엔 이상이 없었어."

"왕국이라고요?"

"그래, 왕국. 저 아파트 말야."

생쥐가 가리키는 곳을 보니 그녀들의 아파트가 피사의 사탑처럼 기울어져 서 있었다. 어쩐지 불안하지 않고 똑바로 서 있을 때보다 더 균형감 있었다.

"난 학굔 못 다녔어. 중학교를 다니다 말았지. 내가 맨 처음 배운 건 살아남기 위해서는 먼저 상대를 공격해야 한다는 거야."

꼭 그렇지는 않을 텐데요, 라고 말하려다가 여자는 생쥐의 깡통을 곁눈질했다.

"내 인상이 어때? 내 첫인상이?"

생쥐가 생쥐처럼 웃었다. 그러나 생쥐 같다고 말할 수는 없었다.

"난 못생기고 배운 것도 없었지. 게다가 가난하기까지 했어. 그런 사람은 어디 가나 업신여김당하잖아. 그렇지만 난 나서기를 좋아했어. 지금도 남 위에 올라서서 사람들을 부리지 않으면 직성이 안 풀려. 천성을 그렇게 타고났다니까! 내가 이 아파트에 와서 부녀회장이 된 건 내 인생에서 커다란 사건이야. 젊은 여자들은 애 키우느라고 정신없지, 똑똑한 치들은 귀찮다고 외면하지, 모두들 아파트 일 안 맡으려 하잖아. 그래서 내가 출마했는데 당선이 된 거야."

"지금도 부녀회장이세요?"

"아냐, 요전번까지. 지금은 반장이고. 그땐 정말 황금기였지. 구청장이고 동장이고 모두들 내 앞에서 굽실굽실하고."

여자는 생쥐의 깡통을 살며시 잡으려다 놓쳤다. 생쥐가 얼른 다른 손으로 옮겨 쥐었기 때문이다.

"내 뜻대로 해 줄 수 없을까? 아무도 모르게. 아파트에 개를 키우지 못하게 한 건 부녀회장 당시의 내 작품

이야. 실패하기 싫어."

"실패라고요? 그게 실패예요?"

"그럼 실패지. 내 뜻이 밟혀 뭉개지는데."

"그런 게 실패라면 실패 아닌 게 어디 있어요? 모든 게 나날이 변하고 진화하는데요. 저야말로 실패한 사람이에요. 이 아파트에 이사 올 때 무릎 꺾고 죽기 직전의 낙타 같았죠. 제 별명이 고등학교 때 낙타였어요. 눈이 퀭하다고요. 낙타는 지나치게 참고 견디며 사막을 건너잖아요. 그러다가 마지막 순간에 무릎을 탁 꺾고 그냥 죽어 버린대요. 미리 물을 달라고 하거나 힘들다고 하지 않는대요. 저도 낙타 같았죠. 바보같이요."

"낙타 같군. 말하니까 똑같애."

"같이 잘 살아 보자는 말은 정말 이상일 뿐인가 봐요. 여기 와서 여러분과 다투고 나자 팽팽하게 사는 힘이 솟아나요. 매일매일 저는 아침 점심 저녁을 먹어요. 얼마 전까지는 한 끼도 제대로 안 먹었는데. 이러다가 내가 이 동네에서 반장 통장 거쳐 구의원에 나가는 것 아닌가 하는 생각마저 들어요."

"그렇지만 개는 갖다 버려. 더럽잖아."

"더럽긴요. 사람보다 깨끗해요. 사람의 입에 사는 세균이 몇 가지 종류고 몇만 마린지나 아세요? 개는 그보다 훨씬 적어요."

"우리 집에 와 봐. 얼마나 깨끗한가. 그게 사람 사는 거지. 당장 똑같이 하고 싶을걸?"

"개 한 마리 키우지 않는 삶이 뭐 그리 훌륭하다고 그걸 꼭 따라 해요? 아주머니들이 단순하고 귀엽다는 생각은 했어요. 그렇지만 자기들하고 똑같이 살지 않는다고 벌금을 내라니요. 우리 개는 제 식구예요. 다른 집의 아이들과 똑같다고요."

"그럼 안 된다는 말이야?"

생쥐가 똥물 든 깡통을 여자의 앞으로 불쑥 내밀었다. 그 즉시 끼얹을 태세였다. 여자는 두 손을 들어 깡통을 살며시 밀어냈다.

"이러지 마세요. 이건 테러예요. 아주 야만적인. 이렇게 해서는 문제가 해결 안 돼요. 제발 이러지 마세요."

생쥐와 깡통을 사이에 두고 몸싸움을 벌이는데 오토바이가 달려오고 있었다. 어머, 어머, 어머머! 현관 벨이 울렸다. 여자는 잠에서 깨어났다. 자신은 휴대폰을 쥔 채 소파에서 누워 있었다. 현관 벨이 다시 요란하게 울렸다. 누구일까? 겁이 났다. 여자는 휴대폰에서 파출소 전화번호를 띄운 뒤 문을 열었다.

"이 집은 그대로네? 저거 봐, 이 집 시계는 그대로잖아."

"어디? 어디?"

두서없이 얼굴들이 몰려들었다. 갑자기 피어난 꽃들 같았다. 생쥐와 그 일당이었다. 해바라기 꽃들이 동작도 없이 원근감을 무시하고 그 상태 그대로 다가왔다. 생쥐는 꿈속에서처럼 사정조가 아니었고, 손에 깡통이 들려 있지도 않았다. 꿈속에서의 야릇했던 생쥐와 현실에서의 생쥐를 합치시키느라 여자는 여러 번 눈을 끔벅거렸다.

"무슨 일이세요?"

여자가 물었다.

"글쎄 시계가 모두 일그러졌어요. 오늘 아침에 일어나니까 모든 집의 시계가 일그러져 있는 거예요. 현관문 열면 바로 보이는 벽시계들이요. 하도 이상해서 이 집에 와 봤는데 이 집은 그대로네. 이상도 하지."

"살다 살다 별일 다 봤어."

"한 밤 자고 나면 도로 펴지지 않을까요?"

"펴지긴…… 그게 쇠로 된 건데."

여자는 어젯밤 지진이 있었던가 생각해 보았다. 그런 뉴스를 잠결에 들은 것도 같았다. 그러나 울산 근처 어디가 진원지라는 것 같았고, 강도가 몇이라나 하여간 중부지방인 여기까지 영향이 왔을 리는 없었다. 그렇다면 누구네 집에 불이 났나? 그 열기로 시계들이 일그러졌나? 자신의 상상이 터무니없다는 것을 느끼며 여자는 불현듯 자기 집 시계를 올려다보았다. 자세히 보니 밑부분이 일그러져 있는 것 같았다. 그녀는 시계 가까이로 걸어갔다. 확실히 아랫부분의 둥근 선이 뭉그러져 있었다. 이상하게도 마음 한구석에서 다행이라는 생각이 들었다. 왜 이런 마음이 드는지 알 수 없었다. 시계가 망가졌고, 고치든지 새로 사야 하고, 하여간 골치 아픈 일일 터이다. 근데 왜 다행이라는 생각이 드나? 생명체의 타성인가? 개체는 무리 속에서 혼자만 다를 때 도태되곤 한다. 100퍼센트 이질적인 것은 튕겨져 나가는 것이다. 그래서 나는 생존에 불리하니까 전략상 본능적으로 동질성을 추구하는 것인가? 최소한의 동질성이라도 확보한 다음 계속 싸우려고? 시계쯤 망가지더라도 이 팽팽한 반목 속에서 숨을 제대로 쉬면서?

사실 그녀는 세상과 너무 오랫동안 대치해 왔다. 이를 악물고 혼자서 치받는 데 익숙했지만 날개가 완전히 꺾인 지금 무엇인가가 자신의 안에서 붕괴되고 있었다. 그녀는 지금 너무도 외로웠다.

이것이 적응일까?

로마에 와서 로마의 법을 따르고 있는 것인가?

나이 듦인가?

지혜인가?

여자는 던적스러운 자신의 변화를 낯설게 만지작거렸다.

하얀 빛다발이 레이저빔처럼 발치에 내려앉았다.

눈이 부시고 어지러웠다.

근데 이 상황이 지금 연속해서 꾸는 꿈속인가? 조금

전에 일어나서 내가 현관문을 연 것도, 아주머니들이
집 안을 들여다본 것도 역시 꿈인가?

정신이 아득해져서 여자는 눈을 꾸욱 감았다.

이게 마지막일까?

그런 생각도 든다.

소설집으로서는 아마 그럴지도 모른다는 예감이 스친다.

단편소설의 입지를 아는 까닭이다.

시간은 화살처럼 지나갔다.

나는 월드 와이드 웹과 함께 세상에 나왔다. 내가 등단하던 해에 'www'이 등장한 것이다. 그동안 세상은 튀밥처럼 팽창되었고, 예측할 수 없는 것들로 가득 찼고, 거의 모든 질서가 개편되었다. 나는 달팽이처럼 견고한 집을 등에 지고 정처 없이 떠도는 기분이다. 그동안 나는 사람들만을 바라보았다. 개개인의 의식은 획기적으로 변한 것 같다가도 100년 전으로, 석기시대로, 본능으로 쉽게 돌아가곤 하였다. 수십만 년의 시간 축 위에서 생명체의 사고는 한계를 벗어나지 못한다는 생각. 여기에 그 단편적인 관찰의 기록을 묶는다.

글을 쓰면서 나는 좀처럼 집을 떠나지 않는 편인데, 이 작품집을 엮으면서는 객주문학관과 토지문학관을 몸부림처럼 두루 돌아다녔다. 청송의 눈부신 햇살과 탁 쏘는 사과의 맛, 쾌청한 가을 날씨가 잊히지 않는다. 원주의 11월도 인상 깊었다. 토지문학관 매지사 2층 505호. 목조건물에 살아본 건 그때가 처음이었다. 아침에 일어나면 주황색 무당벌레들이 내 방 창밖에 가득 달라붙어 인사를 해 왔다. 그렇게 풍성한 인사라니 원. 창 바로 앞 나무에서 추운 잠을 잔 녀석들이 햇살로 따뜻해진 유리창으로 날아들어 얼마 남지 않은 생을 안타깝게 이어 가고 있었다. 녀석들에게 그날들이 어떤 의미인지 생각해 보지 않을 수 없었다. 낮이면 휘익 하고 작은 새가 날아들어 창틀에 발가락을 예각으로 꺾고 야무지게 앉아서는 방 안 책상에서 내가 바라보고 있는 줄도 모르고 앞섶을 함부로 내보이며 1초에도 여러 번씩 힘차게 쪼아 댔다. 그 재빠른 동작이라니! 부리의 엄청난 힘이라니! 창 전체가 흔들리고 유리창이 깨질 지경이었다.

절로 감탄이 나왔다. 나는 두려운 마음으로 생명체들의 몸짓을 아주 가까이에서 숨죽여 바라보았다. 11월 하순쯤 되자 무당벌레들은 흔적도 없이 사라져 버렸다. 삶과 죽음, 순응과 도전을 생각하던 날들이었다.

내 소설이 이 세상에서 역할을 한 게 있을까, 내게가 아니라 타자에게 떨림을 선사한 적이 있을까 되새겨본다.

아주 어렸을 때의 첫 기억이 떠오른다.

학교에 가기 전이고, 장소를 추적해 보건대 아무래도 내가 네 살 적이 아니었을까 한다. 기억 속의 장면에서 나는 밑 터진 바지를 입고 있었고, 그러니까 얼뚱아기였고, 인생의 행불행을 알지 못할 때였다. 아침에 일어나자마자인 듯 나는 아장아장 걸어 마당으로 내려갔다. 그 집은 부모님이 피난 가서 곁방살이하시던 집으로 마당이 집 아래에 따로 있었다. 날은 흐렸고, 아니 비온 뒤 같았고, 아침 먹기 전이었다. 나는 무심히 고개를 젖히고 하늘을 보며 걸었다. 약간은 장난치는 기분이었을 것이다. 전깃줄 같은 것이 허공을 지나고 있었는데, 거기에 빗방울이 한 방울, 두 방울, 세 방울…… 쪼르르 매달려 있었다. 나는 그것들이 참 영롱하다고 느끼며 바라보고 또 바라보았다. 발밑에 울퉁불퉁한 마당 바닥이 스치는 걸 느끼면서도 어지러움을 참고 예쁜 물방울들을 계속 바라보던 장면.

이것이 내 최초의 기억이다.

훗날 어떤 심리학자는 이 장면이 내 일생을 말해 준다고 했다. 일단 날은 흐렸고, 다시 말해 해가 쨍쨍하게 빛나지 않은 날, 어지러운데도 고개를 젖히고 계속 영롱한 물방울을 바라보는 장면. 이것이 최초의 기억이라는 게 상징이라고 했다.

나도 이 장면이 내가 소설가가 된 것과 연관이 있지 않나 생각하곤 한다.

흐린 날의 서사도 없는 아름다운 한순간.

평생 그것을 떠올리면 기분이 좋았다.

나는 살아오면서 언제나 현실적이거나 실용적인 것들보다 탐미적인 것에 더 끌렸다. 그래서 소설을 썼던 것 같다. 영롱한 세계를 뚜렷하게 구축한 것은 아니지만.

내가 나의 길을 갔다고 나에게 말해 본다.

화해의 서

박혜진(문학평론가)

1 나이가 든다는 것

평균연령이 늘어남에 따라 '나이'에 대한 인식 변화가 요구됨에도 불구하고 나이를 바라보는 시선이나 특정 나이에 대한 표현들은 과거에 머물러 있는 경우가 많다. 여전히 서른에는 뜻을 세워야 할 것 같고 마흔이 되면 유혹에 흔들리지 않아야 할 것 같으며 예순에는 귀가 순해져야 할 것 같은 것이다. 그러나 노인의 비극은 아직 충분히 늙지 않았다는 데에 있다는 말처럼 나이에 대한 인식과 현실 사이에는 크나큰 간극이 있다. 노년 셀럽의 탄생은 잔뜩 벌어져 버린 간극을 해소하고 싶은 욕망과 해소해야 하는 상황이 결합한 결과가 아닐까. 박막례, 밀라논나, 윤여정 등 특정인에 대한 대중의 관심이 본격화하기 전에도 높은 연령의 배우들이 등장하는 예능 프로그램들이 호평을 얻었다. 나이 드는 삶에 대한 대중의 관심을 충족하는 방식은 인생 멘토로서 지혜로운 노년의 삶과 여전히 실수하고 배울 게 많은 미완성으로서 노년의 삶을 함께 보여 주는 것이었다.

한편 익숙하면서도 새로운 노년의 이미지가 주는 만족에도 불구하고 나이 듦에 대한 사람들의 관심은 좀처럼 사라지지 않는 듯하다. 중심에서 밀려나는 것에 대한 두려움, 노년이라는 시간에 대한 막연한 불안감이 여전한 문제로 남아 있기 때문일 것이다. 이러한 문제는 눈에 띄는 스타의 존재만으로는 해소될 수 없다. 나이가 든다는 것의 의미를 찾고자 하는 많은 사람들은 노년이라는 시간에 대한 새로운 해석과 해설을 기다린다. 인류학자인 마르크 오제는 『나이 없는 시간』에서 나이에 관해 다음과 같이 쓴다.

나이가 든다는 건 새로운 인간관계를 시도하게 된다는 뜻이다. 많은 사람이 모르고 있지만 이는 알고 있으면 좋을 특권이다. 또한 누군가에게 노년은 윗세대가 느꼈던 감정을 궁금해하면서 상상해 오기만 했던 일들을 경험하고, 어떤 면에서는 그들과 합류해 세대 간의 거리를 좁힐 기회가 된다. (중략) 잘 모르는 사람들이 멀찍이서 바라본 타자와 같다는 점에서 노년은 이국적 정취와 같다. 사실 노년이란 건 따로 존재하지 않는다.

— 마르크 오제, 정헌목 옮김,
『나이 없는 시간』(2019, 플레이타임), 127쪽.

노년이 존재하지 않는다는 말을 받아들이기는 쉽지 않다. 그러나 우리의 삶이 나이라는 숫자로 환원될 수 없다는 주장에 도달하기 위해 마르크 오제는 거의 동일시된 개념이나 다름없는 나이와 시간을 구분한다. '시간'에 대한 우리의 태도는 특정한 방식으로만 작동하지 않는다. "우리는 스스로를 시간에 투사하고 시간을 재발명하며 시간과 함께 논다."는 말에 함유된 의미에는 순간을 향유하기도 하고 지나가 버린 순간을 다시 불러내 해석하기도 하는 등 실제적인 상상력 속에서 시간이 계속해서 태어난다는 자유로움이 내포되어 있다. 하지만 '나이'는 "세월의 흐름을 한 방향으로만 이해하는 관점"이라는 점에서 자유를 의미하는 시간과 구분된다. 나이에 대해 생각하며 우리가 상실이나 절망 같은 단어부터 떠올리게 되는 이유이기도 하다. 태어난 시점과 사망할 시점 사이에서 결정되는 나이는 제한을 의미한다. 나이에 대해 우리가 갖고 있는 상식과 전혀 다른 주장을 하고 있는 이 의견은 나이와 함께하는 인간의 진실을 보여 준다. 인간은 '나이'라는 제한과 '시간'이라는 자유 사이에서 발생하는 불일치로 인해 방황하고 갈등한다.

　이 소설집에 수록된 작품들이 나이나 노년 그 자체를 탐구하고 있다고 볼 수는 없을 것이다. 그러나 절정을 맞지 못한 채 생의 분수령을 넘겨 버린 인물들이 느끼는 삶의 비애에는 나이 듦에서 비롯되는 시차의 여러 유형과 불협화음들 속에서 다양한 모습으로 펼쳐진다. 삶에서 경험하는 많은 것들이 그렇듯 문제는 쉽게 해결되지 않거나 결코 해결되지 않는다. 그러나 문제들과 함께 살아가는 가운데 스스로에게 '어디까지 왔나' 하고 질문하는 말은 제한으로서의 '나이'에서 벗어나 자유로서의 '시간'을 통해 살아왔고 살아갈 시간을 재인식한다는 점에서 이청해가 이번 작품집으로 선보이는 불협화음들이 나이의 의미를 발견하는 것일 뿐만 아니라 생존 방식에 대한 재발견이기도 하다는 점을 보여 준다.

2 타자와의 시차, 타자라는 시차

나이 듦에 동반되는 최초의 감각은 무차별적으로 진격해 오는 시차의 경험이겠다. 「친절한 금화 씨」의 도입부에는 수명이 다한 형광등 전구를 교체해야 하는 상황이 그려진다. 다시 불빛이 들어오게 하기 위해서는 초크 전구를 넣어야 하지만 전파사에서 듣는 말이라고는 온통 부정적인 이야기뿐이다. "초크 전구 없어진 지는 꽤 오래됐는데요. 집에 있는 등이 굉장히 오래된 건가 보네요." 주인공을 "원시인 취급하며 아예 쳐다보지도 않"는 전파사 주인. 그럼 어떻게 해야 하냐는 주인공에게 전파상 주인은 엘이디등으로 바꿔야지 다른 방법이 없다고 말한다. "초크 전구가 달린 등이면 등 자체를 바꿔야 해요." 멀쩡한 등을 통째 바꾸는 수밖에 없다니, 난감한 상황에 처한 주인공의 심정은 차라리 처연함에 가깝다. "기술은 눈부시게 진화하고 있다. 가만히 엎드려 있다가는 흔적도 없이 도태되고 마는 세상이었다."

어지러울 만큼 빠르게 변하고 있는 세상에 적응하기란 좀처럼 쉬운 일이 아니다. 쉬운 일이 아니라니, 실은 매우 곤란하고 어려운 일일 뿐만 아니라 스스로에게서 비롯되는 저항감에 끊임없이 시달려야 하는 피로한 일이기도 하다. 그런 가운데 주인공은 기타 강습을 위해 찾은 문화센터에서 금화라는 이름을 지닌 여성을 만나 호감을 느끼고 깊은 관계를 맺게 된다. '나'에게뿐만 아니라 모두에게 친절한 금화는 웬일인지 이 세계의 속도와는 전혀 다른 속도로 살아가는 사람 같아 보인다. 그녀는 탈북자 출신으로, 자신과 상관없는 장소에 불시착한 것처럼 그녀의 삶은 한국 사회와 다른 궤도에서 다른 힘과 속도로 운행된다.

그녀의 단순함, 무식함, 확실함에 대처할 방도가 떠오르지 않았다. 그녀는 실질적인 도움을 주는 것만 가치로 여겼다. 그게 아니면 깨 쏟아지는 재미라도 있어야 했다. 사람마다 재미를 느끼는 내용이나 지점이 다르다는 걸 전달할 재간이 없었다. 이런 종류의 얘기들은 그녀에겐 수용 불가능한 영역이었다. 그녀는 자

신이 겪은 것에서만 천하 진리를 스스로 도출했다. 그
리고 그것을 철벽으로 믿었다.

— 293쪽, 「친절한 금화 씨」에서

금화는 고난의 행군 시절에 북한에서 자랐다. 중국
을 거쳐 한국에 들어오기까지 이루다 헤아릴 수 없는
사정들을 품은 채 일단은 생존을 위한 삶을 꾸리는 게
급선무인 사람이기도 하다. "나는 노래방이든 뭐든 돈
만 주면 다 할 수밖에 없어! 배고프면 무슨 생각이 나는
지 알기나 해? 머리통에 총구가 들이대지면 사람이 어
떻게 되는지 아느냐고?" 그러나 작품의 도입부의 형광
등 교체 에피소드에서 예견된 것처럼 "굉장히 오래된
것"은 금화나 금화의 사고방식이 아니라 '나'라고 해야
할 것이며, 금화는 남한이라는 세계에 적응하지 못하는
어느 한 여성이 아니라 실용과 재미를 추구하며 자기 욕
망에 솔직하다는 점에서 차라리 '나'와 전혀 다른 세대
의 한 모습이라 할 수 있다.

"그러나 이 지상은 천국은커녕 연옥도 아니고 지옥에
가깝다." 금화에게 이 사회가 생존을 위해 팔 수 있는 모
든 것을 다 팔아야 하는 지옥일 수 있는 것처럼 '나'에게
도 이 세상은 지옥일 수 있다. 지옥이란 소통할 수 없는
타인으로만 이루어진 세상 속에 던져진 상황이기 때문
이다. 시대가 바뀌었기 때문에 형광등 전체를 바꾸어야

하는 것처럼 외부 세계의 변화는 '나'를 통째 바꾸도록 요구한다. 이전 세계와 완전히 다른 세계에서 생존하는 금화와 달라진 세상에 적응하지 못하는 '나'의 상황이 대조를 이루며 시차가 일으키는 지옥의 풍경을 보여 준다.

「소설가들」에서는 시차의 문제가 보다 상징적으로 드러난다. 여행을 위해 탑승한 배에서 만난 '소설가들'과의 기이한 만남을 다루고 있는 이 작품은 소통되지 않는 가운데 타자를 의심하다 급기야 모든 것을 믿을 수 없게 된 난처한 상황을 통해 지옥으로서의 시차를 그린다. 난생 처음 들어보는 문예지로 등단했다는 여자는 오히려 화자가 등단한 문예지를 모르고, 모를 뿐만 아니라 화자의 상식에 따르면 모를 수가 없는 이 잡지를 처음 들어본다는 태도를 보인다. 그들이 말하는 4대 문예지야말로 '나'로서는 난생 처음 들어 보는 이름이다. 여기 더해 블로그를 운영하지도 않으면서 어떻게 독자 관리를 한다는 건지 의아해하는 그들 앞에서 아연해지는 '나'. 문학계에서 작동하는 전통적인 가치가 전혀 작동하지 않은 '요즘 시대'에서 소설가로서 주인공이 느끼는 단절감과 혼돈은 변화한 세계와 불화하는 인물의 어지러움을 단적으로 보여 준다. 세상의 회전 속도와 '나'의 회전 속도가 다르면 다를수록 어지럼증은 악화된다.

3 내면의 시차, 타자화되는 나

외부 세계와의 시차는 '어지럼증'으로 표상되는 외부적 증상을 통해 인식되지만 타자화된 자신과의 사이에서 발생하는 불화는 인식하거나 객관화하기 힘들다는 점에서 보다 근원적이고 문제적인 상황으로 전개될 수 있는 위험한 조건을 이룬다. 「검은 나비」는 자기혐오와 타인을 향한 원망이 뒤섞여 일그러진 내면을 다루는 소설이다. 마흔일곱 살의 '나'는 14년 전 그날로부터 한 발자국도 벗어나지 못한 채 그 자리를 맴돌고 있다. 아는 사람이라고는 없는 작은 고장에서 사료 상회를 운영하는 사이 중년이 된 '나'는 이제서야 내 얘기를 객관적으로 해 볼 수 있는 시점이 된 것 같다고 느낀다. 지금은 사료가게를 운영하지만 과거에 그는 열혈 등반가였다. 성공률이 높지 않고 대중의 인지도도 떨어지는 산을 등반하고자 하는 중기 형과 '나'를 지원해 주는 스폰서를 만나 세로토레에 가게 된 건 간절히 바라던 꿈의 실현이었다. 그러나 산에서 발생한 불의의 사고로 중기 형과 '나'의 관계는 끝을 맞이했다. 그것도 아주 비참하고 비극적인 방식으로.

위험한 상황에 처한 중기 형을 놓쳤던 바람에 형이 추락했고 결과적으로 '나'의 놓침으로 목숨에 지장이 없는 상황이 되었건만 그런 사실은 중요하지 않다. 중요한 건 형을 끝까지 붙잡지 않고 놓쳤다는 사실 하나뿐이었다. 한국으로 돌아온 뒤 '나'는 동료를 외면한 배신자가 되어 있었다. 곤궁한 상황에 처해 있는 '나'를 구해 줄 수 있는 형은 침묵을 선택함으로서 '나'를 외면한다. 마치 그때 자신이 처한 상황에 대한 복수라도 하듯이. 그사이 '나'의 내면은 원망하면서도 동시에 죄책감에서 헤어나지 못하는 모순과 혼란에 빠진 채 허우적거린다.

천장을 쳐다본다.
언제나 분홍은 빨강이 되고, 빨강은 자주가 되고, 자주는 검정이 된다.
분홍은 내 불안 같고, 빨강은 선혈 같고, 검정은 죽음에 대한 내 죄책감 같다.
내 꿈은 언제나 분홍과 빨강과 검정 언저리에서 색깔로 맴돈다."

—24쪽, 「검은 나비」에서

「너의 발걸음 소리」에 이르면 우리는 자신의 상처로부터 회복되지 못한 채, 오히려 외부 세계로부터 가해진 폭력을 되돌려주지 못해 자기혐오에 빠진 인물을 만나게 된다. 억울한 상황에서 외도의 누명을 쓰면서 시댁으로부터 쫓겨나게 된 이후 이십 여 년 동안 혼자 살아온 여성이 어느 날 성인이 된 아들로부터 연락을 받는다. 두 아들 중 둘째 아들의 전화로, 스무 살이 된 그가 친모인 '나'를 찾아오겠다는 뜻을 보인다. 아들로부터 연락을 받자 그동안 봉인되어 있었던 그녀의 사연에 문이 열린다. '부정한 여자'라는 누명과 오해에서 비롯된 결핍과 상실감 속에서 살아온 '나'이지만 '나'에게 찍힌 낙인의 역사는 훨씬 오래전부터 시작된 것이었다.

사실 이 작품은 아들의 방문을 기다리는 엄마의 시간을 다루고 있지만 그 안에는 한층 복잡하고 어려운 문제를 담고 있다. 주인공은 스스로의 출생을 강간의 결과로 인식하고 있다. 강간당한 엄마가 부모의 강요로 인해 성폭행범과 혼인함으로 빚어진 '나'의 출생은 법적으로 아무 문제가 없는 평범한 탄생이 되어 버린 것이다. 강간의 결과물이라는 시선 속에서 '나'는 스스로를 환영받지 못할 존재일 뿐만 아니라 어머니로 하여금 과거의 기억으로부터 한발자국도 도망칠 수 없게 만드는 천형 그 자체라는 생각도 가진다. '나'의 지난 삶이란 살아 숨 쉬는 생명으로서의 자신이 여느 생명체와 같은 소중한 생명체라는 사실을 어디에서도 확인받지 못한 비참하고 불행한 삶이었던 것이다. 그 결과로서의 자기혐오는 끝없이 스스로를 죄인으로 몰아붙인다.

결혼한 여자인 내가 다른 남자를 집으로 오게 한 것 자체가 한국적인 환경에서 실수였을 것이다. 상식의 지배를 받는 보통의 여자로서 남편이나 세상의 오해를 받기에 충분했다. 그래도 남편은 내 말 한마디쯤은 들었어야 했다. 변명이든 거짓말이든 들어 보려는 마음은 있었어야 했다. 연애하고 결혼하고 자기 아이를 둘이나 낳았는데도 무조건 불륜으로 몰아간 그의 태도가 두고두고 나를 괴롭혔다. 그 모든 원인이 내 천성 탓인지, 내 인간관계의 기술 때문인지, 내 외모 때문인지, 내 의식 탓인지 나는 아직도 모르겠다. 순간적인 작은 실수와 내 출생의 추악함이 겹쳐져 화산을 터뜨렸다는 것만 알 뿐.

— 129쪽, 「너의 발걸음 소리」에서

앞선 두 작품에서 주인공은 과거의 상처로부터 회복될 수 있도록 도움을 주는 새로운 관계를 경험하지 못한다. 나이가 든다는 것은 이전에 경험하지 못했던 다양한 관계를 경험한다는 것이고, 그런 점에서 노년이란 앞서 인용된 마르크 오제의 말처럼 '이국적 정취'라는 성격을 띠기도 하는 것이다. 타인과 맺는 새로운 관계 속에서 발견되는 자신의 모습은 과거의 자신을 재해석하게 만든다. 이미 지나온 과거가 달라질 수 있는 것도 과거를 바라보는 현재의 시점이 바뀌었기 때문에 가능한 일이다. 여행 삼아 찾은 여수에서 자신에게 공감해 주는 사람을 만나 그때까지와 다른 태도를 갖게 되는 주인공이 등장하는 「여수 이야기」는 두 작품을 통해 묘사되고 있는 비극에 대한 하나의 탈출구를 제시해 준다.

4 반목과 갈등의 힘

그럼에도 진정한 탈출은 표출되는 싸움을 통해서일 수밖에 없을 것이다.「생쥐와 낙타」는 열심히 공부해 대학에서 자리를 얻어 보려고 했지만 결국 패배하고 미래를 약속했던 연인과도 결별한 이후 대학에서 자리잡기 위해 해 오던 "보따리장사"도 그만두고 지방의 한적한 마을에 위치한 아파트로 이사와 반려강아지와 새로운 삶을 시작한 어느 지식인 여성이 반상회 부녀회와 겪는 갈등을 다룬다. '나'의 눈에 비친 반상회의 모습은 시종일관 비합리적이다. 가령 불우이웃돕기라는 아이디어를 실행하는 기준과 방법도 허술하지만 모금을 마련하기 위해 '알뜰장터'를 열어 자릿세를 받자는 의견에 대해서도 '나'는 좀처럼 동의하기가 힘들다. 그러나 진짜 문제가 발생한 건 반려동물을 키우는 가정에 벌금을 부과해야 한다는 사실을 공지받으면서부터다. 벌금 제도를 운용해서 부녀회 수입을 충당하는데, 사실상 수익을 위한 벌금인지 입주민들의 편의를 위한 벌금인지 알 수 없는 상황일 뿐만 아니라 주민투표에 자신이 동의한 적도 없고, 이사 오기 전에 별도로 공지받은 적도 없다는 점에서 '나'는 벌금을 낼 수 없다고 주장한다.

이사 온 뒤 여자는 의식적으로 책을 읽지 않았다. 애초에 그따위에 코를 박은 자신의 인생을 용서할 수 없기도 했다. 그토록 목을 맸건만 끝내 응답하지 않은 대학

사회에는 이제 분노조차 일지 않았다. 이렇듯 삶을 포기하다시피 방치한 채 이사온 곳이지만 어째서인지 이곳에서 벌어지는 일들만은 그녀의 결기를 자극한다. 여자는 반상회와의 결전에 임하면서 이사온 뒤 처음으로 제대로 된 상을 차려 밥을 먹고 전의에 불타 밤새 인터넷을 서핑하며 전쟁을 준비한다 "불행한 부모와의, 인정사정없는 대학들과의, 방자한 학생들과의, 떠올리기도 싫은 옛 남자와의 싸움과는 달라서 여기서는 그녀도 제법 악을 써 볼 수 있을 것 같"은 기분이 드는 것도 사실이다. 여자의 기세는 패배로 얼룩졌던 자기 삶의 역사를 단박에 전복시킬 듯하다.

낙타는 여자의 고등학교 때 별명이다. 눈이 퀭해서 붙은 별명이었지만 마흔두 살에 이르기까지 살아온 그녀의 삶이 꼭 낙타를 닮은 것 같기도 하다. 지나치게 참고 견디며 사막을 건너다 마지막 순간에 무릎을 꺾고 죽어 버리는 낙타처럼 '나'는 고난의 시간들을 참아도 지나치게 참으며 묵묵히 걸어오다 어느 것 하나 이루거나 얻은 것 없이, 가진 것이라고는 키우는 개와 속세로부터 거리 둔 조용한 생활뿐인 채 여기에 이르게 되었다. 반목과 갈등이 '나'의 꺼졌던 의지를 다시 살린다는 것. "신이 있을진대 모든 싸움에서 질 리는 없다"는 주인공의 모습은 유머러스하면서도 페이소스를 유발한다. 싸움에 대하는 그녀의 자세가 결연하면 결연할수록 비의도 커지지만 이제야 그녀는 자신의 삶을 살게 된 것이기도 하다. 삶이 싸움의 다른 말이기도 하다는 것을 조금 더 일찍 알았으면 어땠을까. 마음에 들기 위해 애쓰는 대신 반복하고 갈등하는 법을 조금 더 일찍 터득했던 어땠을까.

반상회 부녀자들과 '나'의 설전은 아파트에서 벌어지는 흔한 말다툼의 외연을 갖고 있지만 실상 비상식과 상식, 중심과 주변, 기득권과 비기득권의 다툼을 상징함으로써 주인공이 현실에서 단 한 번도 이루지 못했던 싸움의 대리전 성격을 띤다. 그녀의 '말빨'이 먹히고 타협을 위한 제안을 주고받을 수 있는 싸움이라고는 아파트에서 개를 키우는 문제로 벌금을 내느냐 마느냐 하는 것이 유일하지만 이제 타자와의 새로운 관계에서 자신을 발견함으로써 다른 나를 만들어 가는 것은 변화 속에서 살아가야 하는 존재들에게는 피할 수 없는 생존법이기도 하다. 반목과 갈등이 문제를 해결해 주는 것은 아니지만 반목과 갈등이 닥쳐올 때 그것을 피하지 않는 것은 나를 세상과 만나게 함으로서 내외부적 세계와의 시차를 줄여 주는 방법도 될 수 있다. 일생의 불화들을 한데 집약한 책처럼 보이는 이 책의 이름이 불화의 서가 아니라 화해의 서가 되어야 하는 이유다.

어디까지 왔나

1판 1쇄 찍음 2021년 11월 26일
1판 1쇄 펴냄 2021년 12월 3일

지은이 이청해
발행인 박근섭, 박상준
펴낸곳 (주)민음사

출판등록 1966. 5. 19. (제16-490호)
서울특별시 강남구 도산대로1길 62(신사동) 강남출판문화센터 5층
대표전화 02-515-2000 팩시밀리 02-515-2007
www.minumsa.com
ⓒ 이청해, 2021. Printed in Seoul, Korea
ISBN 978-89-374-1676-7 03810

* 잘못 만들어진 책은 구입처에서 교환해 드립니다.
* 이 책에 수록된 작품 「검은나비」로 2012년 한국문화예술위원회 아르코문학창작기금
  지원사업의 지원을 받았습니다.
* KOMCA 승인필